天書

後西遊話紅塵

原書名：搜神——落入凡間的神仙

冬夜雪舞 ◎著

孫悟空的後代猴二小投胎轉世，成了內向膽小的大學生，又不可救藥地愛上風塵女郎，偶然撿拾到的玉佛像藏了驚天的祕密。

豬八戒的後代朱三巴下得凡塵反而勇猛彪悍，沙僧的後代變成了網路的一部分，白龍馬的後代竟然是一部可以變形的車……眾神後代紛紛登場，怎一個熱鬧了得。

玉帝囚禁朱三巴的心上人紫凝仙子，逼得天上原本還在上學念書的「年輕」神仙們轉世為人，只為求取記載眾神祕密的出世天書，各路妖魔同時蠢蠢欲動，神魔之間展開激烈的天書鑰匙爭奪戰。

這一切的根源，到底是怎樣的宿命輪迴……

本書以一種輕鬆幽默中隱含趣味哲理的描寫手法，再現各路神魔。

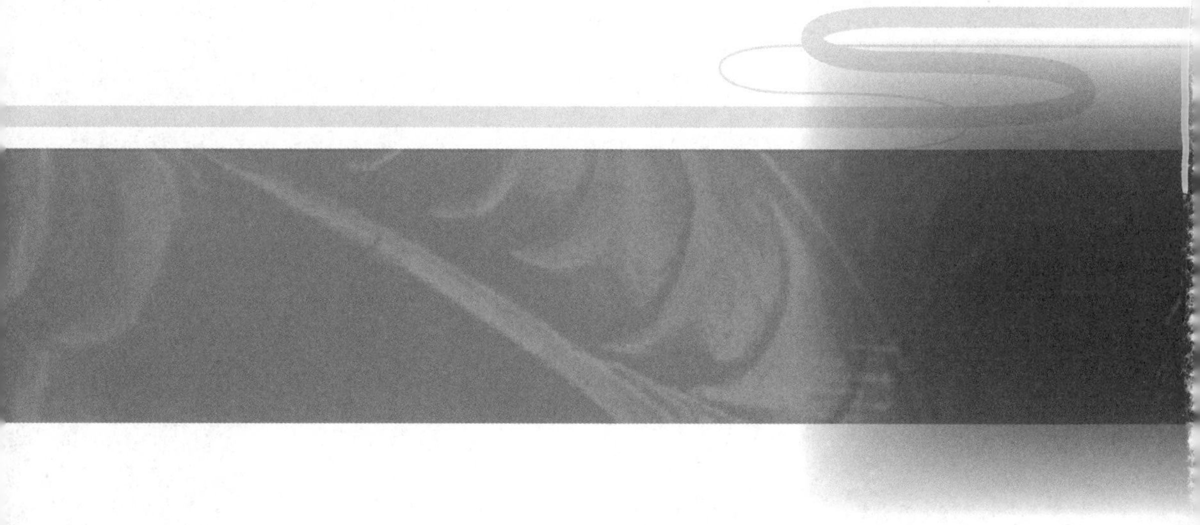

目錄

1 前世的輪迴，是今生的宿命

天幕之上，正有一顆流星劃過，拖著一條長長的尾巴，泛著白色的光暈。那是流星？這流星也太怪了。雖然我沒有見過幾回流星，但我認為流星一定不是那樣！那白色的光暈如霧似幻，轉眼之間已經變了十幾種形象……

冥色入高樓，有人樓上愁。不是那頭豬，正是那隻猴。

不知道多年以後會不會有人記起這一幕。無邊夜色，漫天繁星。某個酒吧對面的高樓樓頂之上，站著神經兮兮的我和東張西望的朱三巴。他姓朱，我姓猴。現在我們之間心情的差異，比豬和猴之間的大多了。

「電視上說了，今晚天呈異象，會有五顆奇異的流星劃過神州的上空，這是從古至今從來沒有過的天文現象。是禍是福，專家難料……」朱三巴走來走去，不時地仰仰脖子。

「哦，什麼時候？」我興致勃勃地盯住酒吧的門口，隨口問。

「好像快了，你在幹嘛？」朱三巴看我還低著頭，不由得有些奇怪。他問也不問我要做什麼，就主動陪我到這裡來，趕也趕不走。可是看樣子和我目的不一樣。

「嗯，快了快了。」我用力把眼睛瞪圓些，「帶望遠鏡沒？」

這樓頂的視角雖好，可是離酒吧的門口也太遠了，看得不是很清楚。接過朱三巴遞過來的望遠鏡，這下看清楚了。酒吧門前人來人往，我努力尋找著自己心中的目標。大概就是這個時候，她應該快出來了吧。

「喂，你老往下看什麼？來了來了！」朱三巴說。

嗯，來了。一個嬌嬌巧巧的身影從酒吧走了出來。是她，她下班了，我又看見她了。能多看她一眼，就能多幸福一眼……

「往上！」朱三巴叫了一聲，忽然用力地扳了一下我的脖子。這小子力氣太大了，無法掙扎，否則脖子一定會斷掉。

「你幹什麼？」我一邊問他，一邊不由自主地抬起了頭，向天上看去。天幕之上，正有一顆流星劃過，拖著一條長長的尾巴，泛著白色的光暈。那是流星？這流星也太怪了。雖然我沒有見過幾回流星，但我認為流星一定不是那樣！那白色的光暈如霧似幻，轉眼之間已經變了十幾種形象，像龍，像馬，像豬，像猴，像人，像妖，像板凳，像勺子……

朱三巴一把拿下了我手中的望遠鏡，另一隻手保持著對我頭部的控制。

天啊，我看到了，這樣的流星，共有五顆。東西南北中各一顆，不停地變幻，像鳥，像狗，像蟲，像汽車，像蜘蛛網，像寺廟，像教堂……這個，這都是什麼啊！朱三巴看，我也看，癡癡呆呆地看，直到流星的光芒暗了下去，再也不見。

「沒了！」朱三巴說。

我定了定神，低下頭看了看對面的酒吧門口。

「沒了。」我說。

「你說像什麼？」他問。這個像野豬一樣粗魯的朱三巴，經常會有些很詩意的舉動，比如說問這種無聊的話題。

「像小妖精。」我說。

「什麼小妖精？我看像是西遊記裡的五個，師徒四人加一匹馬！你看到那流星尾巴的形狀沒，真是神了！」朱三巴很興奮。

我說的是從酒吧裡走出來的人，他說的是天上的流星。流星是很奇怪，可是不能吸引我。

「像是五隻妖怪，天下很快大亂。」我胡亂應付他。

「也像是一個人，只有腦袋和四肢，身子全是黑乎乎的。」他說。

我仔細想了想，還真的有點像，不禁打了個冷戰。

「等那個身體壓下來，整個世界就全都完了。」他說，「你今天叫我來，就是來看這個的吧？」

「我呸，你還關心世界大事呢？」我白了他一眼。

「靠，你他媽傻啊，這樣的事，你不怕？」他奇怪地看了我一眼，又伸手扳住了我的肩膀，一雙眼睛慢慢靠近，很認真地說，「最近我在研究玄學，這件事，是真的，真的世界末日。」

真的，他真是個神經病。我不理他，我還有更重要的事，我接著往下看，找「小妖精」離去的跡象。小妖精是我三個月前在這裡路過時遇到的一個女孩。漂亮、迷人，讓我不能自拔。不過我不能讓他知道。要是讓他知道我用傻到驚人的辦法追了三個月的女孩子，至今一無所獲，那我也太沒面子了。可是他忽然說了一句話，嚇了我一跳。

「在找小妖精？人家肯定早回家了！」

「你怎麼知道？」我立刻問他。

「玄學。玄學你懂嗎？我研究很久了。就你那點破事，我早就看出來了。三個月前遇到的吧？叫小妖精，對吧？」

我愣了又吃驚的說：「喂，你你……」

「你什麼你？」朱三巴撇了撇嘴，「我還算出來，今天在她回家的方向，會發生一場血光之災。」

血光之災！小妖精！

朱三巴說別的我不信，可是說這個我立刻就信了。事不關心，關心則亂。我一個箭步就向樓梯口衝去，我要追她，我要保護她！

「等等，你知道她家在哪兒嗎？」朱三巴在後面叫住了我。

我不知道。

「先下樓，等我手機，我給你指路。」他說。

聰明！無論她從哪個路口出來，朱三巴在這樓頂上用望遠鏡一定看得見。

在一個天呈異象的夜晚，我開始了對小妖精的跟蹤。

穿過一條街，又一條街，看見了她的背影，穿過一條街，又一條街，離開了朱三巴目所能及的範圍，掛斷了他最後一個指路的電話。可是後來他告訴了我電話裡我沒有聽到的最後一句：「你個笨蛋，每天晚上做夢喊小妖精都喊了三個月了，誰會不知道啊……」

穿過一條街，又一條街，離她近了，更近了……「咚！」

我一頭栽倒在地。暈倒之前還低著頭，看到了不知是誰丟在地上的半截木椅子，還有自己摔破頭流在地上的血。血光之災，在小妖精家的方向，朱三巴說得對，看來他玄學學得不錯。跟蹤結束，失敗。看來朱三巴說得對。五大流星降落，天下大亂，世界要滅亡了，暈倒在地的我，感覺到處都是妖怪，妖怪，妖怪……

並不存在的燈光充斥在我腦袋裡閃來閃去，一群妖怪在我腦海中亂舞，糾纏，最後漸漸的，竟然變成了一張模糊的臉。隨著那張臉漸漸的清晰，我才看清楚，那不正是我日思夜夢的小妖精嗎？

她坐在床邊，我躺在床上，床很柔軟，我懷疑我還在做夢。

「啊，你醒了？」她看著我，盈盈一笑，露出兩個淺淺的梨窩。

「啊，我醒了。」我說，「我怎麼會在這裡？」

「這裡是我家。」她說，「你昨晚暈倒在街上，是我……我把你帶回來的！」

我心裡一陣激動，一翻身坐起來，卻又軟綿綿的倒了回去。我像個神經病一般，為自己昨夜的暈倒而沾沾自喜。

如果不是緣分，為什麼偏偏在我暈倒的時候，是她救了我？

「謝謝妳，謝謝妳救了我！」我難以掩飾語氣裡的激動，要不是渾身使不上勁，我一定坐起來握緊她的雙手。

「不客氣，老熟人了嘛。」她看著我微微一笑。

「熟人？」我愣愣地看著她。我對她很熟悉，她對我也熟悉嗎？

「三個月來你一直在我們酒吧門口路過，一個晚上路過很多次，最厲害的是上個星期，看樣子你是得了重感冒，流著長長的鼻涕，仍然堅持路過，每天從凌晨兩點半路過到凌晨五點，你說我對你熟不熟？」她忍著笑問我。

天啊，原來她都知道了！我沒有別的辦法，我不會追女孩子，我只能路過，不停的路過，在路過中能看到她一眼兩眼三眼，我就會心滿意足、心花怒放、心猿意馬、心有所屬……

「你，沒事了吧？」她認真地看著我。

她這是在關心我嗎？我覺得心兒撲通撲通亂跳，趕緊把胸口拍得蓬蓬作響：「沒事了，我身體好著呢！」沒想到這一拍似乎有點用力過猛，我喉嚨一熱，貌似有一股熱乎乎的東西湧了上來。為了避免出洋相，我憋住一口氣，只好一口吞了回去。

她低頭說了句：「那……我不送你了，慢走……」

呃……我的確走得很慢，如果可以，我真希望走一輩子……

小妖精家的大門，對我來說就是天堂和地獄之間的那扇門。在她家的時候還是天堂，現在站在門口的我，已經猶如身在地獄。

不過想想關門前小妖精對我說的那句話，在三巴解釋之前，我心裡還是忍不住美孜孜的。她說：「注意安全，建議你以後白天還是少出門，外面壞人多。」

看，這不還是關心我的嗎！

由於身子有些發軟，加上腦子裡還全是小妖精的倩影，鼻孔裡還全是她床上的香味。所以我在下完樓梯的時候，不由自主的隨著慣性以餓狗撲屎之勢向前足足摔出了兩米。

毫無準備的我，被摔得鼻孔裡「吭」了一聲，才悶聲不響的從地上爬起來。但是這個時候，我卻發現，手裡不知道怎麼著，多了一個東西。

我攤開手掌一看，是一個玉質佛像。佛像外面有張紙條，紙條上面寫了兩行字。第一行我認識：前世的輪迴，是今世的宿命。

第二行，我雖然認識，但是不知道是什麼意思。因為全是用英文寫的，一個個拆開來我認識，合在一起，我就只剩搔頭皮的份了。

也不知道這是哪個神棍用來騙人的玩意兒，我本來打算扔掉的，但是想想萬一這東西是個值錢貨，那不是虧了？

反正這東西也不咬人，我還是收進了口袋，然後忍痛叫了台車直接去了三巴的家裡。

三巴和我從小學的時候就是同班，直到現在，我們也是進了同一所大學。所以我認為我們兩個的關係一直都算不錯。

雖然很多時候，我當他是死黨，他當我是累贅；我當他是哥們，他當我是小弟。——雖然我比他大兩歲。

三巴的父母很早就去了國外，從小是被爺爺帶大的。至於我嘛，我現在還不知道我父母是誰。據我養父母說，我是在路邊被撿回來的。

這一點，也讓我和三巴之間有種同病相憐的感覺。我能當他是死黨的原因，也是因為有一次，幾個頑皮的孩子用剛學來的「有爹生，沒娘養」這個諺語罵著我玩，我那時候什麼也不知道，只會哭。但是三巴突然出現，掄著拳頭就把那幾個孩子打得「有爹哭，又有娘喊」。

然後，那時候才十來歲的三巴拍拍我的肩膀，對我說了句我至今難以忘懷的話：「我們沒有選擇爹娘的權利，但是我們有選擇揍人的拳頭！」

嗯，三巴就是這樣一個人。一米八的個頭，粗嗓門，行事衝動，有一雙跟雷公的雷槌一樣大的拳頭。那雙拳頭，是他用來和別人講道理的法寶。

三巴雖然經常在我面前表達對他父母的不滿，但是很多人都知道，他其實還是很想念他的父母的。因為每次考試，他都是其他科目全部掛零，唯有英語及格。

——這也是我為什麼直接來找他的原因。

來之前，我就偷偷地把玉佛像藏到了另一個口袋，等到了三巴的家裡，見到三巴的時候，我只是把紙條拿給他看，並讓他翻譯那句英語的意思。

誰知道三巴接過紙條看了一眼之後就對我說道：「玉佛像呢？」

我大吃一驚：「你怎麼知道……玉佛像？」

說著，我有些不甘心的把玉佛像掏出來。因為我知道，我要是不主動拿出來，他又要用拳頭和我「講道理」了。

這時候三巴還瞪著我：「玉佛像?!」

我把玉佛像遞給他：「就是這個！」

三巴楞了一下，一把就把我手上的玉佛像搶過去，欣喜的瞪大眼睛：「唉?!還真有玉佛像，哪來的？」

我道：「我還想問你呢，你怎麼知道有玉佛像?!」

三巴還在把玉佛像放在手裡細細端詳，沒有回答我的話。我問道：「那英語，寫的是什麼？」

三巴白了我一眼：「玉佛像呢？」

我生氣道：「玉佛像不是在你手裡嗎?!」

三巴看了我一眼，怒道：「操！傻啊你！我是告訴你，那句英語的意思就是：玉佛像呢?!」

我：「……」

我是很傻，徹底傻了！無語之下，我只能在心裡用最粗魯的語言，把寫那句英語的人狠狠罵了個體無完膚！寫什麼不好，寫這麼一句狗屁不通的話，現在好了，害我白白摔了一跤不說，玉佛像到了三巴的手上，我是沒有拿回來的希望了。

「奇怪！」三巴在反覆觀看了那個玉佛像足足十分鐘之後，對已經打著哈欠的我說道：「這個佛像有問題！」

我心想反正那個玉佛像也不會再屬於我了，懶洋洋地回了一句：「一個玉佛像能有什麼問題，難道還會腦筋急轉彎不成？」說完，我在沙發上翻了個身，打起了盹。

三巴用一種鄙夷的眼神看了我一下之後，也不再理會我，繼續皺著眉頭觀察。而我，則不知道什麼時候就昏昏沉沉地睡了過去……

活人雖然不能被尿憋死，但是死人絕對能被尿憋醒。

所以我很不情願的睜開眼睛起來，就自然而然的揉著眼睛朝著洗手間走去。

不過走到洗手間門口，推了兩下才發現，洗手間的門是關著的。我敲了敲門：「三巴，你在裡面嗎？幹嘛不開燈?!」

廁所裡一片安靜，沒有半點回音。

我再次推了推門，還是沒有半點反應。睏意讓我迷迷糊糊的嘟囔：「我知道你在裡面，快點，我要憋不住了！」

還是沒有半點回音。

我有些疑惑的走回三巴的房間看了一眼，床上空空如也。由此我肯定，三巴必是躲在洗手間裡無疑了。

所以我再次回到洗手間，很粗魯的用腳在門上踹了兩腳：「三巴！別玩了，再玩我要爆膀胱了！」

說完，我夾緊雙腿，捂著肚子以一種極為難看的姿勢站在洗手間的門口。

我甚至準備用腦袋去撞門，但是當我低頭準備撞門的剎那，洗手間的門「咣」的一聲就被打開了。

我嚇了一跳抬頭還沒開罵，就瞪大了眼睛看著眼前的景象，半天說不出話來！我原本捂著肚子的手，也抖抖擻擻的捂住了自己因為牙齒打顫，而咯咯作響的下巴。

我看到此時在洗手間裡站著的，居然是一個眼睛發著紅光，渾身冒著煙的怪物！

那個怪物瞪著火紅的眼睛看著我：「吼！！」

我感到自己再也控制不住雙腳發軟，下半身不由自主，氾濫成災……

雖然我看得不是很清楚，但是那個怪物，居然……好像是三巴！

我用一種顫抖到自己都聽不清楚的聲音說道：「朱……朱朱朱……巴……啊……呸，三三巴，你，……是不是……上火了？我……我不……上廁所了……」

說完，我不管三七二十一，抱著腦袋就衝進了三巴的房間。也顧不上下身的潮濕，跟跳水冠軍似的一頭就跳進了三巴的被窩，然後拉上被子，死死的捂住腦袋！

雖然我知道那個人是三巴，但是，我卻從來沒有見過這麼恐怖的三巴！逃進了被窩我才想起，似乎……好像，在他的臉上，我看到的，他的鼻子……

老天，你殺了我吧，地球人都知道，那是個豬鼻子！

老天，有鬼啊！妖怪啊！

三巴怎麼會長了個豬鼻子？他……他該不會……衝進來咬我吧?!

時間一分一秒的過去了，外面卻是一點動靜都沒有。被窩裡那股讓人作嘔的騷味，憋得我連想死的心都有了。

不過相比於剛才那種恐怖的情景，我寧願選擇被自己的騷味悶死！

好在我等了許久，外面都沒有半點動靜，我的膽子也漸漸大了幾分。

強忍住心裡的恐懼，我輕輕的，大氣也不敢出地把被子掀開了一道縫。

沒有想像中那種嚇人的畫面，外面依舊是一片安靜。

難道剛才是我的幻覺？我狐疑地伸出腦袋，望著門口，腦子有些混亂。

嗯，似乎真的是幻覺。不然怎麼會一點動靜都沒有呢?!

就在我輕手輕腳的掀開被子，準備起來去看個究竟的時候，突然，我的肩膀就被一雙鐵鉗般的手掌抓住，然後身後一個聲音說道：「猴二哥，你怎麼成了這副模樣?!」

我猛的一回頭，看清楚抓著我的那個人之後，嘴角的肌肉抽了兩下，然後眼皮一翻——我就徹底的暈了過去！

一頭栽倒在地，口吐白沫，四肢抽搐……

這個打擊對膽小的我來說，實在太沉重了！

如果在本來就神經極度緊張的時候，一頭豬突然從你身後竄出來把你按住，張嘴叫你二哥，你會不會暈？會不會四肢抽搐、口吐白沫？

那個晚上，對脆弱的我來說，所忍受的，絕對是比滿清十大酷刑還要痛苦的折磨。我一輩子遇到的恐怖事情加起來，也比不上我那天晚上所受到的驚嚇。

本來一開始我幽幽的醒了過來，哪知道睜眼的時候，那頭豬正和我來了個臉對臉。我只看到兩隻橡皮管似的鼻孔，在我眼前朝著我狂噴熱氣。一口氣還沒來得及回，我又昏了……

第二次醒來，我算是進步了，甚至還仔細的打量了那頭豬幾眼。不過當他「呸」了一口，說了句：「人工呼吸真噁心」之後，我再次毫無懸念的，脖子一歪……

第三次醒來，我終於沒有再昏迷了。

因為那頭豬，居然穿了一身西裝，還戴了副墨鏡站在我面前。對我說：「為了不再嚇著你，所以我……把自己打扮得人樣一些。想不到，嘿嘿，還他媽挺帥！」

我張了張嘴，然後「哇啦」一聲，控制不住的大吐特吐，把胃都差點吐了出來，才無力地伏在床邊，用一種苦苦哀求的腔調，表達出了我心裡的委屈：「大爺……小的快不行了，您就饒了我吧……哇嘔……」

「猴二哥，你真不認識我了？我是三巴啊！」他說著，還友好的伸手拍拍我的背。

我也不知道哪來的力氣，騰的一下跳開三尺，然後抓起衣櫃邊上掛衣服用的衣架橫在胸前道：「說話歸說話，保持距離……那啥……人豬授受不親！」

「哎……」對方幽怨地嘆口氣：「你不認識我了嗎？我是三巴，三巴啊，朱三巴！」

「滾！你當我是三歲小孩，朱三巴哪有你那麼大的耳……耳朵，那麼長的鼻子，還……還有……」我鼓起勇氣道：「還有你那麼噁心的臉！」
「死猴子！」我這句話似乎觸怒了他，他鼻孔一豎：「你他媽才噁心呢！你以為你那猴毛臉好看？要是你的猴臉好看，玉帝老兒還會打發你下凡投胎做人！？」
玉帝?!聽到這個名字，我頓時如遭雷擊！
同時，腦子裡頓時閃過一個與眼前人物形象相差無幾的，大名鼎鼎的人物來！
我幾乎是脫口而出：「你是……豬……豬──八──戒！！？」
「是！啊呸！不是！」他見我似乎腦子轉過彎來，有些高興道：「想想，你再仔細想想！」
我突然大笑：「死三巴！你把我嚇死了，哪裡弄來的面具，搞得跟真的一樣，給我也玩玩！」
說著，我扔掉衣架，就伸手去摳他那個長長的鼻子！
一摳，摳不動，他的鼻子硬梆梆的，像是木製品，又像硬塑膠。二摳，摳不動，他的兩隻大眼睛之間縮短了距離，差點一起撞在我手背上。三摳，動了！是他打了一個噴嚏：「啊～嚏！」
我躲閃不及，被他的噴射物命中，致命的粘稠度和氣味讓我捂著自己的鼻子喘不過氣來，只能一點點往外蹦字：「你，他，媽的，面具，品質真好！」
豬頭怪歪著腦袋，再次重複他的名言：「靠，你他媽傻啊，我這是真的！」
「真的……真難看……」
「難看！你知道什麼是帥哥不！」他伸手抄起邊上的小鏡子，往我面前一舉。
我看了一眼，長出了一口氣。這是我今天親眼看到的第一個人的形象，我自己。這讓我覺得自己還在人間。

「看見了，這就是帥，我他媽的太帥了。」我說。

「你帥！你這一臉的猴毛，帥到返祖了！」豬頭怪一臉的氣憤。

「好吧，我承認你是朱三巴。理由一，你沒吃我。理由二，『你他媽傻』。理由三，你除了腦袋到處都像朱三巴。」

豬頭朱三巴平靜了下來：「猴二哥，這才對嘛。再怎麼說，咱們也算是多年的淵源了。所謂從來白馬犯青牛，不能有豬沒有猴。你看你這猴頭，又能比我豬頭好到哪兒去？」

我承認他是朱三巴，但我就是不明白為什麼他的人頭變成了豬頭，雖然他本來那個頭也比豬頭漂亮不了多少。我更不明白的是他為什麼說我的頭成了猴頭。我的頭變了嗎？我又照了照鏡子，嗯，沒變，還是帥，在豬頭的對比之下，更他媽帥了！我把手伸到朱三巴的額頭，他嘎嘎地笑了起來：「怎麼，想起來了？學你老祖宗鬥戰勝佛，想給我摩頂開光？再修行幾年吧你！」

這小子沒發燒，只是一直在說胡話。我準備把他送進醫院。

「走，跟我走。看看是你這豬頭能嚇跑人，還是我這猴頭！」我說。

我們手挽著手出了宿舍的門，走上大街迎來一片片歡呼之聲。街上的男女老少，基本上都在瞬間爆發了體能，成為高音區或破鑼區的歌手兼賽跑天才。不對啊，看見朱三巴的那一半應該跑，看見我的這一半不應該啊。朱三巴得意地衝我笑笑，那表情特挑釁。

我忽然想起一個從小學就學會的成語，不過現在成了翻版：人假豬威。

不行，我得找個人確認給這小子看看。我這個頭，仍然是原裝的人頭。東張，西望，沒人。南瞧，北看，安靜。不對，腳下好像有動靜，像是微型地震。低頭一看，腳下倒著一位。看這人，身高足有一百九十公分，只是團起來了。一張臉白如美玉，是嚇得缺血。全身濕潤如出水芙蓉，那是汗。這人膽子很大。他沒叫，也沒跑，更沒像我一樣沒出息地暈倒。他自從見到朱三巴的一張臉，嚇得倒地之後，一直只做一件事——以五十赫茲以上的頻率抖動自己，抖得特來勁兒。

「三巴，快救人！」我這麼聰明，一看就知道，如果不救他，他會在五分鐘之內把自己抖死了。」

朱三巴上去就要給他做人工呼吸，看樣子他就好這一口兒。

「等等！」我可看不下去，要不是胃裡早就清了倉，肯定全都翻來，「他不缺氣，讓他別抖了。」

「我看他缺。」朱三巴仍然精力彌漫，躍躍欲試。

「真不缺！你講講道理好吧！」

一聽講道理，朱三巴馬上明白過來，伸出拳頭就給地上這小子講了個「道理」，正中頸部大動脈。有效，他果然不抖了。我蹲下身摸了摸，還有心跳。

「成了，扛著他，送醫院。」我說。我們不能打電話，否則救護車就是來了，也得掉頭就跑，路上一定撞人。

朱三巴扛起地上那個暈倒的傢伙，走得一顛一顛，虎虎生風。顛著顛著，就聽咚地一聲響，一個東西，從那人身上掉下來了。我趕緊拾起。那是……又一個玉質佛像！

佛像的背上，貼了一張紙條，又是英文，不懂。不過我能猜，就猜著唸了：「玉佛像呢？」

「沒了！」朱三巴邊走邊說。

「什麼沒了？」我一愣。

「玉佛像沒了，碎了！」

我一下子明白了他的意思。那個玉佛像碎了？別是你小子黑吃黑獨吞了吧？看來我有必要考慮重新開發一個死黨。或者不要死黨，把小妖精追到手……

「喂，你快點！」朱三巴站住，等著發呆的我。忽然一眼看到了我手裡的玉佛像，手一鬆，就把肩膀上的人掉在地上了。

「又一個？哪兒來的？」他興奮得兩眼發光。

我左手把玉佛像往後一藏，右手遞過了紙條，重複了一句：「玉佛像呢？」

他看了看紙條，一挑大姆指：「猴二哥你真行，這回沒他媽傻，唸對了！」

我覺得這句和真他媽傻，效果也相差無幾。

「玉佛像，拿來！」他的賊眼繼續放光，「講道理」的大手也伸過來一隻。我只好把玉佛像遞了過去。

朱三巴滿意地點點頭，兩隻大耳朵隨風搧動，現出一派英姿。他一把抓住了我的手，說：「另一隻手！」

我把另一隻手也遞了過去。他把我的兩隻手一合全都握住了玉佛像，罵了一句我聽不懂的髒話：「啊屁，個死，撞死，碰！」

後來我才知道，他唸的那是一句咒語。而且是中英文結合體。翻譯過來就是：「啊Pig strength（豬的力量），碰！」

這咒語咒得我頭皮發麻，毛孔綻開，身形縮小，每一塊骨頭和肉都很癢。它導致的直接結果是——玉佛像沒了，碎了。剛才摸上去還特別有質感的一個佛像，像是忽然被人抽乾了精髓，轉眼就變成了一捧細沙，從我的指縫裡溜了下去。

就在這個時候，我和朱三巴一起聽到了一聲呻吟，接著就是一聲長嘆：「媽呀，嚇死我了！」發出這聲音的，正是倒在地下的白面一九〇。我忽然想起一事，充滿希望地走了上去，從後面扶他慢慢坐起來，趁他還依偎在我懷裡的時候，溫柔問了一句：「你看我的腦袋，是人類的原裝貨吧？」

他回頭看了我一眼，身體就像裝了彈簧一樣，騰地一聲彈起來，伴隨著一聲能擊落飛碟的尖叫，「嗖」地一聲，完成了和我之間直線距離的擴大化，而且擴得越來越大。

我們經濟學的老師講過，人第一次被嚇的時候，最過癮。嚇到第二次的時候，效果會減弱，這叫做邊際效用的遞減規律。落實在這個人的身上就是，第一次被嚇抖了，第二次被嚇跑了。

以上是一分鐘之後朱三巴幫我確認的結果，它最有力的論據是，我的臉上，長出來很多品質一流的猴毛。

我用手摸了摸自己的臉，毛絨絨，挺光滑。又在路邊店鋪的櫥窗玻璃上照了照。哇，一張猴子臉！我暈……我又挺住了。朱三巴變成豬頭後嚇我已經不只一次，邊際效用遞減了很多，我挺得住。我只是有點茫然，我在第一時間想起了小妖精。我曾經從她的門口一次次地路過，她從來不認為我是在等她。現在一定不同了。所有人看見我，都會以為我在等他們。我怎麼辦？我怎麼辦？我還沒有傻到掐自己的肉確定自己是不是在做夢，也沒有傻到認為閉上眼再睜開這一切都會消失。我又把臉湊到櫥窗，仔細確認。沒錯，猴子臉。與眾不同的猴子臉。以前我在動物園看猴子，從來都把牠們看成同一個模樣。現在我才知道自己太不尊重人家了。每一隻猴子的臉都是不同的。母猴的臉細膩，公猴的臉彪悍，小猴的臉上全是幼稚，老猴的臉上都是歲月。可是，我知道了，小妖精，她知道嗎？就算她知道了，又能怎麼樣？

我的眼前一黑……又亮起來了。那是我的眼睛在發光。兩隻眼發不同的光。朱三巴的豬頭上，眼睛是紅的。我的和他的不同，和任何一隻猴子的也不同。我只有左邊眼珠是紅的，右邊，是黃的！

朱三巴安靜地站在我身邊等著。他已經有了經驗，知道現在說什麼也沒用，只能等我自己慢慢適應。看我終於安靜了下來，他拍了拍我的肩膀：「猴二哥，我真羨慕你，從老祖宗鬥戰勝佛那裡繼承了半隻金睛，半隻火眼。你不像我，我現在看人，只能看他的本來面目，多的已經看不見了。你可以用左眼看他們的本來面目，右眼看他們現在的人形。」

我定睛向朱三巴看去。先睜左眼閉右眼，看到的是豬頭。再睜右眼閉左眼，看到的是人頭。兩隻眼一起睜，是重影。我更願意兩隻眼都閉著，這樣看人，也太累了！

我的耳朵動了一下，這讓我醒覺自己的耳朵已經是猴子耳朵。猴子的聽力也許不如狗，可絕對比人強得多。我聽見遠遠的有車聲靠近，是警車！

「他們來捉妖了！」朱三巴興奮地說，「一隻豬妖，一隻猴妖！」

而我卻陷入了沉思。似乎很多回憶進入了我的腦袋。我想起來了。他是朱三巴。我是猴二小。我們曾經在南天門一起玩耍，我們一起翹課，一起偷東西，一起看著下界人間發呆。直到有一天，不知道為了什麼，我們一起從天上掉了下來。之後的事，我就再也記不得了。現在的我，忽然知道了自己的本來面目。我們都是神仙的後代……

「靠，你他媽別傻了，人家要來捉我們了！」朱三巴叫了一聲。

警車聲越來越近，我們的危險已經迫近眉睫。

「我們跑？」我一時沒了主意，只好問他。

「你跑得過車輪嗎？」朱三巴反問我。

「我們藏？」我又問。可是大街上沒地方好藏。

「我們變！」豬三八說，「在天上學的變身術，你還記得嗎？」

變身術，變身術……那個咒語是，克哩克哩克哩巴巴變？不是……

「我早都忘光啦，你快告訴我！」我對他說。

「來不及了。再說豬的變身術和猴子的根本不一樣，我也不知道。這樣吧，我先變身，你被捉走，然後我來動物園救你！」朱三巴很「仗義」地說。

問題是，我並不完全是一隻猴子。他們會不會把我關進動物園還很難說，說不定要送去科研所，解剖研究。豬三八閉了眼睛，口中喃喃有詞，一定是在設法把自己的頭變回來。可是我除了團團轉，什麼也做不了，所謂猴急猴急，就是這樣的吧。

警車開到。車上一個人探出頭來大喊：「就是他們！」

喊的人竟然是白面一九〇。不對，是個重影！我連忙閉了黃眼，只用紅眼看去。這個人，紅頭髮，三角腦袋，一張白癡臉，似曾相識。他是……小巨，巨靈神的後代！我大聲叫喊：「小巨，是我，我是猴二小啊！」

「沒用的，我早看出來了，可是他現在還記不起來。」一個鴨嗓女人的聲音在我背後說。一定是朱三巴變的。我回頭一看，果然是他的身體。再往上看他的頭。媽呀，這樣一個頭！豬肝一樣發紫的一張臉，兩道濃眉，一雙豆目，血紅的嘴唇像是剛剛生吃了什麼活物。

我認識到朱三巴其實不醜。他的豬頭也不醜。一切男人都不醜。跟這張女人臉比起來，豬頭臉絕對是極品帥臉。我一邊痛苦地作嘔，一邊掙扎著問他：「你，你為什麼會變成她的樣子……」

「我的變身術，也快忘光了，現在只能變成自己印象最深的人，我曾經的，永遠的心上人。紫凝仙子，永遠是我的最愛……」朱三巴幸福地用那副新變的鴨嗓抒情。

我受不了了。我挺，我挺……挺了半天沒挺住，眼前一黑，終於以人事不醒的方式脫離了眼前的苦難。

2 被打落凡間的神仙

是，我是鬥戰勝佛孫悟空的後代，我也是昨天才知道的。現在我更知道了。我在血脈裡已經繼承了他使用棍棒的本領。哪怕這支棒子，只是一根很小的，很小的耳挖勺……

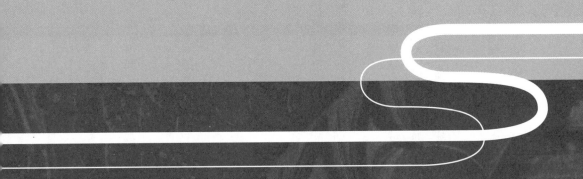

我醒來的地點，一點懸念也沒有，就是警局的監獄，像個大籠子。我就坐在那個籠子裡發著呆，回想著有關朱三巴和紫凝仙子的一切。

不要一提仙子就以為是什麼美女。檔次最高的女仙，是女菩薩。年紀大的女仙是聖母。中年女仙那是仙姑。也有已婚的，那是王母娘娘，那是七仙女，是雷公的老婆電母，是姜子牙的前妻掃把星。其餘的女仙全是仙子，不管她這輩子有沒有人要，嫁不嫁得出去。

紫凝仙子是幸運的，因為她那張別具一格的大臉。她在天界的小學以及中學，都是傳奇人物。根本就沒一個老師有耐心多看她幾年，總是給她滿分，讓她跳級，跳級，再跳級，直到畢業。可是她不想畢業，因為她遇到了朱三巴。

在天界時，朱三巴少年早熟，總是盯著紫凝，含情脈脈地看。

「完美，太完美了。你看那身材，嘖嘖……」朱三巴看著她的時候，總是這樣想。不看她的時候，也總是跟我這樣說。說的時候表情很陶醉，就像在超市挑選豬肉熟食一樣投入。我很想提醒他，那根本就是一頭豬的身材。問題是提醒了也沒用，朱三巴最喜歡的，就是這種。後來我們到了人間，他有很長一段時間說夢話，抱怨城市裡活的母豬太過稀有。

朱三巴沒有錯。他一無反顧地愛上了紫凝。從本質上說，和我愛上小妖精是一樣的。況且他比我幸福多了，因為，紫凝也愛上了他。這就是所謂的王八看綠豆吧。每每看到紫凝衝進教師辦公室，噁心得大家全都四散奔逃，而她慢悠悠地抄回試卷的答案，溫柔地遞到朱三巴的手裡時，我都要禁不住感慨：一個人不能沒有特色，就算醜，也應該醜得登峰造極，才能有大用。

正當朱三巴和紫凝卿卿我我，墜入愛河的最關鍵階段，噩耗傳來：紫凝被玉帝看中了！這一消息如同四散的烏雲，轉眼間籠罩了整個天界。無數的女菩薩、聖母、仙姑以及仙子們，一夜之間全都化起了最濃的妝，穿上了最露的衣服，裝出了最嗲的聲音，到處出沒。她們要讓大家明明白白地看看，自己哪一點不如紫凝了？憑什麼玉帝看上的是她，不是我們！

天界的傳統風格轉眼間被她們打破，呈現出一派紅燈區最大的夜總會景象。那是男仙們一生中最美好的時光，就連最提倡禁慾修真的太上老君，都沒有老老實實在練丹房值班，整晚出來轉悠，欣賞美女。

但是我們不能。我們被關在學校裡不能外出。理由是我們還沒成年。天知道！天上一天，地上一年。我們在天界從小學上到中學，都是快畢業的人了，他們竟然說我們還沒成年！

最為鬱悶的還是朱三巴。因為他最相信這個傳言——玉帝看上了紫凝仙子。

「紫凝不會愛他的，真的。紫凝嫁給他，不會幸福的，真的。紫凝會等著我的，真的……」真的真的，朱三巴對我說了無數個真的。他只能對我說，因為他再也沒有見到過紫凝，哪怕是後來謠言被澄清以後。

玉帝是看上了紫凝，卻不是要她做自己的小老婆。紫凝新的任務是，管理玉帝的御書房。其實也不算是管理，就是站在那裡看守大門。那段時間裡，玉帝總是有很多心事要想，想的時候，就把自己關在御書房裡。可是各路神仙們很不知趣，總是拿很多雞毛蒜皮的小事去煩他。什麼千里眼偷了牛郎的牛繩，什麼白素貞鑽進了赤腳大仙的後門。玉帝煩透了，可是職責所在，又不得不一一做出批示。

就在這樣的一個時候，玉帝偶爾發現了紫凝這顆耀眼的明珠。當然，使用這種明珠，是需要勇氣的，他必須先忍住自己見到她以後的噁心。玉帝先命人把紫凝帶入天宮熟悉工作，然後他開始不吃不喝，在床上輾轉反側了七天七夜，思考這個問題。感謝玉帝，他給天界帶來了七天的紅燈區。

七天之後，紫凝上任，負責看守御書房的大門。可想而知，除了最傻的神仙，再也不會有人來打擾他了。

我以為得到這個消息之後，朱三巴會高興。可是他沒有，他只是面無表情地說：「一入宮門深似海，我可能再也見不到她了。」

我的回憶忽然被打斷。因為在這個時候，隔壁的籠子門聲響了，進來了一個人。這個人正用他的女聲鴨嗓咒罵押他進來的員警：「你他媽傻啊！」

隔著籠子欄杆一看，果然，這人正是變成紫凝腦袋的朱三巴！這小子真夠朋友，一定是挺身救我，也給抓進來了。我敲了敲欄杆：「喂，三巴！」

朱三巴混身是傷，卻仍然精力充沛，看了看我，笑了：「猴二哥，又見面了！」

「你怎麼也進來了？」我問他，就想聽到他說是因為救我才進來的，好過過幸福的癮。

可是朱三巴的回答打破了我的幻想：「媽的，他們說我這模樣有礙市容，就把我抓起來了！」

人家做得沒錯。他這副模樣，不光有礙市容，連地球的球容也影響了。可是我仍然不明白，只好問他：「有礙市容就抓人，沒這條法律吧？」

朱三巴說：「中間還有別的事的。你想，他們說我朱三巴可以，能說我的紫凝嗎？也不看看我用的是哪張臉！所以我和他們講了一點道理。」

我總算明白了。朱三巴用來講道理的那對大拳頭，絕對能講通四個全副武裝訓練有素的員警。問題是，我記得當時人家來的不只一輛警車，每輛警車上也不只四個人。

「那你現在是？」

「妨礙警方公務！」他乾脆地回答。

恢復神仙後代記憶的朱三巴非同小可，整整妨礙了四個小時的警方公務。就在暈倒在地的我被人家送進籠子的時候，他還在繼續妨礙。這下好，都進來了。我們可怎麼出去啊！

「想你的小妖精了？」朱三巴問。

我沒理他。就我這個樣子，出去了也沒臉去見小妖精。

「咱們能出去。」他說。

「怎麼出去？」

「回憶。把咱們在天界學校學的東西全想起來。」

對啊！真是一言提醒夢中人。一連串的名詞術語全都進了我的腦袋：飛行術、隱身術、穿牆術，變化術……可是我能記得的，只有這些名詞。具體怎麼用，早都忘光了。

「我也是全忘了。只記得一點變化術，還只能變這一張臉，連怎麼變回去都忘了。別急，咱們慢慢想！」朱三巴鼓勵我。

我想，我想啊想。我想出來一點了！馬上興奮地告訴他：「我想出來一點飛行術！」

「好，等他們提審你的時候，你就輕飄飄地一飛，飛出警察局！」朱三巴說。

「那你呢？」

「我又不是妖怪，過幾天他們就把我放了。」

「說的也是。可是我就算飛出去了，還是用這張臉，有意思嗎？」我彷彿看見了飛出獄門之後的黑暗前景，小妖精看到我之後驚恐的叫聲。

「沒關係，我教你。以前紫凝有一次偷錯了試卷答案，把這招兒告訴我了，其實很簡單。那就是如果有一天你不慎落入凡間，只要找到一個玉佛像，雙手握住，唸我那句咒語『阿屁個死撞死碰』，立刻就能恢復本來面目！你要是不會唸，別人唸了也一樣。」朱三巴說。

我更加羨慕他了。無論如何，他有過一段真正的愛情。因為記住了這段愛情，他比我記住了更多的事。可是……

「可是我要的不是現在這個本來面目！我要的是另一個，做人的那個，你知道了嗎？」

朱三巴一愣，忽然打了自己一巴掌：「我他媽真傻，怎麼沒想到，我還變身！」

只見他兩手合握，唸了一聲：「阿屁個死撞死碰！」

朱三巴立刻變回了我所熟悉的非豬頭死黨朱三巴。原來如此，變來變去都是這一句，根本就是個轉換開關！

天色已晚，員警送來了晚飯。那個早有心理準備，戰戰兢兢準備面對猴妖和醜女的員警放下碗筷，忍不住好奇心地看了我們一眼，登時如蒙大赦。可是只大赦了很短的時間，片刻之後，只聽他大喊了一聲：「人犯被調包啦！」

我們兩個被連夜提審，一起裝糊塗：「不知道啊。我們還是學生呢。正睡著覺，不知道怎麼，就到這裡來了！」

結果是無罪釋放。

冷清清的街頭，連一輛計程車都叫不到。我們像兩個終結者一樣在城市裡晃蕩，走往回歸宿舍的路。朱三巴精力無窮，邁開步子，很快我就跟不上了。只好讓他等一等。

他回了一下頭：「你他媽傻啊，不是會用飛的！」

對，沒錯。我雙手合十，唸起了飛行咒。起來了，離地一寸多高，身體俯臥式，看上去和爬行差不多。衣服角打在地上撲撲直響。

「飛高點！」朱三巴說。

「我也知道飛高點，可是氣壓太大了！」天界空氣稀薄，接近真空，當然容易飛得高，這裡可不行。飛得不但不高，而且不快。唯一值得慶幸的是，飛得不累。

朱三巴在前直走，我在後面俯飛，遠遠看去就像他牽著一條狗。

以俯臥的姿勢前進，總是抬著頭看前邊，脖子也累。所以我只管低頭跟著他。時間一小時兩小時地過去了，我覺得越來越不對勁，問他：「三巴，咱們走的路對不對？」

「你才發現？我多少年來一直是路盲，咱們早迷路了！」朱三巴沒好氣地說。

我騰地一聲，豎直了身體，四下觀看：「沒有迷路，我認識這裡。」

我當然認識。想不到鬼使神差，我們竟然來到了小妖精的家附近。

「妖精！」朱三巴說。

「你也知道？你來過？」我吃驚地問。我可不記得我帶他來過這裡。

「好強的妖氣！」朱三巴又說了一聲。

我一下子明白過來，學著他的樣子吸了吸鼻子，四周彌漫著一股陰森森的味道。

「怎麼辦？」我腿肚子有些發軟，不聽使喚。

「別出聲！」他壓低了聲音說。不過以他的嗓門，壓低了也比我正常說話聲音大。

「不是衝我們來的。」朱三巴做出判斷。

不是衝我們，難道……是衝小妖精？我打了個冷戰，凝神向前看去。隱隱約約，我看到兩隻猴子的背影，正在朝著小妖精家的方向走去。

我們決定跟蹤。為了不傳出腳步聲，我們決定飛行。鑒於朱三巴忘了飛行咒，而豬的飛行咒和猴的不一樣，只好由我背著他飛，那叫一個受罪！

朱三巴的體重是真實的，我學自天界的飛行咒是堅挺的。雖然壓得難受，可是仍然保持離地一寸，並不降低高度。鬥志永遠高昂的朱三巴盤膝坐在我的背上，壓抑不住那種享受座騎的興奮，生了痔瘡一樣扭來扭去。

兩隻猴子直立行走，走上了小妖精家大門口的臺階。他們回頭看了一眼，沒有看到我們。臺階太高了，他們的眼睛又都是直視，剛好越過朱三巴的頭頂。我們卻看清了他們。左邊的一隻咬著一根牙籤，右邊的一隻正在用耳挖勺掏耳朵。

小妖精家的門，是兩扇舊式的對開門，看樣子從裡邊栓住了。兩隻猴子推了推，推不動，又對看了一眼，「吱」地叫了一聲，一起用肩膀撞。「卡嚓！」門栓斷了，門開了。不愧是妖怪，這樣的力氣，朱三巴或者能頂得住，我是一下也挨不起。但我沒有猶豫，照樣跟了過去。我就是死，也要保護小妖精不受傷害，雖然我並不知道自己為什麼愛上了她，而她根本不知道我在愛她。

上次在小妖精家的記憶從床上直接到了大門口，然後就是摔跤。這次跟在兩隻猴子後面我看清了，她家裡有一個不小的院落，正中是一排三間的平房，裡面傳出昏暗的燈光。她睡了嗎？她的睡相好不好？她知不知道有妖怪來了，很危險？

「吱！」又一聲叫，兩隻猴子已經撞開了房門。房裡傳出一聲尖叫，是小妖精！

飛行中的我精神力量忽然大長，「嗖」地一聲飛了過去，然後咚地一聲撞在門檻上——我的飛行，離地只有一寸，在所難免。朱三巴遵循慣性原理，從我的背上飛出，撞在了兩隻猴子背上。猴子被撞倒，朱三巴自己也被撞得發暈。屋裡的小妖精在床上坐起，抱著衣服嚇愣再原地。

最暈的一個人是我。我揉著頭上的大包，覺得眼前一切都在旋轉。可是我不能轉，不能，為了小妖精……我站起來了，我轉著站起來了，我轉進了小妖精的房間，看見了她的布娃娃，看見了掛在屋頂的風鈴，看見了她的床腳，總之轉到哪裡就看到哪裡，看到了整個房間溫馨迷人的布置，真是令人陶醉，令人在旋轉中陶醉……

「沒你的事兒，滾開！」右邊的猴子站起來，嘴裡的牙籤早掉了，衝朱三巴惡狠狠地說。

「叮噹，把你的東西交出來！」右邊的猴子站起來，手裡的耳挖勺早飛了，衝小妖精凶巴巴地說。原來小妖精的名字叫叮噹。叮噹，多好聽的名字啊。

「朋友妻，不可戲，你知不知道？」朱三巴問左邊的猴子。

「你們是誰，啊，妖怪！救命啊！」小妖精衝右邊的猴子大叫。

「什麼朋友妻？」左邊的猴子愣了一下。

「關叮噹，你不要裝糊塗！」右邊的猴子冷冷地看著小妖精。原來她姓關，關叮噹，多好的姓，多好的名字啊。

「她，」朱三巴義正辭嚴，一指小妖精關叮噹，「是我朋友（一指我）的老婆，你們不許欺負她！」

三巴，夠意思。不過也別說得這麼直接吧，萬一小妖精不好意思了怎麼辦，雖然我很想，真的很想。

我還沒想夠，朱三巴已經撲了上去，對著左邊的猴子就是一拳。他那對雷槌一樣大的拳頭，沒有幾個人能擋得住。可是，這只一米多高的猴子擋住了！大人拳碰小猴拳，咚地一聲響，人猴各後退了兩步，看著對方，看樣子都有點兒不信。

我信。妖怪就是妖怪，真厲害。

朱三巴再往前衝，接著打。右邊的猴子上去幫忙。朱三巴打出兩拳，挨了一拳。他的身體晃了一下，強挺著不退，一邊大聲叫我：「猴二哥，快，帶你老婆走！」

小妖精往床上一倒，抱著衣服鑽進了被窩，很快又穿好衣服鑽了出來，無助地看著我們。我很想帶她走，做夢都想。可是我不能丟下朱三巴，我要幫他。

幫他不是問題。問題是我幫不了。我使足力氣衝了過去，剛到一隻猴子的背後，就被他回手一拳打飛了好幾米，頭磕在地上。現在我的頭上已經有了兩個包。前面一個，後面一個。

「是你？你沒事吧？」小妖精已經下床走了過來，扶著我坐起。她的頭髮掠過了我的鼻尖，香氣讓我差點醉倒。這是我來到人間以來最幸福的時刻，伴隨著朱三巴與兩隻猴妖的打鬥。不，這兩隻猴妖太厲害了，現在他只是在挨打。我的兩隻眼睛，紅眼看著小妖精，黃眼看著朱三巴。我是去幫他，還是繼續我的幸福，這也太難選擇了。

這時我屁股有點異樣。伸手一摸，是一根短棍。很細很短的小棍。拿起來一看，是右邊那隻猴子用過的耳挖勺。我給了小妖精一個微笑，說出了一句我自己也想不到的大膽的話：「來，這邊臉上，親我一下！」

小妖精是被今天的奇遇嚇傻了吧，一定不是真的喜歡我吧。她真的，她真的親了我一下。我覺得自己全身的熱血，一下子燃燒起來。我鎮定地站起，指著兩隻猴妖：「住手，給我從這裡滾出去！」

這時的朱三巴，已經被他們打倒在地，呼呼地喘著粗氣，用看怪物的眼睛看著我：「別，你快走，你，不行……」

可是現在，我忽然覺得我自己行。我走了上去。迎著兩隻兇惡的猴子。

左邊的猴子一聲冷笑，一拳打了過來。接著他一聲慘叫。猴爪斷了一根。右邊的猴子覺得奇怪，也一拳打了過來。也是一聲慘叫，他的猴爪也斷了一根。兩隻猴子一起打了過來。兩聲慘叫。同時斷了兩根。

「你，你是他的後代！」兩隻猴子一齊衝我叫了一聲，轉過身，飛一樣地跑出了小妖精的家。

是，我是鬥戰勝佛孫悟空的後代，我也是昨天才知道的。現在我更知道了。我在血脈裡已經繼承了他使用棍棒的本領。哪怕這支棒子，只是一根很小的，很小的耳挖勺。

這一次，是我在人間第一次打敗敵人，完成了我第一次的英雄救美以及救豬。統計資料：出棒一百三十二次，平均每秒三十三次，斷猴爪四根，擊退猴妖兩隻，救美女一個，豬一頭。結果：手還真有點酸啊。

「這兩隻猴子，怎麼這麼厲害？」我自言自語。

朱三巴已經爬了起來：「他們不是猴子，是白猿。梅山七怪的後代。」

我記起來了。天界小學，妖史第八課，梅山七怪：袁洪，白猿精；金大升，水牛精；戴禮，狗精；楊顯，羊精；朱子真，豬精；常昊，蛇精；吳龍，蜈蚣精。個個都很厲害。

這幾個妖怪後代，來找小妖精，會有什麼事？

朱三巴看著小妖精關叮噹：「我不知道他們找妳有什麼事，相信他們達不到目的不會放手，妳最好躲一躲。」

關叮噹看看朱三巴，又看看我，信了。肯定是我的目光特別真誠，紅眼和黃眼都一樣真誠。

「可是，我沒地方躲。我父母都出國了，這是租來的房子。」關叮噹說。

「房子裡有什麼，他們要來找妳？」朱三巴問。

房子裡有玉佛像，很多玉佛像，就在關叮噹床下的一個地洞裡。每一個玉佛像上面都貼著一張紙條，寫著一句英文，關係到一個下凡神仙後代的命運。那句英文當然是——玉佛像呢？

「怎麼會有這麼多？」朱三巴問。

「我……我也不知道。」關叮噹一臉的茫然，一臉的楚楚可憐。

我們花了一整天的時間，找了各種關係，把這些玉佛像轉移到一處廢舊的倉庫裡埋了起來。關叮噹無處可去，去了我們宿舍。朱三巴為此很不愉快，背地裡對我說：「要不是看在她是你老婆的份上，我才不讓她來！」

儘管關叮噹還不是我的老婆，我仍然無可奈何地請朱三巴吃了三頓肯德基算做賠禮。三頓啊！參考一下朱三巴嚇人的食量，白癡都能知道我遭受了多大損失。

關叮噹住進了我們的宿舍。我們白天上課，她白天睡覺。我們睡覺了，她又去了酒吧上班。宿舍最大的改變，是多了一面鏡子。當她把那面鏡子拿出來的時候，我們都看傻了眼。那是一面小鏡子，長方的，和人的手掌一樣大。可是鏡子是折疊的，能打開。打開一下，面積增加了一倍。又打開一下，又增加了一倍。沒打開幾下，二進位的魅力已經大到了我們宿舍的極限。我看著她像變魔術一樣的把整面牆變成了鏡子。

「弄這麼大鏡子幹什麼？」朱三巴不滿。

我連忙點頭：「鏡子好啊，鏡子可以正衣冠，可以化妝，可以吸收多餘的光線，可以讓房間有大了一倍的幻覺……」

關叮噹向我溫柔地笑了笑，扭頭出門，上班去了。

「她應該不是人。」朱三巴說。

沒錯，一般人不會和妖怪扯上關係。一般人也不應該有這樣神奇的鏡子。一般人，我也不會愛上。問題是朱三巴的兩隻紅眼加上我的一隻紅眼，三隻能看透人類原形的眼，都沒有看出關叮噹有什麼異樣。

「有三種可能。」朱三巴說，「她是佛，法力太高，我們看不出來；她在天界也是這副模樣，我們看不出來。她本來就是人，我們看不出來。」

我們回憶了在天界見過的每一張臉孔，沒有和她一樣的。

「我選第三種。她是人。」我堅決地說。如果她是佛，而我愛上了她，那不是什麼希望也沒了？

鏡子掛起的第二天一早，朱三巴對我說：「你半夜裡不睡覺，起來看著我幹什麼？」

我一愣：「沒有啊。」

鏡子掛起的第三天一早，朱三巴對我說：「我警告你，以後別半夜起來看我了！」

我又一愣：「沒有啊。」

鏡子掛起的第四天一早，朱三巴憤怒了，把我從床上拎了起來：「你不要半夜起來看我了好不好！」

我真沒有。問題一定是出在這面鏡子。我們對關叮噹說了這件事：「鏡子一掛起來，朱三巴就覺得晚上有人看他。」

「不會吧！」關叮噹甜甜地一笑。

鏡子掛起的第五天一早，朱三巴再也沒有說我半夜起來看他。他躺在床上，睡得很安穩。我走過去看了看，他臉上竟然掛著幸福的淚珠。

我叫醒了他：「你哭了？」

「沒有！」他擦了擦眼睛，粗聲粗氣地說。

第六天半夜，我被他的哭聲驚醒了。

「朱三巴，半夜三更你嚎什麼？」我大叫。

朱三巴止住了哭聲，裝睡。可是我沒睡著。我覺得這太怪了。

直到第七天半夜，我睜開眼睛，看見朱三巴站在鏡子前面，癡癡呆呆地發愣。我覺得頭皮發麻，沒敢吭聲。可是早晨一起床，朱三巴立刻對我說：「我看見她了。」

「誰？」我問。

「她，紫凝。」朱三巴認真地說，「我知道她被玉帝關起來了，藏在某個地方。我得去救她。」

我能猜出來，問題就出在那面鏡子上，我們決定一起找關叮噹談一下。關叮噹剛好回來了，進門第一眼看的就是鏡子。看完以後就立刻花容失色，說了一句莫名其妙的話：「快，跟我走，他們來了！」

「誰來了？」我們一起問。

還沒等到回答，我們已經都看見了，在鏡子上。這真的不是一面簡單的鏡子。簡單的鏡子面對著我們，不會照出來那麼多頭豬。一頭一頭，擠著撞著，鼻子裡噴著白氣。

「有母豬，真漂亮，快看！」朱三巴興奮地說。

「嗯，有，母豬還很多，比公豬多，因為母豬更喜歡照鏡子化妝。」我說。

「快走啊，要發生危險了！」關叮噹看我們一副不著急的樣子，急得都快哭了。

「說出妳的祕密就跟妳走！」

「再親我一下就跟妳走！」

我們兩個同時說。看來關叮噹真是急了，走過來抱著我的頭，惡狠狠地親了一下，又對朱三巴說：「快走，邊走邊說！」

朱三巴盯著鏡子上身材很對胃口的母豬形象，直到關叮噹把鏡子重新疊好到巴掌大，才戀戀不捨地收回了目光。一分鐘後，朱三巴騎著他那輛破舊的自行車，前面橫樑坐著關叮噹，後座上坐著我，一顛一顛地上了路。

「從鏡子上看到的豬，都是梅山七怪朱子真的後代。」關叮噹說。

「知道，我們看得出來！」朱三巴說。

「這面鏡子裡，能夠看到很多一般人看不到的東西。」闞叮噹說。

「知道，我看了好幾天了！」朱三巴說。

「掌握了這面鏡子，就能掌握很多祕密。」闞叮噹說。

「廢話！」朱三巴仍然沒有好氣。

「比如說，你們為什麼會離開天界。」闞叮噹說。

我們為什麼會離開天界呢？

那一天，我和朱三巴一起偷偷闖到了玉帝的御書房。玉帝不在。我變成了紫凝仙子的樣子——那是我學會變化術以來最違心、最痛苦的一次變化——守在門外。我不知道紫凝和朱三巴在裡面說了什麼、做了什麼、接吻了沒有（沒有人會自虐到去想像那是什麼樣子）、哭了沒有。就在那個時候玉帝出現了。

「別說我不給你機會。咱們現在賭一把。如果你和朱三巴在一個時辰之內能夠數清我這御書房裡有多少本書的話，我就放你們出去，連紫凝都可以一起帶走。如果你們做不到，那就給我下界投胎做凡人去吧。」玉帝很平靜地說。

「好，你說的！」我猴二小雖然經常翹課搗蛋，可是身上有著鬥戰勝佛孫悟空的血脈，有著普通神仙一輩子也練不出來的本事，還沒有誰敢這樣小瞧過我。

「那現在就開始吧。」玉帝從懷裡取出一個沙漏。

「真是老土，都什麼年代了，就算你沒有戴勞力士，拿著手機看時間總可以吧？」我橫了他一眼。

這位天上最大的官一點也不惱，只是冷冷地說了句：「已經開始了。」沙漏裡的沙，正在以一股細流的方式向下流淌。

開始了，好！我咬了咬牙，從胳膊上拔下一把猴毛，放在嘴裡嚼了又嚼：「多少本書，多少本書……」

看看嚼得夠碎了，一口噴出，無數的碎猴毛轉眼間飛滿了御書房的各個角落。碎猴毛們轉眼間變成了無數隻小猴。小得很，每隻都只有一本書那麼大。我畢竟還沒有老祖宗那麼大本事。小猴們爬上爬下，每隻抱了一本書。御書房裡的書都被抱空了，我的小猴還剩下好幾隻。

我才不會傻到讓他們挨個報數，我讓他們分組統計。十隻一組，數清了留一隻，其餘的原地坐下休息。數書的工作量一下子減少到十分之一。這十分之一的猴子再十隻一組，工作量減少到百分之一。再十隻一組……我太聰明了。看著休息的猴子越來越多，工作的猴子越來越少，我得意地看了玉帝一眼。

玉帝微笑著，做了一件事。他從袖筒裡取出一隻玉如意，一砸，砸碎了沙漏。沙子一下子全灑了出來。我和朱三巴這才知道上了當。

這不是一個普通的沙漏，當它被打碎的時候，它所代表的時間，那一個時辰，直接就過完了。看勞力士是這個結果，看手機，看電腦，都一樣。而我的書還沒有數完。

朱三巴戀戀不捨地鬆開了紫凝的手。我們像兩個男人一樣地來到了南天門通往人間的入口。

「擅闖御書房小仙兩名，打下凡間，開門！」押送我們的小巨，那個巨靈神的後代高聲喊叫給守門的天兵知道。然後他偷偷地對我們說：「猴二哥，朱三哥，委屈你們了！」

我們點點頭，知道這小子也是沒辦法，平時他和我們玩得挺好的，可是他也惹不起玉帝。

「開門！」小巨又說。

四名天兵滿頭大汗地推門。一邊苦著臉：「上仙，門壞了！」

他們費了好大的力氣，才打開了南天門。門外就是通往凡間的通道。這個通道不知道為什麼已經變形，正在慢慢縮小，把大門都擠壞了。看那樣子，十天之後，應該再也不會有人能夠通過。這太奇怪了。

就在我和朱三巴被天兵們從那個通道扔下去的時候，我們還對看了一眼。

我問他：「我們會不會是最後一次被打落凡間的神仙？」

朱三巴沒有回答我，說著他自己的話：「我一定會回來的，找我的紫凝仙子！」

3 重新封印五行之息

嫫母，最醜的女人，黃帝的妻子，製造了人世間第一面鏡子。她的後代擁有鏡子的能力。天上人間，所有的鏡子都是她目光的通道。凡是有鏡子的地方，只要她想看……

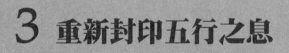

我們一起來到了關叮噹上班的酒吧。這個酒吧和任何一個其他的酒吧一樣，光線很柔和，音樂很動聽，服務生都是美女。這樣的地方，能不能躲得過那些妖怪？

「放心吧，他們找不到這裡。」關叮噹說。

「為什麼找不到？」朱三巴問，又補充了一句，「妖怪的眼睛是雪亮的。」

「可是他們不用眼睛找。」關叮噹笑了。

她笑得是那麼可愛，那麼讓人心動。我癡癡地看著她那張妖媚入骨的臉：「有眼睛不用，那不是太可惜了……」

「他們用……」考慮到我們的理解能力和她自己的表達能力，關叮噹從隨身的小包裡取出一本精緻的辭典，輕輕地撫摸著，慢慢地翻，溫柔地看。

現在我希望自己是那本辭典。

「找到了！」她得意地說，「可是這個詞我不會唸。」

朱三巴看了一眼，唸出聲來：「雷達。」

「雷達？」我重複了一遍。

「差不多吧，就是那個意思。」關叮噹溫柔地看著我，就像大姐姐在看小弟弟。這不好，真的不好。我不喜歡這種眼神，姐弟戀不適合我。

「就是說，他們是用某種妖法掃描這個城市，用來確認目標？」朱三巴判斷。做為一名天生的戰士，他總是能冷靜地捕捉到問題的關鍵。

「回答正確！」關叮噹說。「他們能掃描到異常能量的存在。而這個地方，他們根本掃描不到。」

「那他們怎麼找到妳的？」朱三巴問。

「他們發現的是玉佛像的能量，不是我。」關叮噹答。

「那妳為什麼不把玉佛像也藏在這裡？」朱三巴又問。

「因為這是一家科技含量很高的酒吧。玉佛像到了這裡，會直接化成粉末。」關叮噹又答。

「為什麼？」我問。

關叮噹遞過來一本菜單：「兩位要點些什麼？」

柔和的燈光下面，關叮噹就站在我的身邊，幾乎要偎到我的身上來。我忍不住伸出了一隻手，環住了她的纖腰。天啊，我太幸福了！

關叮噹把小嘴湊到了我的耳邊，吹氣如蘭地說：「小聲說話！」一邊伸手指了指菜單上那四個字。

那四個字是這家酒吧的名字——魔鬼天堂。難道說，這裡是妖怪們的大本營？再先進的雷達，也掃描不到自己的內部。兩名輕妝淡雅的美女服務生輕聲笑著，從我們身邊走過。我向她們看過去，是重影。黃眼看到的是美女，紅眼看到的，是兩隻皮毛光潔的白色小羔羊。

關叮噹小聲地警告我：「記住，下次見到這兩個人的話，如果點菜，不要點羊肉。否則你會死得很難看。」

「那要點什麼？」我詫異地問。

「可以點些羊奶酒，味道不錯的，很新鮮。」關叮噹說。

我暗暗發誓，以後不喝羊奶。

朱三巴忽然問：「妳到底是誰？」

這個問題很重要。關叮噹知道太多祕密了，如果不能確認她是人是神還是妖，那我們會連怎麼死的都不知道。

「你怕死啊？」關叮噹輕輕地說。

「一個人活著的時間會很短，死了的時間會很長，死得越早，那死後無聊的時間不是會更久？」朱三巴說。

「我到底是誰，並不重要。重要的是你們是誰，你們為什麼會來到人間，你們有什麼事必須要去做。」關叮噹說。她那雙妖媚的眼睛，像是浩瀚的夜空，閃著深邃的光芒。

朱三巴看著這樣的一雙眼睛，卻仍然能保持著戰士的冷靜。這時他的表情很酷，酷到憤怒。如果不是在這個可能是妖怪大本營的地方，讓他還有所顧忌的話，說不定他已經開始對關叮噹「講道理」了。一個大男人，無論是神還是妖，都不會願意被一個小女人愚弄。

關叮噹並不理會他的表情，繼續說：「不要以為玉帝讓你們落到凡間，只是一個偶然事件。你們可以想一想，玉帝最惹不起的人是誰。」

玉帝最惹不起的人，是鬥戰勝佛孫悟空。後來因為孫悟空去西天取過經的原因，他最惹不起的人，又加上了孫悟空最好的朋友豬八戒。後來因為一代代的繁衍，玉帝最惹不起的人就成了孫悟空和豬八戒的後人。再後來，因為我和朱三巴的出世，他最惹不起的人……難道是我們兩個？

「有道理，」朱三巴顯然也想到了這一點，「玉帝這一次罰我們兩個人下界，態度太乾脆了。」

太乾脆了，乾脆到似乎根本沒有顧忌到鬥戰勝佛與淨壇使者的存在。而這兩位祖宗，竟然也一直沒有關注過這件事。

「你有多久沒見過老祖宗了？」朱三巴問我。

我努力回憶著自己在天界的一切。

「大概是……好像在天界小學畢業時見過一回，後來再也沒見到。你呢？」

朱三巴說：「我也是。而且和以前不同的是，直到那次見過他們，再也沒有聽到過有關他們的任何消息。」

做為天界人人皆知的鬥戰勝佛，關於他的新消息，竟然很多年來一直也沒有神仙傳說，這件事情也太怪了。更怪的是遊走於天界到處淨壇的使者，關於對他吃窮了諸位神仙的傳言，竟然也一直沒有。他們究竟去哪兒了？我們一起看著關叮噹，似乎認定她能猜出我們想的是什麼，而且能立刻給出答案。

關叮噹果然猜出了我們所想的事，並給出了回答：「我最後一次見到他們，比你們遲不了幾天。在那後來，我再也沒有見過他們。」

「妳來自天界？」我問。

「那後來還有誰見過他們？」朱三巴問。

關叮噹沒有回答我的問題，而且回答了朱三巴，如果那也算是回答：「如果說我最後一次見到了誰，那就是說，以後再也沒有任何人見過他們。」

我和朱三巴張大了嘴，全都看著她。她能說出這樣大的話來，可我們卻不知道她是何方神聖。

她好像又看透了我們的內心，輕輕地嘆了一口氣：「好吧，給你們一個提示。我的祖先，姓嫫。」

姓嫫的人，實在不多。她一說出來，我就知道自己完了。我有多愛她，她一定早就知道了。我根本用不著從她的門口故意路過，也用不著尋找機會英雄救美。我甚至連她為什麼會毫不猶豫地在我臉上親過兩口，而現在我環抱著她的纖腰（對不起，我一直沒有放開）她竟然不生氣的原因都知道了。我甚至可以想見，如果我對她的愛帶了一絲邪念的話，會有什麼樣的後果。這個世界，天上人間，可以說，基本上沒有她不可能知道的事，包括我和朱三巴在床上裸睡的美妙姿態，全都瞞不過她那雙迷人的眼睛。

嫫母，最醜的女人，黃帝的妻子，製造了人世間第一面鏡子。她的後代擁有鏡子的能力。天上人間，所有的鏡子都是她目光的通道。凡是有鏡子的地方，只要她想看，都能看到。嫫母不是天上的正神，她的後代，也一直以各種各樣的方式活動在人間。怪不得我和朱三巴都看不出她的來歷。可是，嫫母的後代，會有這麼漂亮的人嗎？

看著我發癡的目光，關叮噹俏臉一紅，更顯嬌媚：「不會每一代都長成那個樣子嘛！」

朱三巴比我聰明，也立刻猜出了她的身分，戒心除掉了一大半，問她：「那兩位祖宗，到底去哪兒了，妳知道嗎？」

關叮噹得意地一笑：「佛祖的靈山寶殿上，也有很多鏡子！」

接下來的消息，讓我把關叮噹抱得更緊了一些（對不起，我還沒有放開她）。如果有可能，我願意一直那樣抱著她，一直抱到世界末日。關叮噹溫柔地看著我，眼睛裡帶著一絲感動，還有一絲掩不住的落寞：「只要知道了我的身分，從來沒有一個人真正愛過我。每個人的心裡都有一些不想讓別人知道的東西。你不怕被我看到嗎？」

「放心，他很純潔的，純潔得像一隻猴子。」朱三巴說。這是只有純潔的像一頭豬的人才能說出來的話。他對紫凝的愛情，也就是這麼純潔。

闞叮噹狠狠地擁了我一下，又輕輕地從我的環抱中掙脫了。我無法拒絕她的掙脫，我愛她愛到心軟。她站在那裡看看我，又看看朱三巴：「我明白玉帝為什麼會怕你們了，就是因為你們太單純。」

單純是危險的，純潔的人做事不會有任何顧慮。

闞叮噹告訴我們，鬥戰勝勝和淨壇使者被佛祖派出去做一件事，也許永遠都不會回來。就算他們能夠回來，也再也見不到我們了。

「為什麼？」我問。

「他們去做的，是什麼事？」朱三巴問。

「重新封印五行之息。」闞叮噹回答。

「五行之息，那是什麼？」我問。

「我也不知道。」闞叮噹茫然地搖了搖頭，「我只聽佛祖這樣吩咐，而且似乎那是一件有去無回的事。」

朱三巴低著頭沉思，好長一段時間沒有說話。根據我的經驗，此後他說出來的話一定很重要。果然……

他抬起了頭，兩隻紅眼睛看看我，又看看闞叮噹：「你們，相愛嗎？」

我怔怔地點了點頭，又搖了搖頭。因為他說的，是相愛。關叮噹握住了我的一隻手，沒有說話。她看了看朱三巴的眼睛，很快把頭低了下來，手心出了汗，顯然有些緊張。她在看別人眼睛的時候，和看每一面鏡子都是一樣的，每個人的心中所想，在她的眼中都是一目了然。朱三巴想到了什麼，讓她這樣緊張？

朱三巴愣愣地說了一句話：「如果相愛，別耽誤了，抓緊時間上床吧。」

我暈，我倒，我五味雜陳。我不知道說什麼好了。這個死黨，也死得太厲害了吧！我站起來，我坐下，我又站起來。我我我，我怎麼跟關叮噹解釋？我是愛她，可是這樣的話，朱三巴竟然也能說出口！

關叮噹的臉已經紅透到脖子了，她的嬌媚已經吸引得我心臟怦怦加速了。朱三巴說完那句話，好像輕鬆了很多，樣子很悠閒地看著我們，就像他平時準備看A片之前一樣。不過這次是想看真人版。

這個時候，關叮噹正深情地看著我，那眼神明明白白地說，她願意。她張開了迷人的小嘴，難道，她要說出來！我被強烈的幸福擊中，腦袋裡轟轟直響，精神力量提到了頂峰，我感覺自己在天界擁有過的力量，正在慢慢回到我的體內。

她果然說了，說了一句話：「快走，玉佛像出問題了！」

原來……是這件事啊。

這件事也很重要。每一個玉佛像，關係到一個神仙後代能否恢復真身。我們出了魔鬼天堂酒吧，才發現天已經黑了。我們叫了一輛計程車，向埋藏玉佛像的倉庫趕去。因為怕說話的內容被司機聽見，我們什麼都沒有說。到了倉庫附近一公里的地方，我們下了車，步行前往。

「為什麼說玉佛像出了問題？」朱三巴問。

「因為我看見在倉庫附近有人拿著一尊玉佛像。」這就是說，倉庫附近的某一面鏡子照見了一尊玉佛像。

「鏡子放在哪裡？」我問。那是一處廢舊的倉庫，附近好像沒有鏡子。

「不是倉庫裡面的，我在倉庫裡面的暗處也藏了鏡子。但這一面鏡子不大，一定是被人拿在手裡的。」看來，是一面用來化妝的小鏡子。可以想像，它的主人是一位美女……停，我不再想下去了，我只愛小妖精闟叮噹一個，這件事不能想，想了會被她發現。

闟叮噹回頭白了我一眼：「想吧想吧，沒啥，我見得多了，不會吃醋的！」

我的天，反應這麼快。看來我愛上了她，這輩子算是完了。停，不能想這個，她馬上就會發現……

偏偏朱三巴在這個時候插嘴：「看，愛上嫫母的後代，日子難過了吧。還不如我……」說到這裡，朱三巴忽然停了下來，一張臉上滿是和橫肉無法保持一致的憂傷。他一定是又想起紫凝了，他那個世上最醜的愛人。

只有闟叮噹才能準確知道鏡子和玉佛像的地點。她在前面領路，我們在後面跟著，東扭西拐，進了一條小巷。忽然闟叮噹停了下來。

「怎麼了？」我問。

「就在這附近，鏡子忽然黑了，一定是他把鏡子揣進懷裡了。」闟叮噹說。

「黑了就不能看？」我問。

「能。」闟叮噹回答，「但是必須讓鏡子發光。一個人在晚上，懷裡的鏡子忽然發光，會發生什麼事？」

「可能他會尖叫吧。」朱三巴認真地說。這個時候，我們剛好站在了一盞路燈的下面。相信如果有個人從後面看過來，一定能看見我們的背影。

肯定是有人看見了。因為在朱三巴說出「尖叫」兩個字的時候，我們背後不遠處立刻傳來一聲尖叫：「妖怪啊，豬啊，猴啊！」

是誰這麼厲害，在我們還沒有現出本相的時候就能看出來，而且，他的聲音聽著又有點耳熟？我正在思考這些問題，朱三巴已經邁步追了上去，伸手抓住了那個人前胸的衣服：「你胡說什麼，豬啊猴的！」

那個人的身高，比朱三巴還高上十公分。一張臉可就漂亮多了。他看清了朱三巴的臉，仍然止不住害怕，可能從害怕妖怪變成了害怕劫匪：「對對，對不起，我剛才看背影，看錯了人了！」

「不，小巨，你沒看錯，是我們。」朱三巴微笑著說，用一雙紅眼睛看著他的臉。

那個人，竟然是兩天前被我們嚇過的白面一九〇，巨靈神的後代，小巨！只是他自己還不知道這一點。

巨靈神何等威猛，可是小巨就差遠了，除了高高的個子和漂亮的小白臉，幾乎一無所有。而且膽子還挺小，這不，看了朱三巴的兩隻紅眼睛，又嚇暈了。

我在他懷裡摸了摸，果然摸出來一面小鏡子。看來他喜歡邊走路邊照鏡子。我又在他懷裡摸了摸，摸出來一尊玉佛像。看來這尊玉佛像不是從那倉庫裡偷的。問題是，他為什麼也會有玉佛像，而且不只一尊？

「這小子，這麼臭美，逗逗他！」朱三巴說。

我點頭表示同意，完全沒有注意到關叮噹是不是不忍心。

暈倒在地的小巨，兩隻手被我們拉過來，合在一起，握住了他的玉佛像。我們一起興奮地唸：

「啊屁個死撞死碰！」

暈倒在地的白玉一九〇，變成了暈倒在地的小巨，紅頭髮三角腦袋一張白癡臉的小巨。

「你看你們，嚇到他怎麼辦？」關叮噹果然不忍地說。

「沒事，可以救過來，三巴，上！」我說。既然朱三巴愛好給人做人工呼吸，想必這一回他也不會錯過。

想不到他竟然害了羞：「這個，還是你上吧，當著女孩子的面，多不好意思……」

我，我不願意上。我還留著機會給關叮噹呢。要是她看見了，說不定以後就沒機會了。

「唉，你們真沒用，我來吧！」關叮噹一副悲天憫人的表情。

可是，這不行啊，妳別……

我這樣想著，卻沒有說出口。對於關叮噹要做的事，我一件也不會阻攔。可是這回，這個這個……

關叮噹蹲了下去，把手伸向小巨的那張臉。

「啪啪啪啪！」四個巴掌，翻正各二。天，好快的速度。我現在已經懷疑自己那次英雄救美的機會，根本就是她給的了。

這一手看來很靈，小巨立刻睜開了雙眼，第一眼就看到了巧笑倩兮的關叮噹：「是妳救了我嗎？」他深情款款地問。

關叮噹真是太泛愛了吧，她竟然很溫柔地點了點頭，說：「是啊。」

小巨更來勁兒了：「那我的東西呢？」

關叮噹很合作，立刻把東西放在他的手裡，說：「你自己看看吧。」

那個東西，是小巨用來化妝的小鏡子。他拿起來，看了一眼，一聲慘叫，又暈過去了。

朱三巴豎起了大拇指：「行，叮噹，妳比我們還要邪惡！」

我也看著關叮噹，剛才萌生的一絲醋意，全部轉換成了幸福感。

小巨再次醒過來的時候，已經在那處廢舊的倉庫裡。有關叮噹在，一切都變得很順利。他給小巨看了一面鏡子。那面鏡子大小就像一台電視機，裡面播放著天界裡發生過的事。小巨看了一會兒，終於認清了自己的本來面目。

和我們一樣，他第一恢復的就是視覺神通，馬上認出了我們：「猴二哥，朱三哥，你們好！」

「你是怎麼下來的？」朱三巴問。

小巨敲了敲腦袋，邊想邊說：「那天，玉校長集合我們全校同學出去旅遊……」

「玉校長？誰啊？」我不記得有個校長姓玉。

「就是玉帝嘛。你們下界以後，玉帝說文曲星校長管理學校失職，出了你們這樣的學生，就把他調走了。然後是玉帝自己兼任校長。」

「好吧，去旅遊，然後呢？」我問。

「然後，我們到了瑤池。」小巨說。

「瑤池？那是禁地啊？」朱三巴闖過御書房，對禁地很敏感。

「你們走了以後呢，天界開發旅遊業嘛，瑤池就對外開放嘍。」小巨說，「不過呢，門票也太貴了。所以我們聽說可以免費去玩，特別高興，大家全去了！」

免費？一向摳門的玉帝竟然會免費，他在搞什麼鬼啊。

「然後，你們都掉進瑤池裡了？」朱三巴問。

「沒有啊，我們站在瑤池的九曲迴橋上面，到處看。那風景，嘖嘖……」

「然後，你們就暈過去了？」朱三巴問。

「沒有啊。後來老師們指給我們看瑤池裡面，說七仙女在裡面洗澡……」

「你們看見了?!」我著急地問。這等眼福，竟然沒有我的份，老天真是不公平啊。停，不想了，關叮噹在。

「沒有啊，老師們說，七仙女在裡面洗澡，那是很久很久以前的事了……」

暈，你一口氣說完好不好。

小巨接著說：「然後呢，我們就往瑤池裡看，哇，我們看見了……」

「喂，這和你們掉入凡間有沒有關係？」朱三巴明顯地不耐煩。

「沒有。」小巨很認真地搖了搖頭，眼睛清澈單純得如同其他一切白癡。

「那你扯這麼遠幹什麼？」朱三巴向前走了一步，看樣子準備「講道理」。

「可是，這和你們有關係。」小巨說。

「那你接著說吧。」關叮噹顯得很感興趣。

小巨說：「我們站在橋上，往瑤池裡看去，看見金光萬丈，草木叢生，波濤洶湧，烈焰熊熊，塵土飛揚……」

我伸手就去摸他的額頭。摸到了，沒發燒。小巨真誠地看著我：「猴二哥，我說的都是真的。」

可能是真的吧，只是我們都不明白那是什麼。朱三巴點點頭，示意他接著說。

「我們看到瑤池裡真是奇怪。可是更奇怪的是，我們看到了猴祖宗和豬祖宗。兩個祖宗一個拿著棒子，一個拿著鈀子，在那金光草木波濤烈焰塵土裡飛來飛去。我就喊他們啦，『兩位老祖宗，你們在幹什麼啊？』」

「白癡！」朱三巴說。

「是啊，豬三哥你都知道啦？老師和同學們當時就是這麼說我的。他們說，喊也沒用，兩位老祖宗聽不見的。」小巨又真誠地看著朱三巴。

關叮噹說，兩位老祖宗奉了佛祖的吩咐，前去封印五行之息。五行之息是什麼，我們都不知道。我們只知道五行是金木水火土。莫非小巨他們在瑤池中看到的，就是這件事？

「接著說，你是怎麼來到凡間的？」朱三巴的思路沒有被岔開，接著追問。

「後來，我們遇到了太上老君，他給我們每人發了一粒金丹。」小巨說。

「是仙丹？」我太鬱悶了。我做夢都想吃一顆太上老君的仙丹。可是這麼好的機會，竟然不屬於我。

「不是啊，是凡丹。太上老君說了，如果想吃仙丹呢，就要從凡丹吃起，這叫做打好基礎，循序漸進。」小巨說。

凡丹這個稱呼，我還是第一次聽說，一定又是我們離開天界以後的事了。

「吃完凡丹，你就暈倒了？」朱三巴問。他好像很盼著小巨暈倒。

「我不知道。我沒有暈倒。因為我沒吃。我想留著，以後慢慢吃。」小巨說，「不過，別的同學吃完都暈倒了。」

「那你呢？」我問。

「太上老君和老師們看我沒暈倒，商量了一下，好像是說這種凡丹一定對白癡沒用處。他們說的白癡，是不是我啊？」小巨問。

「然後呢？」朱三巴問，「你到底怎麼下來的？」

「他們告訴我，如果凡丹吃了沒用，那就只好自己走。所以我就走到南天門，從那條路上走下來啦。」小巨說。

「然後呢？」我問。

「然後……我都忘了。」

我們早就知道小巨很白癡很純真，卻沒有想到他是這樣的白癡和這樣的純真。我們現在很想知道，天界中小學的那些同學，現在怎麼樣了。可是他卻沒有辦法告訴我們。

「後來的事我知道。」關叮噹說，「他們全都暈倒了，然後都被人從南天門那個通道扔下來，到了人間。」

他們，他們全來了?!

我和朱三巴吃了一驚。神仙的後代們，全部來到人間。這背後到底藏著什麼樣的祕密？能解開這個祕密的，也許只有無所不知的關叮噹了。

「如果他們都來到了人間，那他們現在都在什麼地方？」朱三巴問。

「我不知道。」關叮噹很乾脆地回答，「我只能準備了這些玉佛像，慢慢找他們出來。」

「妳不知道？妳不是無所不知嗎？」朱三巴問。

關叮噹嘆了一口氣，看著朱三巴，像是在看一個不懂事的孩子：「你知道天上人間，總共有多少神仙凡人？又總共有多少面鏡子？我就是不吃不喝，不停地看，我又能看到多少？」

我們無語，她說的是事實。從人世間找到這些神仙的後代，這也太難了。除非……

除非找到搜神器。傳說很久很久以前，對神仙來說也是很久很久以前，有過這樣一件法寶。沒有人知道它是什麼人製作的。但是只要有這件法寶在手，不論想找到哪位神仙，都是易如反掌。我看了關叮噹一眼。

可是關叮噹立刻搖了搖頭：「我不知道搜神器在哪裡。也許這個東西已經被誰毀掉了，也許被封藏在一個沒有鏡子的地方。那是一件每個神仙都很反感的神器。」

「沒有別的辦法了嗎？」朱三巴問。

「有。」關叮噹肯定地說，「可是我們現在做不到。」

「為什麼？」我問。

「現在科技發達，再先進的東西，都有複製品。搜神器的複製品不多，但是我想肯定有一個。」關叮噹說。

我汗，難道是盜版？

「在哪裡？我們去拿。」朱三巴說。

「我想，應該就在魔鬼天堂酒吧。」關叮噹說，「可是我在那裡已經觀察了好幾年，仍然無法得知它的下落。」

「是不是妳說的那個雷達？」我問。

關叮噹點了點頭：「因為是盜版，所以不會有那麼先進，但是用來探測特殊能量的存在，應該不會有問題。」

魔鬼天堂酒吧，妖怪的大本營。兩隻白猿小妖的本事我們已經見識過了，一定還有很多更厲害的角色。以我們的能力，硬闖等於送死。

朱三巴沉默了好一會，忽然認真地說：「我想上學。」

現在我也很想。我們應該回到天界的學校，好好地把本事學一學。

「可是你們已經回不去了。」關叮噹說，「在神仙後代們全部被打入下界以後，南天門外的通道繼續變形，現在已經完全封死。現在的天界，沒有一個神仙能夠出來，也沒有一個凡人能夠進去。」

「這是為什麼！」朱三巴忽然大叫起來。我知道，他一定又想起紫凝仙子了。

「不過我可以讓你們重新上學，只要有那個時間。」關叮噹說。
沒錯。她可以讓我們觀看鏡子裡的錄影。在天界學會的仙法啊，你們快回來吧……
「不，現在我們還有一件事要弄清楚。」朱三巴說，「那就是，小巨的玉佛像從哪兒來的？」
「玉佛像？我的玉佛像呢？」小巨忽然發瘋地尋找起來，「那是老闆讓我買回去送禮的啊。上次買了一個，我丟了，只好借了高利貸，又買了一個。在哪兒，在哪兒？」
看他那個樣子，我們知道，再不哄他，他一定會哭出來。
「你放心，我們會幫你重新買一個。」關叮噹說。
「真的嗎？妳這位大姐，人還真好啊……」小巨溫柔地看著關叮噹。那種溫柔，如果配上他在凡間的那張每天隨時照鏡子的帥哥臉，對任何一位美女都具備著絕對的殺傷力。可惜他現在用的是另一張臉。老天，願他一直用這張臉，阿門。
「真的，我們會幫你買，只要你告訴我們，你的玉佛像是從哪裡來的。」關叮噹說。
「那……你們幫我買，要收錢嗎？」小巨又問。
「只要你告訴我們，就不收錢。」朱三巴說。
「好吧，」小巨說，「在這不遠的地方，有一條商業步行街。在街上有一家玉器行，老闆姓鄧。」
「帶我們去。」朱三巴說。
「那你們要幫我買玉佛像。」

「不去怎麼買？」

小巨高興起來，拔腿就走。

「等一下！」我很不情願地叫他，因為我實在不想他變回那張帥哥臉，「你就這個樣子去？」

小巨又變回了帥哥白面一九〇，帶著我們走上了那條步行街。我和朱三巴都是窮學生，很少來這種地方。不過看小巨和關叮噹的樣子，他們倒挺熟悉。

街道上的夜市燈火通明，男男女女摩肩接踵，碩大的燈箱看板一個擠著一個。我們被人群擁著，費了很大的力氣，才來到玉器行的旁邊。以前我從來沒有注意過魔鬼天堂酒吧的招牌，現在可得注意。抬頭一看，玉器上方掛著一塊黑底金字的隸書匾額，上書四個大字：「土府玉器。」

「土府是什麼東西？」我問了一句。難道是陰曹地府的別名？

「這還不簡單，玉都是從土裡挖出來的嘛。」朱三巴倒是裝得滿不在乎，不過他的兩隻紅眼已經瞪圓了。

我們走了進去，玉器行裡空無一人。就算是生意冷清，也不會連個值夜的人都沒有吧，東西被偷了怎麼辦？

「這裡的東西不會被偷。」小巨說，「以前曾經有過人在這裡偷東西，不過偷東西的人都失蹤了。」

可怕。

「失蹤了很久以後，有些還能出現，不過是偶然被人從地裡挖出來的。」小巨又說。

更可怕。

「有人懷疑是這裡的鄧老闆幹的，可是沒有證據。」小巨接著說。

這就不可怕了，這世界上沒有證據的事太多。只要有錢，有證據也會變成沒證據。

「我一般都不敢到這裡來買東西，如果不是老闆一定要，我也不會來，因為鄧老闆很可怕。」小巨又說。

這個鄧老闆，到底有什麼可怕？莫非真是地府來的勾魂使者？

這時候小巨已經叫了起來：「鄧老闆，鄧老闆！」

「我在這。」一個深沉的聲音回答。我們東張西望找了很久，才在某個櫃檯後面找到了說話的人。這個人長著一顆彪悍的光頭，頭上全是土。蓄著一口工整的口字鬍鬚，鬚上全是泥。他的鼻子很短，相貌很兇惡。這些我們都能接受。我們不能接受的是，他只有肩膀和頭被我們看見，其餘的地方，都沒有。

「鄧老闆，你這是，刨坑把自己埋了？」小巨關心地問，這小子雖然白癡，倒挺善良。

我看著這位鄧老闆的光頭，猜測著他的身形。那是一顆屬於彪形大漢的光頭。如果加上軀幹和四肢，全套配齊，這坑挖的一定不小。

「快，把我刨出來！」鄧老闆說。

小巨上去就準備動手。朱三巴把他攔住了：「等一下。」

說完，朱三巴瞪著一雙紅眼，對鄧老闆確認了一會兒，認定了他不是什麼異種，才開始尋找刨坑的工具。可是這玉器行裡別說是鐵鍬，連把鏟子都沒有。而且看這腳下全是水泥地面加木地板，有了鐵鍬也沒用。

我們商量了一會兒，有了主意。朱三巴讓小巨站在鄧老闆的身後，對鄧老闆說：「你可別回頭，否則後果我們不負責。」

鄧老闆點了點頭。我們幾個過去先把店門關了，窗簾也拉得嚴嚴實實。省得外邊有人看見裡面發生的事。

鄧老闆的土匪臉顯得很慌張：「你們，你們要幹什麼？」

我和關叮噹並肩站在他的面前，給了他兩個安慰的微笑。

「你不要大聲叫啊，否則你就在這裡埋著吧，我們可不管了。」關叮噹說。

鄧老闆看著我們，有點犯愣。朱三巴和小巨這時已經到了他的身後。兩個人各自雙手互握，唸了一句：「啊屁個死撞死碰！」

一個紅髮三角腦袋的妖怪，和一個豬頭妖怪全都現了原形。兩個人一左一右，各自抓住了鄧老闆的一邊肩膀，大喊了一聲：「起！」

在我們這些神仙後代裡，力氣最大的就是他們兩個。現在到了人間雖然打了折扣，可現了原形又恢復了一點。兩個人共同用力，只聽「嘩啦」一聲，地上碎石崩起，鄧老闆被拉出來了。

等一下，怎麼只拉出來一截？難道是把人拉斷了？

不對，如果拉斷了，這人一定會慘叫。就算不慘叫，這人一定也暈死了。可是鄧老闆的表情，卻像是如釋重負。他回頭看了看小巨和朱三巴，有點驚訝，可也沒有害怕，說話的語氣還有點不耐煩：「放下我吧——」

他竟然不怕，這也太奇怪了。可是更奇怪的是他自己。他被朱三巴和小巨放了下來，倒背著手來回走了兩步，蹭地一聲，跳上了櫃檯後面的一個高凳：「你們有什麼事，說吧！」

我這才發現，他那張大漢臉的下面，是一個短短短短的身子。身子下面，是一雙短短的腿。這個神祕的地府人物，竟然只有兩尺多高！我把小巨拉到一邊：「喂，你不知道他本來只有這麼高？」

「我從來沒有進過櫃檯裡面，他可能總是坐在那個高凳子上吧，我看不到。」小巨回答。

關叮噹看了鄧老闆一會，態度很確定地說：「你的玉佛像，全是從我那裡偷的。」

鄧老闆聳聳肩，不置可否。

「土府玉器。這個招牌透露了你的身分，你本來姓土。」關叮噹說。

「我願意隨母系這邊的姓，不行啊？」鄧老闆歪了歪腦袋，表情很無賴地問。

我想起來了。他一定是土行孫的後代。土府星是他老祖宗土行孫的封號。他跟母系這邊的姓，而土行孫的老婆，名字就叫鄧嬋玉。看來他的身高繼承了土行孫，怪不得這麼矮。

朱三巴也想到了這一點，忽然對關叮噹說：「等等，我不大相信。如果他是土行孫的後代，那也應該是我的同學啊，我怎麼不記得他有這樣一張臉？」

除非他在天上用的也是這張臉，否則我們不可能看不出來。

鄧老闆翻了他一眼：「我在天上，用的也是這張臉。問題是，你有沒有看過我一眼？」

沒有，我們都沒有，我們走路都很少低頭。很可能這位鄧老闆在天上的時候，圍著我們的腿邊已經打過了好幾年的轉。我們無視人家的存在，這是我們的錯。

「對不起，我們錯了。我們不該這樣忽視你的存在。」小巨忽然說。

最白癡的人往往最真誠，我們都不如他。

「你能再賣給我那樣一個玉佛像嗎？」小巨伸手一指我們，「他們付錢。」

我撤回前言，看來小巨已經沒那麼白癡了。

「我不能了。」鄧老闆說。

「為什麼？」小巨問。

「你沒有看見？你白癡啊！」鄧老闆忽然惡狠狠地說。

小巨不明白，可是我們都明白了。土行孫的後代，能夠在地下行走，因此偷來關叮噹的玉佛像不是難事。難的是，鄧老闆好像出了問題。比如剛才，他一定是在某次地行之後，被卡在那裡了。

「你為什麼會被卡住？」朱三巴問。

「因為土變硬了。我不知道是什麼原因，平時很容易就走過去的地下，現在走起來很累。」鄧老闆說。

「不是土變硬，一定是土的密度增加了。」我推測。

「對，是這樣。」鄧老闆點了點頭，忽然跳了起來，他的彈跳力真好。兩尺多高的身材，跳起來的時候，竟然超過了小巨的頭頂。

「我知道了，一定是息土！」鄧老闆人還在空中，已經開始表情嚴肅地說起，等他落下來的時候，剛好說完。

「息土是什麼東西？」我問，「能讓土的密度加大？」

「那節課你一定在睡覺。」鄧老闆說，「息土，可是全部土壤的源頭。它能讓土變多。」

「大禹的父親鯀在治水的時候，曾經用過。」朱三巴補充。「在此之外，還有息水，息木，息火，息金……」

我忽然打斷他的話，叫了起來：「天哪，五行之息！」

佛祖交給兩位老祖宗的任務，正是封印五行之息。雖然不能確切地明白這意味著什麼，但這絕對是一件很重要的事。

「我準備回一趟學校。」我說，「到電腦房，上網查一下五行之息的資料。」

「我們去取一個玉佛像給小巨，順路去看看他的老闆。他為什麼需要這個東西，非常可疑。」關叮噹說。

「妳只好自己行動了。」朱三巴說，「但是在此之前，我要確認一件事——鄧老闆是怎麼知道自己本來面目的？」

神仙在下凡之後，會有很長的一段時間忘記自己的本來面目，除非他有什麼獨特際遇。朱三巴是在見到玉佛像之後想起了紫凝告訴他的咒語。我和小巨都可以算是沾了朱三巴的光。鄧老闆是因為什麼？

「因為，我早就想下凡間來了。在天界，竟然沒有一個人願意看我一眼。所以關於玉佛像的那個咒語的事，就算是轉世投胎，我也忘不了。」鄧老闆說得很慢，表情有點傷心。

我們應該安慰他一下的。因此，小巨替我們說了：「可是我看你到了凡間，還是這麼矮啊，平時有人看見你嗎？」

4 天界變成了一本書

朱三巴的拳頭首當其衝。然後是鄧老闆鑽入地下，在下面抓住了我的雙腳。桃大和柳二的桃木劍和柳木刀，發出或粉或綠的光芒。我的世界末日，看來會提前到來了，阿門……

學校的電腦房，風扇嗡嗡作響，及時通訊的訊息聲響個不停，鍵盤劈哩啪啦。我好不容易才找到一個座位，坐下來打開瀏覽器。

輸入「五行之息」，我搜。面前彈出字幕：找不到與五行之息有關的內容。

輸入「五行之息，詞條」，我搜。彈出字幕：無此詞條，可自行添加。

輸入「五行之息，商業」，我搜。彈出字幕：沒有賣五行之息的。

我汗，我不得不確認一下這網路是不是出了問題。輸入「比猴二小更帥的人」，我搜。彈出字幕：找不到比猴二小更帥的人。

看來網路沒什麼問題，一切正常。可我為什麼就搜不到呢？

輸入「快告訴我五行之息是什麼！」彈出字幕：我就不告訴你！

輸入「告訴我五行之息是什麼，請你吃肯德基！」彈出字幕：我真的不知道。

輸入「再不告訴我五行之息是什麼，我讓你短路！」彈出：「Please wait……」

看來有門兒。我等。我等。我再等。那讀取操作條閃來閃去，停了。當機？不是。為什麼停？我等，我再等……

終於，彈出字幕來了：我已經通知網管老師，你要讓機房短路……

靠，跟我玩陰的！

我一把扯下鍵盤，放在地上就要踩。等等，又有字幕彈出來了：開玩笑的啦！

我倒。就在這個時候，我的及時通自動彈了出來。拜託，我沒上及時通啊。及時通裡有個人頭一閃一閃，打出了這樣的字：「猴二哥，總算找到你了！」

什麼人這麼厲害，能遠距離控制我的及時通，還能馬上認出我是誰？

我只好撿起鍵盤，打字問他：「你是誰？」

視窗裡傳來五個字：「我是沙小靜。」

沙……小靜？老祖宗金身羅漢沙僧的後代，天界中學最酷的小女孩。你能不能想像一個小女孩頭上束著二龍戲珠金抹額，長髮披開如頭陀，脖子上掛著一百零八顆由最好的珍珠雕刻而成的小骷髏頭？那就是沙小靜。根據小巨的交待，她也是吃了凡丹之後暈倒，被扔到凡間的一員。

「是妳？妳在哪兒？」我問。因為西遊後人的身分，我知道這是一個最值得信任的人。

字幕彈出：「我就在這裡。」

「這裡？」我四周看了看，不管是用黃眼還是用紅眼，都沒有看到她，不由得搓了搓手。

字幕又彈出：「把手放回鍵盤，不然我看不到你。」

「這……這又為了什麼？」我打字問她。

「好了，現在我看到你了，手不要隨便離開。」

我愣。

「好了，現在看的很清楚。你穿著一件文化衫，已經三個月沒洗了。前面的字是『其實流氓不可怕』，後面的字是『就怕流氓有文化』，對吧？」

我無語，這是哪位哥們在整蠱我。可是不管哪位哥們兒，也不可能知道沙小靜啊。

「你的腳下，右邊鞋墊丟了一隻，現在正在出汗。還有，你小肚子青了一塊，是怎麼搞的？」

那是被猴妖給打的。我立刻打字問她：「妳還能看到什麼？」

「只要你的手還在鍵盤上，我可以再往下看……」

我立刻把手縮了回來！沙妹妹，不要啊，給哥哥留點面子成不？

「好了，不開玩笑了，你馬上戴上耳機，我有重要的事要和你說。你是不是在調查五行之息？」

我戴上了耳機，只覺得自己「嗖」地一聲，不知道到了什麼地方。

那是一個房間。沒有門，沒有窗，只有……網。一條條線幽幽的光線，交織成網，錯綜複雜，把我層層包圍了起來。

「這是什麼地方？」我問。

「你在我的身體裡。」這個聲音我記得，沒錯，正是沙小靜。

「可是妳怎麼會變成了這樣？」我吃驚地問。

光線一閃一閃的，對我做出了回答：「我和你們不同。你以為轉世投胎的，都會投生成人？」

「那妳？」

「我轉世以後，成了網路的一部分。」

我暈，超酷美少女成了一部分虛擬網路，這也太殘酷了吧。

「這也沒什麼不好啊，我覺得我現在聰明多了。網路上有海量的資料，讓我很快就知道了自己是誰，我一直在等你來查五行之息的資料。」沙小靜說。

「有這樣的資料嗎？」我問。

「有。幸虧你找到了我，否則問誰都沒有。」小靜說。

「為什麼？」

「因為那資料早都沒了。還好我留了備份。」

「怎麼會沒了？」

「因為人類滅絕了嘛，天界人界，全都滅絕了。」

「……」我又不知道說什麼好了。

「五行之息很少一起出現。每次只出現一種。上次出現的時候，是息土。」

「我知道，那是很久以前的事了。治水嘛。」我說。

「在那之前的很多年以前，有過三次，五息同時出現。金木水火土，五行所代表的物質，一起瘋狂地增加。然後，整個世界就消亡了。」

「……」

「以前有著更多比現在法力更高的神仙妖魔，可是一樣逃脫不了劫難。」

我知道沙小靜一直很酷，可是沒有想到她會酷成這樣。我希望她是在和我開玩笑。

「妳是怎麼知道的，以前的世界，不是都消亡了嗎？」她必須合理解釋出這個問題，否則就是說謊。

「消亡的只是天界和人間而已。你知道整個宇宙有多大？我們消亡，外星人看著呢。一切資料他們都錄製了光碟呢。」沙小靜說。

「外星人？我暈！」

「先別暈，我的時間不多了，要趕緊說完。」

「為什麼？」

「外星人在侵入我們網路收集我們資料的時候，我進行了反侵入，才得到五行之息的消息。你以為他們會放過我？」沙小靜說。

我沒見過外星人，不知道他們要做什麼，肯定不是好事。我真誠地看著她，但也不是知道自己是不是看到了她的眼睛：「小靜，辛苦妳了。」

「沒關係啊，他們大不了把我殺了。不過我現在又不是人，我沒有痛感的。」

「……」

「現在聽我說。在五行之息真正爆發之前，天界會派人對它進行短暫的封印，從而獲得它的一小部分力量。這一小部分力量，將會被用於製造天界的結界。」

「天界的結界？」我問。

「就是說，天界把自己封印起來，以保護自己不被五行之息的爆發之力所擊潰。」

原來如此，天界諸神有保護自己的辦法。可是他們為什麼在這樣的時候，把我們打下凡間，這也太自私了吧！

「這個結界的製造，幾乎要動用天界諸神的全部力量。而且，在結界中的神仙們，如果法力不夠的話，仍然沒有辦法存活下來。」沙小靜又說。

「我們這些神仙的後代，法力當然是不夠嘍。就是留下，也活不了，還不如趁世界完全消亡之間，先快活一陣子，是吧？」我這樣問的時候，忽然想起了朱三巴的話，對我和關叮噹說的。

如果相愛，別耽誤了，抓緊時間上床吧。

莫非他早就知道了什麼？

「不，」沙小靜說，「不是讓你們快活。這裡面有一個機會，值得賭一把。」

「什麼機會？」我問。

「天界被封印之後，它的形態，是一本書。」

「一本書，裡面封著天界諸神？」我問。

「沒錯，你們要找到這本書。」

「然後呢？」

「找到這本書……再找到……鑰匙……」沙小靜的聲音，忽然變得模糊起來。

「小靜，妳怎麼啦？」我大聲地問她。

「外星人找我……來不及了……你記住一個數字……44705……這是……」

嗖地一聲，我發現自己回到了學校的電腦房，耳朵上戴著耳機，傻呆呆地發愣。

我的手機忽然響起。一看，是關叮噹打過來了，我連忙接聽：「哈囉，什麼事？」

「你快來天龍大廈407室，有急事！」關叮噹說完，掛了手機。不會吧，一點兒溫柔的話都沒有。

我出門，叫車，半小時內已經趕到了天龍大廈。那是這座城市最大的商業辦公樓。我悶頭就往裡闖，一位看門的老大爺把我攔住了：「小夥子，你找誰？」

「我找關叮噹！」

「你記錯了吧，這裡沒這個人啊。」老頭不緊不慢地說。

「朱三巴！」

「也沒有。」老頭搖了搖頭。

「小巨！」

「不認識。」

「鄧老闆！」這是我最後的希望了。

「鄧老闆有，不過有好幾個，你要找哪個？」

「407室那個！」

「對不起，這樓沒有407室。」

「沒有？」我一愣。這棟大廈一百好幾十層，每層好幾十個房間，他竟然說沒有407室！」

「嗯，以前有。後來那房間出了點兒事，就沒了。」老頭說，「幸虧你問的是我，這事兒發生十幾年了，這樓又老換人，別人怕是不知道。」

我暈，我只好又撥關叮噹的電話。沒信號。

「無論如何，我得去407室！」我對老頭說。

「不行，我不能放身分不明的人進去。」這老頭還挺盡職。

「我要找鄧老闆！」

「誰？我耳朵不好使。」老頭問。

「鄧老闆！」

「誰？」老頭似乎更聾了。這老小子，故意耍我，看來還是不知道我的厲害。

我深吸一口氣，憋足了一股勁，對準了老頭的耳朵，聲如炸雷，大喊了一聲：「鄧老闆！」

「誰找我？」忽然有人答話。

低頭一看，就在大門裡面，鄧老闆的頭從地底下冒出來了。不是土變硬了嗎，他怎麼又恢復地行功能了？

「鬼啊！」老頭大叫一聲，暈了過去。

看來我還是太帥，比嚇人比不過這位土行孫的後代。

鄧老闆帶著我，乘電梯上了大廈的四樓。順著房間號一個個數，到了406室。再往前，就是408室。還真沒有407。

鄧老闆叫了一聲：「桃大，柳二，出來接客啦！」

只聽「碰」地一聲，406和408兩個房間左右一分，中間現出一扇門，門楣上寫著房間號，正是407。門一開，出來兩位花枝招展的女子。左邊的一位身高丈二，全身散發著濃郁的桃花香氣，手裡一把桃木劍。右邊的一位身高和左邊的相同，一副腰肢柔軟而又翠綠，手裡拿著一把柳木刀。看她們的姿色，全在中人之上。看她們的神態，一半像是青樓姑娘要接客，一半像是青幫弟子想鬥毆。

「這兩位是……」我看著她們，心有點兒虛。

「門神的後代。」鄧老闆伸出手來介紹，手掌差點摸到她們小腿兒上。

這一定是最早的門神的後代。兩位門神，一個叫神荼，一個叫鬱壘，是以桃精柳怪的原形一躍而成為正神的代表人物。

我們進了門，只聽「碰」一聲，門又關上了。我還不放心，回頭用紅眼看去，早沒了那扇門。我不由心中感嘆：時代進步真是太快了，看門的門神，現在都成了藏門的了。

往房間裡一看，發現房間還挺大。好幾排椅子坐滿了人，正在嘰嘰喳喳地說話。正中一個主席臺，上邊並排坐著關叮噹、朱三巴、小巨和一個黑臉的男人。臉黑，脖子黑，手也黑，凡是露出來的地方都黑。這是怎麼回事？開會呢？

「猴二哥，快過來，正等你呢！」朱三巴叫我。

我從椅子邊上繞了過去，坐在朱三巴身邊。那黑男人衝我笑笑，伸出手來：「猴二哥，你好！」

我趕緊握住他的黑手：「你是……來自非洲？」

黑男人搖搖頭：「不是。我姓蘇。」

姓蘇？我實在想不出有哪一號人物姓這個。小巨小聲解釋：「猴二哥，這是我們老闆。」

我連忙點頭：「哦，蘇老闆。你是，做哪一行生意？」

黑男人回答：「不好意思，飲食業。」

我一挑大指：「厲害！現在最賺錢的就兩個行業，一個飲食，二是廁所。尤其是廁所，小小一個房間，只要在鬧市區收費，保證日進斗金……」

黑男人連連點頭：「是是，我們下一步正準備進軍廁所業，形成一條龍服務，循環生產……」

循環？我暈。我知道自己遇到對手了，胡說八道不是人家的對手。

「二小，別鬧了，大家都看著呢。」關叮噹小聲說。

我立刻知趣閉嘴。

「我來給你介紹一下，這位是蘇紅利先生，本市第一大富豪。」關叮噹說。

我從來也沒有關注過富豪的名字，可是這位蘇紅利，名聲實在是太大，連我都聽說過了。可他一個大富豪，找我一個窮學生幹什麼。更何況這裡還有這麼多奇奇怪怪的人在。

蘇紅利像是看穿了我的心思：「經營飲食業，是我的一個身分。我的另一個身分是灶神的後人。」

怪不得這人這麼黑，原來是灶煙燻出來的！最初的灶神，名字叫蘇吉利。本來叫速吉利，專門迅速地上天，給地上的人帶回吉利。可後來學問長了，才知道沒有速這個姓，所以姓蘇了。灶神的後人經營飲食業，還真是專業對口，怪不得要發大財。

「既然猴二哥已經來了，咱們的人就算到齊了。」蘇紅利說完，清了清嗓子，吹了吹麥克風。下面坐著的幾十號人立刻安靜了下來，看來都是他的員工。所謂人在屋簷下，不得不安靜。

「各位呢，可能都還不知道自己的身分。」蘇紅利說完，點上了一支雪茄，又回頭要遞給我們。我們全都搖了搖手，表示不吸。

「大家其實都不是普通人……」蘇紅利說。

「是，感謝蘇董事長栽培，我們一定不做普通人！」底下的幾十人一起吶喊，把我們嚇了一跳。

可是這吶喊還沒完。

「我們一定遵從董事長教誨，加班加點，努力工作！我們要把目標瞄準天上的太陽……」

「停停停停……」蘇紅利擺了擺手，下面立刻鴉雀無聲。

我和朱三巴全都縮了縮脖子。我們總算見到本城第一大富豪的威風了。

「其實呢，我的真實身分，不是大家的董事長……」蘇紅利又說。

「是，董事長不是我們的董事長，你是我們的重生父母，再世爹娘，你給我們吃，給我們穿，給我們工作……」

「停！」蘇紅利站了起來。底下又是一陣安靜。

蘇灶神想了想，決定不說了。他招了招手，立刻過來兩個員工，抬著一個大箱子。

「這箱子裡的東西呢，一人一個，大家都拿在手裡，兩隻手握住，別放開。」蘇紅利說。

小巨走了下去，從箱子裡取出東西。那是一整箱的玉佛像。他給在座的人，每人發了一個。

「大家都拿好了嗎？」蘇紅利問。

「拿好了！」下面齊聲回答。

「好，雙手合握，一起跟著我唸。」蘇吉利仔細看了看下面，看到小巨點頭示意全都拿好了，就唸出了那句咒語。

「啊屁個死撞死碰！」

下面也齊聲吶喊：「啊屁個死撞死碰！」

接下來就是一聲聲的尖叫，一直叫到每個人都嚇暈，才安靜下來。

我們認出他們來了，全都是我們在天界的同學。

「我花了十幾年的時間，只找到這些天神的後代。一直沒有告訴他們身分，只是因為玉佛像沒有湊齊。」蘇紅利說。「幸虧你們來了，否則時間可能來不及了。」

「你怎麼知道他們身分的？」我問。

蘇紅利立刻雙手合十，臉上滿是敬意：「那是在二十年前，我受了觀音大士的指點和委託……」

這故事一定很長，我們不想聽了。蘇紅利雖然是下界小神的後代，卻比我們這些被貶下凡的神仙後代身分更為正宗。小巨身為他的員工，對他積畏猶存，屈膝彎腰地跟在他的身後。我和朱三巴下去清點同學數量，順路看看他們都是誰。六丁六甲的後代，五方揭帝的後代，四大天王的後代，二十八宿的後代。共四十九名。難得的是雖然只有四個品種，卻是每個品種都數量齊全。

關叮噹和桃大、柳二位女人湊在了一起，嘰嘰喳喳，互相說些男人聽不懂的婦女知識，又相擁著一起跑去洗手間照鏡子補妝。

我和朱三巴清點完了人數，就商量怎麼讓他們醒過來。要知道，這些人醒過來以後會有一段時間的瘋狂發作，直到想起自己是誰，才會安靜下來。四十九名神仙後代一起發作，這可不是玩兒的。尤其是四大天王的後代小聞、小目、小長和小國，這四個最不好惹。此外還有二十八宿後代中亢金龍的後代小亢，奎木狼的後代小奎……反正是不好辦。我們正在商量，三個女人走了過來。關叮噹的一隻玉手藏在背後，到了我身邊，把一個東西往我手裡一塞，竟然是一截衛生間裡的鍍鋅水管，也不知道她是怎麼弄下來的。我正要發問，被她一個眼神制止了。她伸手偷偷一指蘇大老闆蘇紅利，小聲對我和朱三巴說：「上，揍他！」

「揍到什麼程度？」朱三巴比較理智，小聲問。

「揍到他生活不能自理。」關叮噹答。

雖然不知道為什麼，但是關叮噹的話一定不會錯。我和朱三巴笑瞇瞇地向蘇老闆走了過去。朱三巴上去就是一拳。

看來這蘇紅利的反應還挺快，不知道從哪裡摸出一個大勺子，噹地一聲擋住了朱三巴的拳頭。

「朱二哥，什麼事？」蘇紅利納悶地問。

我掄起水管就是一棒。蘇紅利另一隻手裡立刻多了一根擀麵杖，把我的水管也擋住了。

朱三巴不吭氣，一拳打過又是一拳。我也不吭氣，一棒打過又是一棒。

蘇紅利擋了幾下，扭頭就跑。看他那速度，我們竟然還追不上。我忽然想起來了，他的老祖宗原來就姓速。這個速字可不是白姓的。

這屋子不大，可也不小，蘇紅利急衝幾衝，已經把我們甩在十幾米外。他回頭衝桃大、柳二兩位美女直喊：「快，開門，放我出去！」

桃大和柳二不吭聲，笑瞇瞇地玩弄著手裡的桃木劍和柳木刀。

蘇紅利急得不行，看我們越追越近，只好圍著房間中那幾排椅子繞圈子。我們越追越快，他也越繞越快。快。真快。我們根本追不上，差遠了。我們站在那裡直喘。

快，還是快，繞了一圈又一圈。

我問朱三巴：「你頭暈不暈？」

朱三巴：「暈。他繞得太快了，我光跟著他轉腦袋都暈。」

我問：「你說他是不是傻了，怎麼就不知道停下來呢？」

蘇紅利一邊繞，一邊還能耳聽八方，衝我們大聲喊：「你們才傻，你們倒試試，能停下來嘛！」

剛好喊到這裡，他又經過我們身邊。朱三巴伸腿一絆：「你他媽才傻！」

可是他真的不傻，他繞那麼快，竟然還能跳起來，從朱三巴的腿上過去了，還忘不了回罵：「看出誰傻了吧！」

看出來了。就在他罵這一聲的時候，他的腳底下，忽然就多出來兩隻手，一左一右，抓住了他的雙腿。

可是他的上身沒停，「咚」地一聲，撞到地上。

等他支撐著爬起來，再也轉不動了，再看他頭上，撞出來一個嚇人的洞，血嘩嘩嘩，流得像是一條小溪，轉眼間黑臉變成了紅臉。

鄧老闆從地底下鑽出來，還拉著腳不放：「我的媽，追死我了，你就不能慢點！」

我和朱三巴湊了上去。朱三巴做事嚴謹地問蘇紅利：「你生活還能自理嗎？」

蘇紅利正被捽得迷迷糊糊，點了點頭，馬上就又挨了三拳頭兩水管。
朱三巴又問：「是不是不能自理了？」
蘇紅利有點明白過來，點了點頭。
朱三巴對著他肋骨又是一拳：「你說能？」
蘇紅利馬上搖了搖頭。
朱三巴又是一拳：「你說不是不能？」
蘇紅利沒有任何動作。
朱三巴又抬起了拳頭：「沉默，表示反抗？」
我攔住了他：「行了，別打了，捆起來吧。」
柳二不知道從哪裡拿出來一根柳樹皮擰成的繩子，把蘇紅利捆了個結實。這時候蘇紅利清醒過來了：「你們這是幹什麼？」
桃大笑得很開心：「你以為你要幹什麼我們不知道？想讓我們幫你找到全部的神仙後代是不是？想幫梅山七怪搶到那本天書是不是？」
蘇紅利的表情顯得很無辜。看不出來他是不是臉紅。一臉是血，早就是紅的了。
柳二也笑了：「你是不是以為，我們兩個就是管看大門的啊？」
蘇紅利當了老闆以後，一定太不用功學習了。從唐代開始，門神早換成了秦叔寶和尉遲恭。只要稍微學一下歷史，都能知道。如果再用功些，知道了桃大和柳二的身分，估計蘇紅利也不會把她們招來，看守407房間。

桃精柳鬼，塑像在女媧的軒轅廟。根系發達，各自綿延三十里，最初因為擅長捉鬼，就任門神。可後來因為能瞭解三十里之內的一切事件，早就被召上天宮，另任官職。這兩個官職，一個叫千里眼，另一個就叫順風耳。

蘇紅利和梅山七怪勾結的事，她們早知道了。只是這麼多聽命於蘇紅利的神仙後人在，她們一直沒有機會反對。現在的蘇紅利，為了贏得我們的信任，讓四十九名神仙後代全都暈了過去，正是最好的機會。一定是趁著去洗手間補妝的機會，她們告訴了關叮噹。可是，為什麼關叮噹馬上就相信了她們呢？

關叮噹笑了笑：「因為他借用了觀音的名字。」

「為什麼借用了觀音的名字妳就知道？」我問。

「因為觀音是我的偶像啊。你看我的名字。」關叮噹說。

關，觀。叮噹，音。好像是有些聯繫。我想問，可是知道不能問。美女總會有些祕密，我既然愛著她，就不該問這些。

「好吧，我相信妳。」朱三巴說，「我的下一個問題是，為什麼鄧老闆會恢復了地行的能力？」

前一天晚上，鄧老闆還是個地行的失敗者，被朱三巴和小巨從水泥地裡拔出來的。

「我想，可能是五行之息的封印已經完成了。」鄧老闆說。

可是我知道，五行之息的封印，根本無法完成，接下來的就是世界末日。現在的封印，造成的結果只是——天界變成了一本天書。

我把從沙小靜那裡聽到的有關天書的事情告訴了他們。

「這些妖怪，可真是厲害啊，他們竟然比我們還更早知道了天書的事情。」關叮噹說。

「妖怪們提起過，掌握了這本天書，就等於掌握了天界諸神的力量。」柳二說，「他們身為妖怪，擁有能力卻地位低下，應該早就不滿了吧。」

最初的桃精柳怪，也就是她們兩個的老祖宗，本來就是妖怪，所以對這件事理解的比較深入。

「現在沒時間不滿了，小靜說了，我們現在應該去找天書。」我說。

可是，天書在哪兒呢？關叮噹搖了搖頭，看來她不知道。桃大、柳二搖了搖頭，看來也不知道。怎麼辦？

我們沉默了好一會兒，小巨忽然說：「把他們叫醒，看他們知不知道？」

那就叫醒小聞和小目好了。多聞天王的後代，廣目天王的後代，他們一樣擅長耳目功夫，也許會有消息。

我們叫醒了他們兩個，幫他們恢復了在天界的記憶。可是，他們不知道。

「還有什麼辦法？」朱三巴問。

我們想了很久，最終還是關叮噹出了一個主意：「三界大神。」

所謂三界大神，就是受佛祖之命，統管三界的最高級神仙。天界，灌江口二郎神二郎真君。人間，上八洞神仙呂洞賓。地府，鬥戰勝佛孫悟空。這三個人都找不到了。只能找他們的後代。二郎神和呂洞賓的後代都找不到，孫悟空的後代……我？

我不知道，我真的什麼都不知道。

「你會知道的，只要你下一次地府。陰間圖書館的藏書，並不少於玉帝的御書房。」關叮噹說。

拜託，叮噹，為什麼會是妳說。別人說不行嗎。別人說了，我可以一口否決。可是，我愛妳。

我咬了咬牙：「好，那我就下一次地府！」

問題是，去地府的路在哪兒。

「四川豐都鬼城。」關叮噹說。

不會吧，這是不是我愛的人？這是不是愛我的人？她這麼積極要把我送到那個鬼地方去？

可是我愛她，我無法反對她的意見。我能做的，只是設置障礙。

「好吧，你們去給我買一張去四川豐都的火車票」，我又頓了一下，「飛機票也成啊！」

關叮噹看看朱三巴，朱三巴看看鄧老闆，鄧老闆看看桃大和柳二。他們幾個全都搖了搖頭。耶！太巧了，他們剛好正窮，連買張票的錢都沒有。

「我想，蘇老闆一定有錢……」小巨忽然說。

小巨我愛你。你真的不是白癡，你是白癡中的白癡！

我們帶著蘇紅利，到了他的財務處。做為神仙的後代，我們偽裝的很好，沒有人看出他是正在被我們劫持。甚至他自己，都時不時地露出得意的微笑。朱三巴趁沒人的時候，忍不住地罵他：「笑什麼笑，你他媽傻啊？」

結論是，傻的不是蘇紅利，是我們。他的財務室裡那位嬌滴滴的財務總監告訴我們，蘇紅利飲食集團，早就一分錢也沒有了。

「欠帳倒是有幾十億，你們，願意替我們還嗎？」那位小姐愁眉苦臉地說著，還不忘拋出一個別有用心的媚眼。

「我靠！」朱三巴急了，似乎不把我送到地獄，他就睡不安穩，「你不是灶神嗎？怎麼連個飲食公司都整不好？」

「我是灶神，可我不是食神……」蘇紅利有氣無力地說。

「是啊是啊，我們公司推出的食品，都有一股煙燻味兒，你注意過沒有？」那位美女財務總監添油加醋。

「那你是本城第一富豪？」關叮噹問到了問題的點子上。

「那是我花了錢買回來的稱號，為了要這個稱號，我花了太多的錢，太多了……」蘇紅利說。

除我之外，所有的人都表示了憤怒。我現在喜歡腐敗，真的。我可不願意去陰曹地府。

「現在沒有辦法了。」朱三巴嘆了一口氣。

不愧是我的好兄弟！我感動得眼淚都快流下來了。

「我們只有現在把他打死。」這是朱三巴的後半句話。

好兄弟，好……我終於泣不成聲。

「好吧。」我深愛的關叮噹終於長出了一口氣。

她不願意讓我去那個鬼地方，我就知道。愛情是人世間最偉大的感情。

可是她的下半句話是：「大家可以動手了。」

我鬱悶！

朱三巴的拳頭首當其衝。然後是鄧老闆鑽入地下，在下面抓住了我的雙腳。桃大和柳二的桃木劍和柳木刀，發出或粉或綠的光芒。我的世界末日，看來會提前到來了，阿門。

「等一下。」白癡小巨攔住了他們。小多和小廣和他也站在了一起。

世界的前途必定是一片光明，雖然道路是彎的，總會有一些希望。

「為什麼不先把他捆起來呢？」小巨很認真地說。小多和小廣也連連點頭。

柳二一伸手，一條長長的柳樹皮繩索把我捆了個結實。

我靠，你們乾脆點，一刀捅死我算了！

就在這時候，一個身影，從407房間的窗外一晃而過。不是左右晃，是上下晃。然後就是咚地一聲。

「什麼事？」所有人都往窗外看。

然後又是一個身影，仍然是一晃而過，從上至下地晃。又是咚地一聲。

「怪……」眾人一起沉吟。

然後又是一個人影，從上往下……

嘩啦一聲，407房間的玻璃破了。一根細長緊韌的柳條，穿過了玻璃，直到窗外，刷地打了一個卷，捆住了一個人。是柳二，這大個子丫頭可真厲害。

那個人被捆住，還不忘了大聲叫喊：「鬼啊，好可怕啊……」

「朱三哥，怎麼辦？」小巨問。看來猴二哥不管事的時候，他最信任的就是朱三哥。

朱三哥大手一揮：「審！」

神仙保佑，儘管神仙們已經沒有了，全都鑽進了一本莫名其妙的天書。畢竟這個人被捉進來，我可以晚死一會兒了……

所有的人，都知道我要死之前情緒不大好，並沒有當著我的面審問那個傢伙。他們把他帶的老遠。我只要稍微定下神來的時候看清，原來那人是個和尚。這年頭兒，和尚可不多見，莫非是佛祖派來救我的？

我等，我等著他們對我執行的延期死刑。

他們很快就回來了。柳二素手一伸，我身上的繩索解開了。

「怎麼，放過我了？」我太高興了。

「先別高興，看情況。」朱三巴說，「走，咱們掙錢去！」

我們從407室一擁而出，只留下小多和小廣，負責叫醒其餘四十七名同學，向他們說明情況。

「掙什麼錢？」我問。

「秦府鬧鬼。」關叮噹說。

「哪個秦府？」我問。

「市長秦登高的家裡。」朱三巴說。

「如果能幫他把鬼捉到。」桃大說。

「獎金夠我們大家的飛機票。」柳二說。

「猴二哥，你有救了！」小巨說。

靠，我有什麼救，有了錢，買了飛機票，我到了十八層地獄，會有救？算了不說了，現在看的是，能不能把鬼捉到。

秦市長的家離這裡不遠，怪不得他請來捉鬼的和尚能飛到這裡。可是能讓百把斤重的和尚飛到這裡，看來這隻鬼也夠厲害的。秦登高只有四十多歲，身材高挑，面目白淨。他在會客室裡接見了我們。

「你們能捉鬼？」他問。

「你給多少錢？」朱三巴直截了當。

「錢不是問題。」秦登高說，「可是你們，有沒有這個本事？我從全國的各大名山，請過十幾位高人了，可是全都捉不住那隻鬼。」

「你懷疑我們的本事？」朱三巴紅眼一瞪，「弟兄們，露一手！」

我們各自雙手合握，唸出了那句咒語。

豬頭、猴頭、小巨的怪物頭一起出現。秦市長尖叫一聲，暈了過去。

桃大把一條桃枝放在了他的鼻孔前面。嗆人的桃花香氣，讓他打了個噴嚏，當時就醒了過來。

「你看，我們能捉到這隻鬼嗎？」柳二故意把腰身扭到了麻花狀，向他款款走近。

「不不，別，別過來！」秦登高大叫，「你們要多少錢，我給，我給……」

其實要了錢走人就成了。可我們不是那種人。我們安慰了他很久，保證替他捉鬼。他將信將疑地看著我們，那意思很明白——他可不想一隻鬼被捉了，又加了好幾隻。

事情很快問清楚了。在他的書房裡有一隻鬼。每天翻看他的書。看完之後，就把他的書扔得到處都是。

「看來，是隻挺文明的鬼？」我挺著一張多毛的猴臉問他。我想沒文化的鬼一定不會看書。

「可是，他扔書的地方……」

每當他和人在一起，準備收受賄賂的時候，就有一本書扔出來了。

每當他準備下個文件要禍害百姓的時候，就有一本書扔出來了。

每當他準備和小祕書親熱的時候，就有一本書扔出來了。

……

「這鬼不錯。」朱三巴滿意地點點頭。

可是不管有多不錯，我們不能白收趙市長的錢，這隻鬼一定要捉到。

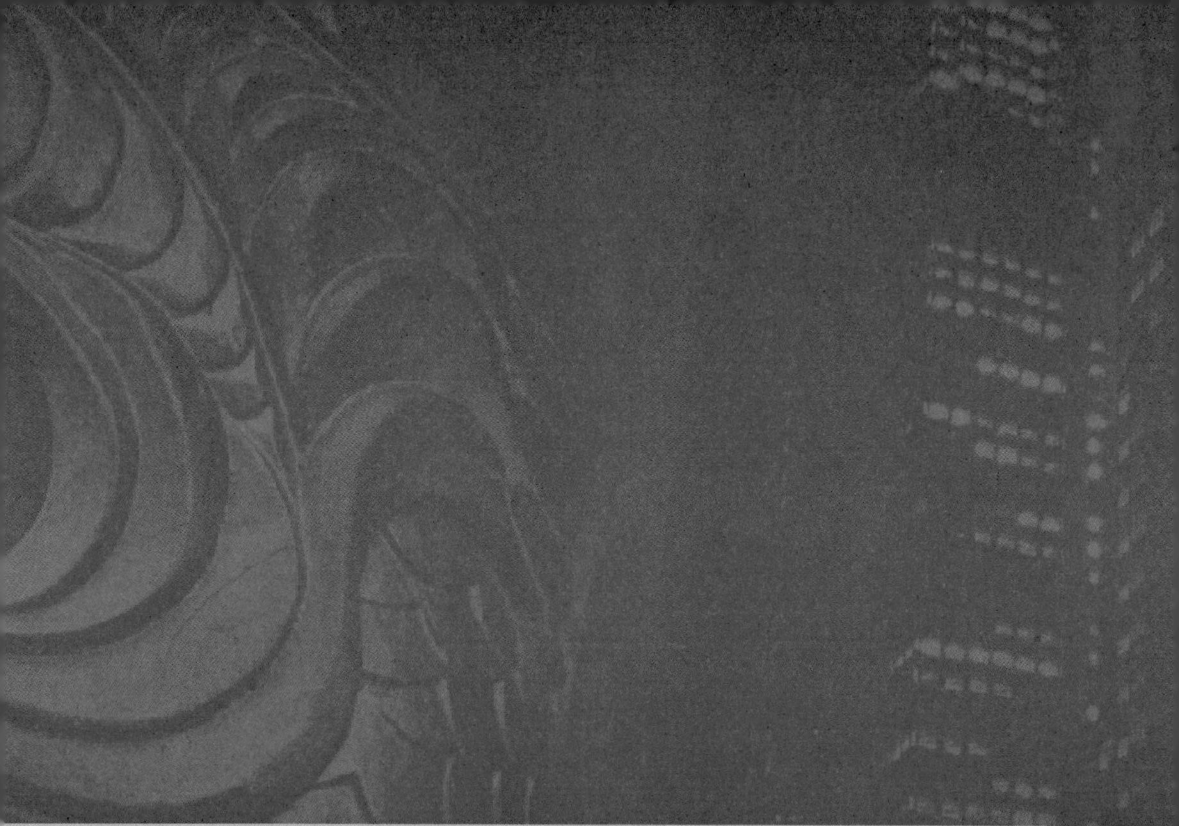

5 唯一的孤獨者

傳說人死之後的第七天，會有煞神回到墳前一遊。這個時候的煞神，看上去就像一隻鳥。這隻鳥的身上帶有死靈的兇悍之氣，一切蛇蟲猛獸都會自動避開。至於人，如果碰到了他們，那是必死無疑……

秦市長的書房可真夠大的，像一個小型圖書館。四面牆壁，整面牆都是書櫃，高高低低擺滿了書。房間裡擺著幾個小梯子，那是用來取書的。

我隨便看到一本，伸手就拿。嗯？拿不動？

「我來！」朱三巴說。他伸手去拿，也拿不動。

我送他一個斜眼：「你以為你有多大本事？」

可是為什麼這本書就拿不出來呢？

「我他媽就不信！」朱三巴罵了一聲，上邊紅眼瞪圓，下邊馬步紮起，鼻孔噴出兩道駭人的黑氣，大吼一聲：「出來！」

咣——噹！

「哎喲！——」

整面牆連著書櫃倒了下來，把朱三巴壓得直叫喚。我們連忙把牆扶起，把他解救出來。

「你這是什麼玩意兒？」朱三巴不滿地問秦市長。

秦市長連忙回答：「這個，這是假的啊。」

「假的？」朱三巴納悶。

「這整面牆上的書，全是假的，裝裝樣子，給人看的嘛……」

桃大一劍捅過去。果然，這書櫃就是一塊大木板，靠外邊的一層書皮，全是木工刻出來的。看著像書，根本拿不下來。

我靠，我超級無語。

「那你的書究竟在哪兒？」朱三巴問。

總算找到了，有一面牆的中間幾格，書是真的。拿出來一本，一看是《花花公子》，再拿出來一本，一看是《花花公子》。又拿出來一本，一看是《花花公子》……

「喂，你他媽只看這個？」我義正辭嚴地問。當著關叮噹的面，我可不能讓她知道這東西其實我也有興趣。

「不會啊，我喜歡看一些哲學著作，還有音樂啊，繪畫啊……」秦市長很認真地說。

「啪！」一本書飛過來，砸在他的腦袋上。

「誰扔的？」朱三巴問。

沒有人點頭。根據書飛來的方向和我們站立的位置，這本書肯定不是我們扔的。

「這地方真他媽邪氣，走，咱們出去！」朱三巴說。

「別，別走啊……」秦市長揉著腦袋，人都快哭出來了。不會吧，這麼不禁砸，不就是一本破書嘛。

「這鬼，還會做一件事。只要我說謊，他就飛書出來砸我。」秦市長說。

「你經常說謊？」關叮噹問。

「不會啊，我是個很誠實的人。」秦市長說。

「啪！」又是一本書砸過來。

桃大、柳二各執刀劍，飛身衝向書的來處。說到避邪捉鬼，那可是她們的老本行。

「噹噹」兩聲，刀劍不知道碰到了什麼，各自彈了回來。

我們一起看著那個地方。那裡一片空白。

這鬼會隱身？我瞪起紅眼黃眼，仔細觀察，看到一條灰不溜丟的身影，站在那裡一動不動。

「請問，你是哪位？」我問他。

「啪。」一本書飛過來。我伸手接住看了看。《勾魂記》？沒聽說過這書啊。

「啪。」又一本書飛過來。我伸手接住再看。《搜神記》？這又是什麼玩意兒？

「啪。」又一本書飛過來。這回是——《生死簿》？我暈！

桃大、柳二很不耐煩，提起刀劍又砍。可是她們看不見，也砍不著，只聽到偶爾的叮噹聲響。

「女人退後，閉眼！」朱三巴大叫一聲，向叮噹之聲的來處撲去。

他撲的不快，但是脫衣服的速度真快，很快把自己上衣扒得乾乾淨淨，露出了一身的豬毛。什麼意思，要裸體戰鬥？

在我們明白過來之前，朱三巴已經把衣服扔在那個我看見灰影的地方，把那影子兜頭罩住。這下看清了！

我們上去對著朱三巴的衣服就打。你一拳，我一腳，你一劍，我一刀。打得這個裝神弄鬼的東西殺豬一樣的慘叫。

不過我們很有分寸的，我們知道這鬼不錯，不會下太狠的手。我們的計畫，頂多是要折斷他七八條肋骨，再讓他的臉腫成豬頭，外加一對熊貓眼……

目的很快達到了。等到我們把朱三巴染血的衣服揭開，總算看到了這怪物的真面貌。這是……秦登高？

「你們……打錯人了。」秦登高兩眼一翻，暈了過去。

後面傳來了鼓掌的聲音。

「幾位，打得不錯！」一個陰森森的聲音說。接著一個瘦長的身影現了出來。

「你就是這裡的鬼？」朱三巴問。

「鬼？什麼鬼？鬼是我的孫子！」那人回答。

「那你在這裡做什麼？」關叮噹問。

「我做善事啊。」他說。

他說的還真沒錯，他做的都不是什麼壞事。

「你究竟是誰？」我問。

「我是他兒子！」他一指暈在一邊的秦市長。

「什麼，兒子欺負老子？」小巨忽然來了精神，「你這是亂倫，你知道不？」

暈，原來亂倫可以這樣解釋。

「這位是……小巨？」那瘦子看著小巨。

「你知道我？」小巨很感興趣。

「知道，巨靈神的後代嘛，名聲很大的，果然……」

小巨高興起來：「我名聲很大，真的？」

「真的，果然。果然很白癡。」那人把話說完。

小巨很認真地思考著他的話，過了一會兒，悄悄問我：「猴二哥，名聲大好不好？」

「好。」我說。

「哦，那白癡一點也無所謂了。」他鬆了一口氣。

「長話短說吧。」瘦子說，「各位我都認識。猴二小，朱三巴，關叮噹，鄧老闆，桃大，柳二。沒錯吧？」

我們愣愣地看著他，不知道他是何方神聖。

「你們不知道我，也很正常。我都死了二十多年啦。」瘦子很輕鬆地說。

我們更愣了。

「死了以後呢，我才知道自己是誰。」他說。

「那你究竟是誰？」朱三巴問。

「我姓秦，在陰間工作，很高興認識你。」瘦子伸出手來，要和朱三巴握手。

朱三巴往後閃了一下，有點緊張：「你……是鬼？」

「我不是鬼啊。」瘦子很認真地說。

都死了，竟然不是鬼，這是地道的鬼話。

「你姓秦？」關叮噹忽然問。

「是。」瘦子微微一笑。

「知道了。」關叮噹點了點頭，「你是秦廣王的後代，現任秦廣王。」

我一下子想了起來。怪不得他說自己不是鬼。他不但不是鬼，也不是判官。他是地府的冥王。地府共有十殿冥王，秦廣王是第一個。而傳說中管事最多的閻羅王，是第五個。

「可是，你是這一代的秦廣王，你又是他兒子？」我一指倒在地上的秦登高。

「世道輪迴，亂七八糟的事太多啦，這件事我就不解釋了。」秦廣王笑道。「既然我和他曾經有緣，總不會眼睜睜地看著他下了十八層地獄，所以回來給他吃點苦頭，為他擋擋災禍。」

這道理我們可不懂，也不想懂。甚至不想管這事兒，我們就想要那個飛機票錢。

秦廣王又說：「可惜我最近太忙啦，可能做不完這件事了。正好拜託你們。」

「我們？」我們能做什麼？

「你們把他的錢都敲光就成了。」瘦子回答的很乾脆。

嗯，不錯。這個可以接受。I love this game！

「可是，你怎麼知道我們是誰？」關叮噹問。

「生死簿啊，上面有清單呢，每個人的資料都寫著呢。」秦廣王說得理所當然。

「那你現在準備去哪兒？」朱三巴問。

「我準備回地府一趟。」

「那你，能不能把咱們猴二哥帶去？」朱三巴又問。

暈，還惦記這個呢。

「行！」秦廣王回答得很乾脆，「什麼時候把他弄死？」

「還要死？」我汗。

「是啊，不死怎麼能去地府。你看我，不是都死了嘛。」秦廣王理所當然地說。

「那……死了，還能活過來不？」我問。

「不能。」秦廣王說。

我無言了，用哀怨的目光看著在場的每一位。

秦廣王問：「你們讓猴二小去地府幹嘛？」

我說：「我們要去找一本天書。天界被封印後，變成的一本天書。希望在地府能得到一些有用的消息。」

秦廣王搖了搖頭：「據我所知，地府也沒有這方面的消息。不過你們如果真的想找的話，或許可以去一趟杭州。」

「杭州？」我問。

「對，在杭州的岳王廟附近，有一隻鸚鵡。」他說。

「還有呢？」

「還有，就是看這隻鸚鵡會不會幫你們。」

我靠，還有這回事。我們堂堂神仙後代，要去看一隻鳥的臉色！

秦廣王說完，衝我們招了招手：「沙由那拉！」轉身就不見了。

桃大和柳二東張張西望望，忽然看到了赤裸上身的朱三巴：「哇，三巴，你的身體好有型哦！」

秦廣王走後，我們敲詐了秦登高一筆。這小子已經被嚇得差不多了，特別合作。小巨拿了敲來的錢去買往杭州的飛機票，每人一張。等票拿回來，我們看傻了眼。

「這票你從哪兒買的？」朱三巴說，「你他媽傻啊！」

票上印著醒目的幾個大字：魔鬼天堂航空公司。這個是……來自妖魔大本營？

「怎麼辦，去不去？」我問。

「去！」朱三巴拍板。這票價可不便宜，我們當慣了窮學生的，就算是送死，也得把這趟飛機坐回來。

出門叫計程車，一問，司機還真知道這家公司飛機場的位置。老遠了，如果這座城市大到修了八環公路，這位置絕對在八環以外。飛機場位於荒郊野地，有著面積開闊的停機坪。停機坪的四周陰風陣陣，立了一個又一個的墳頭。每個墳頭上都站著一隻瘦腳伶仃的怪鳥。

「這裡是公墓？」我問。

「不是。」桃大回答。

「私墓？」

「也不是。」柳二回答。

「那是？」

「亂葬崗。」兩個一起回答。

「那墳頭上立的是什麼鳥？」朱三巴看著那些鳥，覺得有點意思。

「那是煞。」關叮噹說。

原來這就是「煞」啊。我不由得打了個寒戰。傳說人死之後的第七天，會有煞神回到墳前一遊。這個時候的煞神，看上去就像一隻鳥。這隻鳥的身上帶有死靈的兇悍之氣，一切蛇蟲猛獸都會自動避開。至於人，如果碰到了他們，那是必死無疑。

「我們是神仙的後代，怕不怕他們？」我問。

「不知道。」鄧老闆顯然很緊張。「好像沒有任何神仙招惹過他們。」

「你會鑽地，你怕什麼？」我問。

「你用鼻子聞聞就知道了。」鄧老闆回答。

我用力吸了吸鼻子。恢復神仙後代身分的我，鼻子比以前靈多了。透過停機坪厚厚的水泥地，我聞到了一股發黴的味道。

「是什麼氣味？」我問。

「屍氣。」鄧老闆回答。「除非是金身羅漢，鑽到這種地裡，不死也要脫層皮。」

「怪不得，我們的根從來就沒有突破過這個地方。」桃大和柳二一起說。

她們兩個根系發達，幾乎鑽遍了整座城市，幾乎擁有不死之身，可是卻無法延伸到這裡。看起來情況不妙啊。

兩名年輕漂亮的迎賓小姐站在面前，身材凹凸有致，聲音柔軟清晰：「歡迎光臨魔鬼天堂航空公司。為你們提供服務是我們的榮幸。我們承諾，會把你們安全送到目的地……」

鬼才會相信她們。我用紅眼看去，很清楚地看到了她們頭頂長長的耳朵，以及下方的紅眼睛，再下方的三瓣嘴。原來是兩隻兔妖啊。

「我看你們，都像妖怪。」小巨用他那雙純潔無邪的大眼睛瞪著她們，愣愣地說。

「這位先生，您太會開玩笑了。這邊請。」兩隻兔妖應對如流，瀟灑地一伸手，把我們引向登機處。

「咕，咕咕！」身後是兩聲淒厲的鳥鳴，是墳頭上的「煞」發出來的。

我很懷疑我們是不是該來這裡。省錢很重要，可是保命更重要。

「那些叫喚的，是什麼鳥？」朱三巴明知故問。

「哦，那是我們飛機場養的麻雀嘛，牠們很容易餓的！」兩隻兔女一起回答，聲音快樂得像是剛吃了一捆上好的青草。

「這是……麻雀？」朱三巴撓了撓頭。

「是啊，請相信我們哦！」兔女們笑了起來。

「相信，believe，裡面藏著一個lie……」朱三巴嘀咕著。

這是我第一次聽懂他的英文口語。莫非恢復了神仙後代的身分，我變聰明了？

等待我們的，是一架很有震撼力的飛機。飛機青一塊紫一塊黑一塊，像是被另一架飛機毆打過，又在地底下埋了幾十年才挖出來的。

兩位兔女已經退場，換上來的是兩位更為妖嬈的貓女。

「幾位請！」貓女們笑容可掬，小手一揮，閃亮的貓爪像鋼鉤一樣閃過。

我們硬著頭皮走了進去。還好，座椅像是新換的。

飛機裡冷冷清清，除了我們幾個，再也沒有別的客人。我們分明是進了一個即將升空的陷阱。算啦，既來之則安之吧！

可是等了半小時，飛機還是沒有起飛。看看機票對對表，時間早過了啊。

「喂，怎麼還不開？」朱三巴擺出一副活得不耐煩的架勢問。

「對不起，飛機出了問題，正在檢修，請稍等。」兩位貓女空姐回答。

飛機外叮噹作響，聽聲音就像兩派黑幫正在火拼。問貓女才知道那是修飛機。

過了大約十分鐘，聲音停了。貓女宣佈：「請大家繫好安全帶，我們的班機就要起飛了……」

「哇塞，你們技術真高啊，這麼快就修好了！」我說。

貓女回答：「不，先生，我們換了一個敢開的飛行員。」

我倒！

「能讓我見見這位飛行員嗎？」朱三巴顯然對這名飛行員有點惺惺相惜的意思。

「請稍等，我幫你去把他叫來。」貓女回答。

話未說完，我們只覺身體一陣劇震晃動，飛機已經升上了半天空。一名貓女站在走道裡，來不及防備，身體一晃，已經伸出爪子扶住了身邊的椅背，又一用力，竟然竄上了飛機頂部，把自己倒掛了起來。

好敏捷的身手！

我們幾個一起鼓掌。

「謝謝，謝謝！」貓女連連鞠躬。

飛機開上半空，倒也平穩，一路疾馳，估計兩個小時到杭州沒問題。可是飛著飛著，怎麼忽然就晃起來了呢？

「喂，服務生，飛機在晃！」小巨大叫。

兩位貓女空姐笑了：「因為……沒有人在開嘛！」

「沒有人在開?!」我提高了嗓門問。要不是繫著安全帶，我肯定已經跳起來了。

「這位先生不是要見飛行員嘛，所以飛行員就離開崗位，到這邊來嘍！」貓女們笑得花枝亂顫。

飛機不但在天上晃，它自己的甲板也晃。

咣，咣，咣！

這是腳步聲。跟著腳步聲走過來的，是一隻超大的大貓，看他的體型，我想到的第一個問題是：

是哪個天才這麼厲害，竟然能把他塞進飛機裡來？

這大貓穿著最大號的飛行員制服，看上去像是短衣和三角褲，而且很多地方都容他不下，線都綻開了。他嘴裡叼著一根超大號的雪茄，看上去像一根大木棒。身上的毛有的地方黑，有的地方白，再配上那副超大號的墨鏡，看得朱三巴立刻叫了出來：「哇，大熊貓！」

「三巴，你看錯了吧？」我說，「怎麼看也只是一隻貓的樣子嘛。熊貓長得有一點兒像熊，你看他像嗎？」

「靠，你他媽傻啊。」朱三巴翻了我一眼，「我說的雄貓，不是熊貓。是雄貓，公的！」

我汗！

大雄貓不緊不慢，發話了：「諸位，有會飛的嗎？」

我們這群人，沒一個會飛，全都搖了搖頭。

「那好，我就不殺人了，讓你們都掉下去好了。」他一邊說，一邊走近。沉重的腳步落在飛機上，使本來就搖晃的飛機幾乎晃散了架。

朱三巴笑了：「好啊。」

說完，一個箭步就竄了上去，揮手就是一拳，正中大雄貓的下巴。看三巴這次的速度和力量，我忽然明白了一個道理，轉過身去找關叮噹確認：「噹噹，是不是知道自己神仙後代的身分久了，身上的神力就會回來啊？」

關叮噹點了點頭：「估計你的神力也回來了，不信你試試。」

我倒是沒什麼神力，只是再沒有神力的神仙，力氣也比幾十個人要大。我扶著坐椅，輕輕地站了起來。咚地一聲，安全帶被我掙斷了。

又是咚地一聲。這是什麼聲音。再一看，原來是朱三巴的拳頭打在大雄貓身上，被彈了回來，坐在了地上。

「我來！」小巨衝了上去。

桃大和柳二也各持兵器，和兩名貓女鬥了一個難解難分。

關叮噹和鄧老闆幫不上忙，站在一邊看著。

小巨和朱三巴兩個，是天界中力氣最大的。可是他們一起動手，竟然傷不了這隻大貓妖。

我急，我怎麼辦？我的法術，快回來吧，我的法術……我的腦中忽然靈光一閃，想起了我和玉帝的鬥法，鬥法時用的法術。我伸手從自己身上扯下一把猴毛，放在嘴裡嚼了又嚼，唸唸有詞，大喝一聲噴了出去：「變！」

很多小猴變了出來。真正的小猴，真正的小。記得我能把小猴們變得和書本一樣大啊。可是這些，怎麼只有拇指大？

管他的，有毛不算禿，螞蚱也是肉。我一揮手：「上！」

無數隻小猴衝了上去，落在了大雄貓的身上。大雄貓滿不在乎，仍然步步逼近，龐大的身體擠得朱三巴和小巨步步後退。

我咬牙，我跺腳，我大喊：「使勁兒！」

小猴們還真聽話，一起使勁，使得吱吱直叫，可就是沒用。

我大喝一聲：「別亂，跟我們喊，把勁兒使齊了。一、二、三！」

吶喊聲震天動「機」。三聲喊罷，小猴們得勝回營。每一隻都抱著一小把戰利品──貓毛。

熊貓一樣的大雄貓，一下子變成了一隻裸貓。

看來這隻貓很珍惜自己的毛，他一下子火了：「我要讓你們一個個全都摔死！必殺技──瘋貓咬耗拳！」

只見他左衝右跳，上踢下打，拳法迅捷，招招中的……他真瘋了。他每一下都打在飛機上！玻璃碎了，機身裂了，甲板開了，上方也出來一個洞……

飛機轉眼變成了兩半。它再也不晃了，走直線，向下。

「你瘋了，這樣你自己也會摔死！」朱三巴和小巨滾在了一起，一邊大叫。

可是他摔不死。兩隻小女貓也摔不死。飛機一斷，無數隻早就埋伏在一旁的「煞」飛了過來，拼命地搧著翅膀，接住了他們。

完了，誰來接住我們？

這時朱三巴的一聲大叫提醒了我：「猴二哥，你的飛行術！」

對了，我會飛行術，雖然只能飛一寸高。死馬當活馬醫吧。百忙中我唸動了咒語。

恢復神仙後代的身分越久，就會有更多的神力回到自己的身上。我再次確認了這句話。

我竟然飛得還不錯！一是我進步了，二是這天上的氣壓，比地上小得多。我調整著身體，在天上盤旋，接住了關叮噹，接住了鄧老闆，接住了桃大和桃二，接住了小巨和朱三巴。天啊，小巨和朱三巴怎麼這麼重！我頂著這一大堆人，身體直往下沉。

等等，忽然我慢下來了。怎麼回事。抬頭一看，萬歲！桃大、柳二，我愛你們！

這兩位大塊頭的丫頭，在我們身邊變出了無數桃枝柳枝，拼得像翅膀一樣，正在拼命搧呢！再看不遠處的三隻貓妖，托住他們身體的「煞」明顯扛不住，下沉的速度基本接近自由落體。

飛，我飛。我們飛。我們越飛越遠。再見啦，貓妖小姐們，再見啦，大雄貓。祝你們一起摔成貓肉餅……

天黑下來的時候，我們終於到了杭州。美麗的西湖，高聳的六和塔，神祕的靈隱寺，有鳥兒的岳王廟。我們來啦，耶！

岳王廟前，圍了一堆人。朱三巴和小巨前頭開路，我們擠了進去，一眼就看到了那隻綠毛鸚鵡。牠站在一個乞丐的肩膀上，乞丐正在大聲地吶喝：「各位，看一看瞧一瞧了啊，今天呢，我給大家帶來了一個驚喜。到底哪裡有英鎊呢，哪裡有美金呢？哪裡有歐元呢？哪裡有呢！」

「行啦，別說啦你，快開始吧！」人群裡有人叫了起來。

乞丐雙手一攤：「我也不知道！」

「你不知道，說胡扯個屁啊！」有人叫喊。

「我不知道，可是我的鸚鵡知道啊。」乞丐神祕地說，「不信，你們問牠！」

人群正要一擁而上，乞丐一揚手：「別急別急，大家慢慢來，一個一個來啊，一個一個……」

小巨人高馬大，擠到最前面，第一個說：「這隻鳥兒，你好！」

「什麼鳥兒，你連鸚鵡都不認識？」

這聲音，乾巴利索脆，竟然就是那隻鸚鵡自己說的！我們怪事也見得多了，又早知道這裡有隻鸚鵡非同一般，也沒怎麼覺得奇怪。可是圍觀的人群，全都覺得又吃驚又好笑。

小巨倒是覺得沒什麼，在白癡眼裡從來都是一切都沒什麼。

「鸚鵡你好！」小巨一本正經地改了口。

「嗯，這回對了，有什麼事嗎？」鸚鵡揚了揚頭，爪子都跟著翹了翹，一副趾高氣揚的勁兒。

「請問，哪裡有英鎊，哪裡有美金，哪裡有歐元呢？」小巨問。

「看不出來你還挺貪的，什麼都要。」鸚鵡說，「只能給你一種，說，要什麼？」

給錢？我們都覺得有點奇怪了。我以為這鸚鵡答出英鎊在英國，美元在美國，歐元在歐洲也就得了。聽這語氣，竟然要給現金！一隻鳥會有現金嗎？牠下邊踩著的乞丐會有嗎？如果真有，還在這兒折騰什麼啊？傻啊？

可是小巨一點也感覺不到，愣是認真地想了一會兒：「我要……港幣、台幣、人民幣，都行。」

朱三巴嘀咕了一聲：「你他媽傻啊！」

小巨卻振振有詞：「英鎊、美元和歐元，我花不出去，我又沒出國。」

「哈，真聰明啊你！」鸚鵡竟然笑了起來。

這隻鸚鵡，究竟是個什麼玩竟兒啊。我定住紅眼，仔細觀看。看出來了，是……貨真價實的鸚鵡。

忽然鸚鵡瞥了我一眼：「看什麼看，沒見過鸚鵡啊？」

我暈，牠發現我了！我把頭一低，覺得特不好意思。

鸚鵡更來勁兒了：「說吧小子，你覺得你要的錢在哪兒？」

小巨想了想：「銀行？」

「廢話，用你說？遠了！」鸚鵡說。

小巨又想了想，一指乞丐的腳下，開始胡說八道：「這裡？」

「叮咚～答對了！」鸚鵡回答，「挖開來看看！」

難道這底下真的有錢？我納悶！不過很快我就不納悶兒了。因為腳底下的鄧老闆消失了一會兒，又回來了，一捅我腿彎，我差點跪下。

「幹啥，你捅別的地方不好嗎？」話一問出口，我明白過來了——別的地方他搆不著。

「喂，真有錢，你看，剛從底下拿回來的！」鄧老闆遞過來一個小包。我悄悄打開一看，果然。港幣、台幣、人民幣，一共好幾千塊。

我往口袋裡一塞，衝鄧老闆滿面春風地一笑：「我先收著了！」

鄧老闆沒理我，直眼看著前面的朱三巴。這朱三巴，不知道從哪兒弄了一個釘鈀，舞得風聲直響（不愧是豬八戒的後代），不一會兒已經在乞丐的腳下刨了一個不大不小的坑，深度埋一個鄧老闆綽綽有餘。

「等一下，錢！」小巨叫了一聲，撲了上去，在坑裡撿起了一個小包。

「這不是我口袋裡那個包嘛！我一摸口袋，果然包沒了。這鸚鵡是何方神聖，竟然會這一手？

小巨打開了紙包，數著裡邊的鈔票，看樣子很驚喜：「給我的？」

「給你吧！」鸚鵡挺大方，「早就說了，本神鳥神通廣大，可你們一個個都不鳥我。我可是一隻不能不鳥的鳥，知道了沒有？」

圍觀的人群，看得津津有味，不知道牠還會出什麼花樣。

忽然朱三巴碰了碰我的胳膊：「小心，有妖氣！」

他說晚了，我不用看那妖氣也知道，因為妖怪已經發話了：「大哥，就是他們！」

這聲音好耳熟啊，像誰呢？像……大雄貓！

順著聲音的方向抬頭看去，果然是他，渾身纏滿了繃帶，看樣子上次摔得不輕。在他的身後，撲搧著兩扇大翅膀。

「那是什麼翅膀？」我問。

「那是超大號貓頭鷹的翅膀。」關叮噹馬上給了我一個答案。

對，我想起來了。有那麼一回，幾隻母鷹正在樹上討論貓會不會爬樹，結果貓爬上來了，後來……就有了貓頭鷹。

「喂，你有翅膀，怎麼還會摔這麼慘啊！」小巨態度認真地衝著大雄貓頭鷹喊。

「我的翅膀從消失到長起來，要一個小時！」大雄貓頭鷹回答。原來如此，看樣子他也挺老實。

「喂，你們自說自話，是不是不鳥我？」忽然一個聲音在大貓邊上響了起來。這聲音聽起來挺不純正的，吱吱喳喳，像鳥語多過像人聲。我們這才看見大貓身邊那隻大鳥。是不是所有的鳥都喜歡關心別人「鳥不鳥」他？

這隻大鳥很漂亮，像是一隻超大的長尾巴雞。那尾巴不但長，而且上面還有著一圈一圈的螺紋，一共有九根！我回頭看了關叮噹一眼，她立刻回答：「九尾雉雞精的後代！」

在看關叮噹的時候，我順路看見，其他的人全都跑光了。連那個乞丐也不見了。人類真不爭氣，怕妖怪。那麼，這隻大雞精關心的，一定是我們幾個「鳥不鳥」他。

大雄貓很厲害。現在纏了繃帶，也不知道還能不能打。可是這位九尾巴鳥看樣子比他還厲害。戰鬥，還是逃跑，這是一個問題。更大的問題是：碰到兩個會飛的，跑得了嗎？

朱三巴一聲怒吼，現了原形，拿著釘鈀就衝了上去。緊跟在後面的，是小巨、桃大、柳二。

雉雞精的尾巴一抖，分出來一根尾巴，擋住了朱三巴的釘鈀。我能看出來，朱三巴釘鈀在手，比平時可厲害多了。但也就是厲害得跟一根尾巴差不多。可是人家還有八根尾巴。一根卷起，把小巨舉了起來。另外兩根擊退了桃大、柳二的進攻。還有五根，衝我這邊來了！

在我身後，站著的是鄧老闆和關叮噹。

我要英雄救美，我還要順路英雄救矮。我救，我救……我救命！

五根尾巴就像五把大掃帚，掃起來的狂風，直接就把我吹得雙腳離地！

我連飛行咒都沒有唸出來，我的小猴子也沒有放出來，我被他的某一根尾巴彈了一下，我飛得更高了，我我，我直接飛到他嘴邊上了，他張大了嘴，好像要咬我！

「等一下！」一個威嚴的聲音響了起來，乾巴利索脆，聽起來很耳熟。

這是，那隻鸚鵡？正是！

我只覺得眼前綠光一閃，一股強大的氣流，直接把我送回了原地。左右看看，朱三巴，小巨，桃大，柳二，全回來了，除了朱三巴釘鈀功夫夠強，其他幾個都顯得狼狽不堪。

我們不是對手。現在我們唯一的希望，就是眼前這隻鸚鵡。

「敢在我眼皮底下動手，不鳥我的鳥，我還是第一次碰見呢！」鸚鵡好整以暇地說。

別看這鸚鵡身體小，顯然九尾雉雞精對他有點犯沖。雉雞精仔細地看了看他：「好像，是你先來不鳥我的吧？」

「少廢話，夾起你的尾巴，給我滾吧。」鸚鵡懶洋洋地說。

對，就要這個態度，我見識到什麼是真正的高手了！

「好啊，你先露一手讓我看看，看看我該不該走。」雉雞精保守地說，同時採取了白癡也能看出來的防守姿勢。

「嗯，你挺勇敢的。」鸚鵡讚許地點了點頭，忽然雙翅一展！

天啊！金光！無數道金光從他的翅膀上發了出來，亮得像是一百個太陽！

「我們……走……」九尾雉雞精用他那鳥語嗓子一共喊了三個字，每個都有點變形。前兩個是連著的，聲音不小。最後一個，幾乎聽不見了。能聽見的是「撲通」一聲。

那是他從空中落在了地上。

天上飛滿漂亮的羽毛，五顏六色，花裡胡哨，慢慢地落了下來，埋住了他。然後才是另一聲「撲通」，那是大雄貓頭鷹。看樣子他沒受傷，他是嚇的。

羽毛抖了起來，紛紛散開一旁。羽毛的正中，如同出水芙蓉，鑽出來一隻裸體的雉雞精。九根尾巴，毛也都沒了，成了九根肉棍。

這隻鸚鵡，他用的是什麼功夫？太神了吧！

雉雞精和大雄貓頭鷹互相攙扶著，緩緩離開。

我覺得挺不忍心的，小心翼翼地問：「兩位，請問，要不要給你們來點背景音樂？」

裸體雉雞精和綳帶大雄熊一起回過頭來，齊聲唸了一句詩——

「再厲害的蕭邦，

也彈不出我們的悲傷……」

我暈！

可是想不到的是，他們的悲傷還沒有完。

「給老子站住！」鸚鵡冷冷地說。

雉雞精眼神憂鬱地回過頭來：「還有什麼事？」

「靠！」鸚鵡發威，「就知道你不鳥老子，老子說過的話你都忘了？」

「什麼話？」雉雞精一副任人宰割的樣子。

「夾起你的尾巴，」鸚鵡一字一頓，聲音平和地說，「然後滾。」

「……」雉雞精無語。

我都替他悲傷。

其實夾起尾巴並不難。難的是夾起九根尾巴。我忍不下去了。

「喂，你總要尊重對手吧？」我對鸚鵡說。

「尊重對手？什麼尊重對手？你個小毛猴子少廢話！」鸚鵡衝我大吼一聲，「老子就是因為尊重對手，才會死得那麼慘！」

「你……你死了？」我嚇了一跳。

「沒，我只是死過！跟你說了也不懂。」鸚鵡說。

「你死過，那你認不認識秦廣王？」我試圖提個熟人的名字，跟他套套近乎。

鸚鵡「嗖」地一聲就飛了過來，和我眼睛對著眼睛，嘴巴差點就啄中我的鼻尖兒，說出話來，聲音陰森森的：「別跟老子提任何一個姓秦的。」

我汗，可是我得挺住：「不管怎麼樣，人家都敗了，請你不要侮辱人家。」

鸚鵡發出一長串的冷笑：「侮辱？你以為你老祖宗沒有侮辱過人家？我告訴你，你的老祖宗，也侮辱過人家，也被人家侮辱過。」

「你知道我的老祖宗？」我又準備拉近乎。

「哼，你老祖宗曾經還不也是我的手下敗將！」鸚鵡不屑地動了動嘴。他的嘴巴構造太硬梆，否則我大概可以確認他那是在撇嘴。

我老祖宗可是鬥戰勝佛孫悟空啊！曾經是他的手下敗將？他是誰啊！

不管他是誰，我一樣要頂住，我的猴脾氣犯了！

我惡狠狠地瞪著他，紅眼白眼一起放光：「我說，你放過他們。否則你最好馬上殺了我。如果你不殺我，我會有一天，比我的老祖宗更厲害，你也會成為我的手下敗將！」

我的身上忽然很熱。熱得發燙。難道……我又感冒了？

不是，我很快就明白，是一種力量回到了我的體內。那還不是我在天界中學時擁有的力量。那是……那很可能是，我的老祖宗孫悟空的力量！

鸚鵡的目光，忽然變得懶散了起來：「好吧，我放他們走。」

他的話一說完，我們覺得眼前一花。這隻鸚鵡已經不見了。快，太快，比我老祖宗的筋斗雲都快！

我們幾個呆呆地站著，目送大貓和九尾鳥離開。他們走得很艱難，一步搖一步晃，一步深一步淺。當個妖怪，可真不容易啊。

他們忽然站住了，回過頭來，一起看著我們，主要是看著我。

「我們來的目的，是為了確認你們的實力，夠不夠資格拿到天書。如果你們能拿到，到時候我們會搶。」大雄貓說。

「那我們的實力夠不夠？」我問。

「差得還太遠。」雉雞精很認真地說，又意味深長地看了我一眼，「不過，也許很快就會夠了。」

我忽然覺得他有些滑稽。再意味深長的話，配了裸體，說出來的感覺都會不一樣。

「我們走了。將來，我們還會是你們的敵人。」雉雞精說。

全身綳帶的大雄貓，艱難地把雉雞精背了起來，起飛了。飛得搖搖晃晃，慘不忍睹。

「這隻鸚鵡，他是什麼來歷？」桃大和柳二一起問。在她們的桃林竹林裡，從來沒有出現過這樣神的一隻鳥。

我一條條地羅列著他的特徵：一隻鳥。最反感別人不鳥他。不讓別人跟他提姓秦的。翅膀發出金光。鬥戰勝佛曾經是他的手下敗將。他的速度，可能比筋斗雲還快。

朱三巴忽然鄭重地唸了起來：「鵬之徙于南冥也，水擊三千里，摶扶搖而上者九萬里……」

這是莊子的《逍遙遊》。我立刻想了起來：「他是大鵬！」

怪不得我紅眼黃眼都看不出他的本來面目，那是因為他的法力太高了。

大鵬，又名大鵬金翅鳥。天龍八部眾中唯一的孤獨者伽樓羅。他的翅膀搧動一下，是九萬里，孫悟空取經的途中，被他活捉過很多次，後來請出佛祖才把事情解決。後來大鵬曾經轉世下凡，那就是宋代的岳飛，被秦檜陷害……

原來如此。多少年代的變更，他還是他，沒有後代。他不是神，也不是人，遊離於天界人間之外。也許只有這樣的傢伙，才能給我們一些指點吧。可是，他去了什麼地方？秦廣王說的只是：看這隻鸚鵡會不會幫你們……他會嗎？

「既然都來了，我們進岳王廟參拜一下吧。」闞叮噹建議。

現在的岳王廟，不知道已經重修了多少次。因為鬧了一陣妖怪，現在廟裡是一個人也沒有。我們走了進去，一眼看到的就是岳飛的塑像，上方懸著他手書巨大匾額，四個字是「還我山河。」塑像的邊上，是秦檜、王氏、張俊、萬俟卨等四人的跪像。跪像背後是一幅對聯。我大聲地唸著：「青山有幸埋忠骨，白鐵無辜鑄……喂，三巴，這是什麼臣？」

「女臣！」朱三巴回答。

「不會吧，上邊還有個二呢。」我不大相信。

「兩個女的。」

「可邊上還有一個單人呢！」我說。

「靠，你他媽傻啊，死了的還不都是人！」朱三巴斜了我一眼。

我無語了。這個「佞」字，真不好認。

就在這個時候，「吱呀」一響，身後的大門忽然關了起來。光線瞬間變暗。

怎麼回事？我們立刻擺出戰鬥的架勢，嚴陣以待。

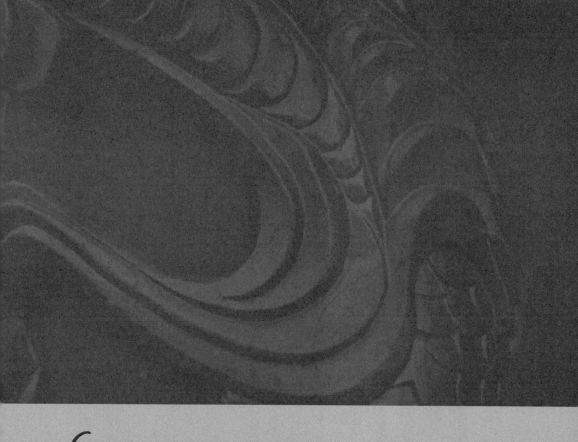

6 五行之息的源頭

那是一個很美麗的池塘，像一塊瑰麗的碧玉鑲嵌在雄偉壯麗的群峰之中。只是現在，裡面全是豬……

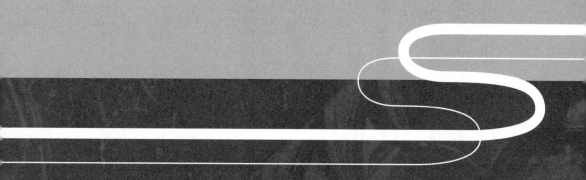

「你們找我呢？」一個聲音問。

是鸚鵡大鵬！我們立刻聽了出來。

一道綠光泛起，隨即是一陣激越的歌聲傳出，如銀瓶乍破。

「期待著一個幸運和一個衝擊

多麼奇妙的際遇

翻越過前面山頂和層層白雲

綠光在哪裡

觸電般不可思議像一個奇蹟

劃過我的生命裡

……」

怎麼回事，孫燕姿登場？那可是我崇拜的明星啊。我立刻兩眼發光，情緒興奮，躊躇滿志，拔劍（可惜沒有劍，做個樣子好了）四顧。一下子就顧到了小妖精關叮噹。她正用似笑非笑的眼神看著我。叮噹，對不起，我錯了還不行嘛。其實孫燕姿哪兒有妳漂亮了啊，她的歌唱得也沒妳好聽……

刷刷刷刷。這是翅膀抖動的聲音，絕不摻假。雖然沒有一隻鳥的翅膀能把聲音抖得這麼符合漢字發音標準，可是這隻鳥做到了。鸚鵡大鵬在廟裡慢悠悠地飛著，邊飛邊問：「你們找我有什麼事情呢？」

「我們想知道天書的下落。」我說。

「嗯，」他點了點頭，「還有別的問題嗎？」

「還有，我很想學你用金光給人拔毛那一招，可以教我嗎？」小巨問。

「嗯，」他又點了點頭，「還有嗎？」

「還有，你剛才出場，為什麼要放那首孫燕姿的歌？」桃大和柳二一起問。看來她們也是孫燕姿的歌迷。

「好！」鸚鵡大鵬的翅膀先舉起，又往下壓了壓，示意觀眾們保持安靜。「現在，告訴你們我的習慣。我一天呢，只回答一個問題。今天就先回答第三個吧——我放她的歌呢，只是我的個人愛好。回答完畢！」

靠，這小子玩我們！

「請問，你的規則到底是什麼？」我問。

「好啊，今天是第一天開始，我就多回答你一個問題。」鸚鵡說，「我的規則，第一，是一天接受三個問題，記住，必須是三個。但我只回答一個。第二呢，一天問過，只有第二天才能再問。第三，如果你們離開這裡，那以後也不要問了。放心，這裡有吃有喝有廁所，只要你們能捱得住，願意住多久都可以。」

聽懂了他的話，我們湊在一起商量了一下。第一，如果離開這裡，以後就再也沒有機會問了。第二，如果每天都問錯，被他答了最沒用的那個問題，我們就是待到老也沒用。第三，捱得住捱不住……這是什麼意思？

我們立刻就明白了。因為除去關叮噹之外，我們全都看見了另一個自己。關叮噹甚至檢查了一下自己的鏡子是不是都沒有丟失，然後才提出了警告：「我們看到的不是鏡子！」

用你說？鏡子裡的我不可能有棍子，而且是兩根。對面的「我」扔了一根棍子過來。我接住左右看了看，朱三巴手中多了一條釘鈀，小巨的手中多了一條長槍，桃大、柳二用的，還是她們自己的桃劍柳刀。鄧老闆面前，站立的是另一個鄧老闆。

對面的我喊了一聲：「打！」

戰鬥開始。猴二小對猴二小，朱三巴對朱三巴……

他一棍打過來，我一棍擋住。他的力氣比我大一點。

我一棍打回去，他又一棍擋住。我的速度比他慢一點。

我的招數變化也比他少一點。

我使出了飛行數，他飛得比我高一點。

我變出了小猴。他也變出來了。他的小猴比我的大一點。

他處處比我強一點。這怎麼打？

再看看朱三巴他們，情況和我差不多。

「頂住，學他們的招術！」關叮噹在後面喊，「這是大鵬在訓練你們的能力！」不愧是有著鏡子能力的人，她看得很清楚。

那麼，來吧！

我們一直打到肚子餓，停戰，開始吃東西。

「怎麼樣，強了沒有？」我問朱三巴。

「強了，就是有些火。」朱三巴說，「因為我強一點，他就更強一點！」

我們的感覺也都是一樣。

「要不，我們學習一下？」我提議。

關叮噹取出了鏡子，發給我們每人一面。鏡子裡面播放著最適合每個人的天界課程。

我的是：棍術，地煞數變化術，騰雲術，九龍化生術。

朱三巴的是：鈀術，天罡數變化術，天河水術，通靈術。

咦，奇怪。沒有聽說過朱三巴一族還學過這個術啊。

「最後一個術，是隨機的。」關叮噹解釋。

小巨的是：棍術，倍化術，彈弓術。

桃大和柳二的是刀劍術，植物催生術，瘴氣術。

鄧老闆的是地行術、鐵頭功，還有……增高術？這下子他可有救了。我們看見他練這一手練得最賣力。骨頭變型，身體拔高，長，再長……成了！

「怎麼樣？」鄧老闆得意洋洋地問。

他的雙腿和脖子，被拉得很長很細。身體真的高了，足有一米七。可是臉的長度仍然是接近八寸，身體的長度仍然是一尺。換句話說，他原來的腿長加頸長，一共是兩寸多。

「兄弟，辛苦了，好好幹！」朱三巴拍了拍他的肩頭。

第二天一早，鸚鵡大鵬來了。我們問了他三個問題，早就考慮清楚的問題。

「天書在什麼地方？」

「怎麼才能找到天書？」

「天書鑰匙在哪？」

「嗯，」鸚鵡大鵬說。「今天我還是回答第三個問題，答案就是——不知道！」

靠，這也算！

可是大鵬已經消失了。

岳王廟裡又出現了那幾個對手。沒辦法，打啊！

我們厲害了，可對手們更厲害了。我們新學會的法術，他們全會，而且還多出很多花樣。

第三天，我們又問了三個問題。

「天書在哪裡？」

「天書在哪裡？」

「天書在哪裡？」

三個問題一樣，看你怎麼回答！

「嗯，」鸚鵡大鵬說，「你們作弊，我今天拒絕回答。」

暈！

我們的戰鬥力，一天比一天強大。一共強大了七天。每天早上鸚鵡都會出現，但是我們總是得不到答案。直到第七天晚上，我一棍子把自己的對手打倒在地，朱三巴一鈀把自己的對手鈀倒在地，小巨一槍把自己的對手釘倒在地，……，全勝。我們的對手，全部變成了鳥毛兒，鸚鵡大鵬的毛。

「呱呱呱呱！」這又是翅膀的聲音，當然是鸚鵡大鵬的翅膀才能發出的聲音。綠光閃亮，音樂響起，他又來了。

「不錯嘛，有潛力，進步得比我想得還要快！」他滿意地說。「為了鼓勵你們的進步，這幾根毛，就送給你們吧！」

我想起了拔毛助長這個成語。它的新版本意思是：拔下自己的毛，幫助別人成長。

「現在，你們已經具備了去尋找天書的資格。」鸚鵡大鵬總結，「那我就告訴你們吧。天書在哪裡呢？答案是──我也不知道！」

倒！我看見朱三巴正在猶豫著該不該罵他還是罵我們自己。也就是說，該說「你他媽傻」還是「我們他媽傻」的問題。

「不過呢……」鸚鵡又說，「這本書可能在五個地方，你們只能一個個去找。究竟在不在呢，我就不清楚了。」

有希望！

「這本天書，你們應該已經知道了。它是五行之息發作之前，被封印的這段時間裡，由整個天界以及留在天界裡的諸神化成的。如果瞭解到這本天書的祕密，你們就能掌握了諸神的力量。知道這意味著什麼嗎？」鸚鵡大鵬意味深長的問。

「意味著各路妖魔都不會放過這本天書。」我回答，「那他們為什麼自己不去找呢？」

「因為，只有神仙後人中，才會有人被選中，得到這本天書。天書的用處，你們知道是什麼嗎？」

掌握了諸神的力量，用來做什麼呢？我們全都看著他。

「當然是用來拯救諸神自己。他們可不願意永遠以一本書的形態存在。」鸚鵡說。

「怎麼拯救？」

「要找到天書的鑰匙。」

「怎麼才能找到天書的鑰匙？」儘管連能否找到天書都無法確定，我仍然問了下去。

鸚鵡大鵬微微一笑：「你知道天書的祕密是怎麼傳出去的？」

我想起了沙小靜。

「外星人？」我問。

「屁！」鸚鵡大鵬不屑地罵了一句，「他們知道什麼？如果玉帝不想傳出這條消息，他們根本不會知道。沙小靜投胎變成網路，還不也是玉帝的主意？」

不會吧？這玉帝會有那麼強？

「那玉帝一定留下有關鑰匙的線索了吧？」我滿懷期待。

「嘿嘿，」大鵬笑得很邪惡，「有沒有聽說過一句話？」

「什麼話？」

「玉帝在打開一扇門的時候，會順路關上一扇門。」他很神氣地說。

「那不是上帝說的嘛！」我暈！

「屁！」大鵬又罵了一句，「如果玉帝不想讓上帝知道，他會知道有這樣一句話？」

可是這句話好像也不是上帝自己說的。

「你是說，上帝，不，玉帝打開了天書的門，就把鑰匙的門關上了？」我問。

根據對已經發生的事情的瞭解，我知道必須找到天書和鑰匙，然後打開天書，才能讓世界恢復正常度過危機。玉帝如果真的這麼做了，那他不是替天界諸神選擇了集體自殺？他傻啊？

「是啊。不過他關上了鑰匙的門，順路就打開了找到鑰匙的門。」大鵬說。

我覺得我腦子裡哐噹哐噹直響，全是沒完沒了的開門聲和關門聲。好暈啊，我申請崩潰假期，我要退出遊戲。

「那他這一次關的是什麼，打開的又是什麼？」朱三巴問。我佩服他，他竟然還能挺得住！

「是紫凝仙子。」大鵬神往地說，「那可是個難得的美女……」

又一個審美觀點後現代的。無論是玉帝還是上帝，你們出來一個，殺了我吧，我受不了他們了。

「你是說，他關起了紫凝？」朱三巴大喝一聲，聲震屋瓦。

「以她的法力，如果不關起來，在天書中也無法承受來自五行之息的壓力。」大鵬說。

「那為什麼不乾脆放她下界！」朱三巴怒火中燒，看著大鵬的眼睛如同看著玉帝。

「因為如果她下了界，天書就不會再有鑰匙。」大鵬不緊不慢地說。

「那好，告訴我們怎麼找到天書，怎麼找到鑰匙。」我問。

大鵬也不知道怎麼找到鑰匙。但是他告訴了我們到哪裡去找天書。天書的形成，起因是在五行之息。因此也要到五行之息的源頭去找。在中國這片神州版圖上，這地方共有五個。

北方，水之息的源頭，長白山。

南方，火之息的源頭，海南島。

東方，木之息的源頭，日月潭。

西方，金之息的源頭，鳴沙山。

中央，土之息的源頭，龍門石窟。

「記住，龍門石窟這個地方，要最後才能去。」大鵬囑咐我們。

「為什麼？」小巨問。

「因為，這個地方比前面的多一個字啊。」大鵬回答。

好酷，我鳥你！

我們選擇的第一站是長白山。

感謝鸚鵡大鵬這七天的訓練，我的飛行術進步多了。現在的我，可以在雲裡睡覺，在雲裡吃飯，在雲裡和鬬叮噹親熱——可惜她不肯，理由是人多眼雜……等救完諸神再說吧。不過雲裡的人確實挺多，大家都在呢。但我還是鬱悶。我只好化鬱悶為力量，拼命加速。遠遠看去，天空中那團白雲一定如風馳電掣，拉出了一道完美的弧線，地面上的美女們看到，一定會齊聲喝采，心曠神怡，想入非非……

停。我們到了。

長白山山如其名，又長又白。山脈綿延，東北三省全都有份兒，這是長。而他的山頂，夏季白岩裸露，冬季白雪覆蓋，這是白。

「猴二哥，我們這次能找到天書嗎？」小巨問我。

「不能。」我肯定地說。

「為什麼？」小巨問。

「凡是有五個地方需要找才能得到的東西，都是要最後一次才能找到。」我說。

「為什麼？」小巨又問。

「因為蛋糕從來都是有奶油的一面先落地。」我說。

「猴二哥，我聽不懂啊。」小巨說。

「聽不懂，直接參考上一個回答。」

「上一個回答，為什麼不先去第五個地方找呢？」

「……」我超級無語。

夏季的長白山氣候涼爽。這氣溫是我們選擇這裡為第一站的最主要原因。可是，諾大的一條山脈，到哪裡去找水之息的源頭呢？正行走間，忽然聽到了隆隆的水聲。轉過一條山樑，當時眼前一爽，原來是兩道白河，如玉龍般奔騰而過。

水之息的源頭，一定就是這條河的源頭。

「這條河叫什麼名字？」我問。

「叫乘槎河。」關叮噹說。

朱三巴一聽，來了精神：「道之不行也，乘槎浮於海……」

「這是誰說的？」像朱三巴這樣的豬頭大漢，時不時地唸兩句古文，總讓人覺得彆扭。可是事到臨頭，不知道還得問他。

「孔子。」朱三巴雙手合十，說道。暈，你合什麼十啊，孔子又不是和尚！

「這老小子，真會享福啊，在這種地方盛茶。聽說有位茶聖名叫陸羽，品評天下泉水，不知道有沒有到過這裡？」

「靠，你他媽又傻了，是乘槎，不是盛茶！」朱三巴說。有什麼不同嗎？懶得說了。我回他一個眼神，眼神裡表達了一個字，「切！」

越往前走，水聲越響，慢慢地終於看見了一條瀑布，那銀流似從天而降，落地如雷聲貫耳。

「哇，大石頭！」行走間，小巨忽然指著遠方。

「你說什麼?!」因為水聲太響，他的聲音聽得不太清楚。可是和朱三巴說話容易自卑，我也只好多和他說兩句了。

「那是牛郎渡！」關叮噹大聲說。

遠遠看去，正在瀑布口的地方，立著小巨說的那塊巨石。瀑布的流水擊在石上，左右中分，兩條白練高高揚起，水花四濺。

牛郎渡？這樣險的地方，牛郎能渡得過去？

「真像天女散花啊！」桃大和柳二連聲讚嘆。

「要不是天女，哪裡來的這個天池？」關叮噹說。

「天池我聽說過，是不是不遠了？」我問。

「對，就在這上面。」關叮噹說。

「妳怎麼知道？」我問。

「因為這裡有鏡子。」她答。

「這種地方，怎麼會有鏡子？」我問。

「天池自己，就是一面鏡子。」關叮噹說。

難道她操縱鏡子的能力進步，連水池都能當鏡子了？我看了她一眼。她立刻搖了搖頭，問我：

「知道火焰山嗎？」

「知道，那是我老祖宗孫悟空一腳從天上踢下來幾塊紅磚變的。」

「這天池，是一位仙女扔下鏡子來變的。」關叮噹說。

「誰，亂扔東西，就是砸不到小朋友，砸到花花草草怎麼辦？」我問。

「曾經有過兩位仙女，對著一面鏡子，比試誰更漂亮。後來相互爭論，總也沒有結果。鏡子說，還是妹妹更漂亮，姐姐就把鏡子扔下來啦。」關叮噹說。

「靠，這麼不講道理！」我發了一句牢騷。

關叮噹看了我一眼：「把鏡子扔下來的，是我的一位先祖，也是媖母的後代。」

算我沒說。我立刻陪了一個笑臉：「媖母的後代，也有漂亮的嘛，比如妳啊。」

「我？」關叮噹的表情很落寞，好像陷入了沉思。過了一會兒才自言自語：「我漂亮嗎？」

「媖母的後代，我想一定都很漂亮。」朱三巴忽然說，又補充了一句，「因為紫凝也是媖母的後代。」

關叮噹看了朱三巴一眼，那眼神很奇異，我不能理解，只是覺得，我不該在這個時候再說一句話。

「天哪！」關叮噹忽然叫了一聲，「快上去！」

我立刻施法，召來一片白雲。大家上了雲頭，朱三巴才開始發問：「什麼事？」

「天池的水，忽然很混濁，我看不清了！」關叮噹說。

到底發生了什麼事？我們以極快的速度溯流而上，等到了天池的上空，才看清楚。

豬。

很多豬。

很多豬妖。

他們在天池裡洗澡。

看來他們早就在了，只是不知道為什麼現在才跳進了天池。那是一個很美麗的池塘，像一塊瑰麗的碧玉鑲嵌在雄偉壯麗的群峰之中。只是現在，裡面全是豬。一定是水聲遮住了他們存在的聲音。近到眼前，我們才剛剛發現。

這群豬妖足足有上百個。他們在水中圍了一圈又一圈，像是十幾層大大的同心圓。在圓心的正中，兩隻最大的豬妖，正從水底緩緩浮出，手裡捧著一件東西，那是一本書！那是我們要找的天書嗎？

「上，奪書！」朱三巴一聲大喝，從雲端衝了下去。他不怕水，身為天篷元帥的後人，天河水術可不是白練的。我們隨後一擁而上。

可是，只有朱三巴一個人過去了。一道無形的屏壁擋住了我們。我掄起棍棒一通猛打，打得這道屏壁火光直冒，可就是突破不進去。

「別打了，沒用的。這是玄武豬妖陣。」關叮噹說。

「豬妖陣？」我問。

「沒錯。每種妖怪，都能設置自己的領域，他們的領蜮，就在這個陣裡。現在除非我們也是豬，否則進不去。」她說。

「那三巴，他不是危險了？」我問。

這些豬妖，我們從鏡子裡見過，都是梅山七怪朱子真的後代。根據以前和梅山七怪之首袁洪的後代交手的經驗，他們一定也不好對付。更何況他們豬數眾多，又是有備而來。我們無計可施，只能透過那道屏障，焦急地向下觀望。三巴兄弟，你自求多福吧。

朱三巴奮起神威，拿出了這七天特訓的實力，一鈀打飛了一名小豬妖。

又有兩名小豬妖衝了上來，朱三巴身體一個盤旋，也把他們撞飛。接下來的是四名，再接下來的是八名，越來越多。朱三巴的釘鈀中規中矩，招術謹嚴，守得風雨不透。一隻又一隻的小豬妖飛了開去。

他一直衝到了陣中兩名大妖豬的身前，揮鈀就打。

左邊的大豬妖身法好快，迅速躲過了他的鈀頭，一伸手握住了鈀杆。朱三巴用力回奪，沒有奪回來。從力量上看，這名大豬妖和他勢均力敵。

可是右邊的大豬妖衝了上來。

「他們是誰？」我問。

「我在魔鬼天堂酒吧見過。左邊的是豬天罡，右邊的是豬地煞。朱子真後代中，最厲害的兩位。」關叮噹說。

她這句話，好像讓我腦中靈光一閃，卻很快閃了過去，沒有捕捉到。是什麼呢？

「那現在三巴有什麼辦法？」我又問。

「沒有辦法。」她回答得很乾脆。

右邊的豬妖朱地煞已經抱住了朱三巴的腰。朱三巴立刻鬆開了釘鈀。握住鈀杆正在用力回奪的朱天罡收勢不及，一屁股坐在了水面上。

朱三巴彎腰一抄，已經捉住了朱地煞的一條腿，把他拖倒在水面。

小豬妖們又撲了上來。朱三巴拉開架勢，指東打西，指南打北。

但是他手中已經沒有了釘鈀。沒有了釘鈀的朱三巴，如同沒有了牙齒的老虎。這樣混亂的戰鬥，他還能撐多久，他還有多少力量可以用？

「媽的，進不去！」我身邊忽然有人說。原來是鄧老闆。他試圖從地面鑽進去，可是這玄武豬妖陣，連地下也封住了。

是啊，如果能進去就好了。

陣中的戰鬥越來越激烈。朱三巴的衣服已經被扯破多處，身上現出了一道一道的血痕。他的雙眼赤紅，硬打硬拼，半步不退。

慢慢的，倒在地上爬不起來的小豬妖越來越多，朱三巴的動作也越來越慢。不知道他還能支持多久？

忽然一道身影衝過。是一直在一旁蓄勢待發的朱地煞！

朱三巴一個不防，被朱地煞的肩頭結結實實地撞中，橫飛而起。

等在他前方的，正是另一隻強大的豬妖，朱天罡。

朱天罡的嘴角一歪，現出一個冷酷的笑容，手裡的釘鈀直打下來。

「三巴！」我大喊了一聲。

朱三巴不見了。他去了哪裡？還是已經被打得形神俱滅？

「還在！」關叮噹說。這是我第一次聽見她顫抖的聲音，很是動人心魄。是啊，誰願意失去朱三巴呢？

順著她的手指，我看到，水中多了一條黑色的鯰魚，身上帶著道道血痕。鯰魚在水中喘息著，似乎在等著下一次的進攻。那是朱三巴的天罡數變化術。水中的豬妖們，愣了一會兒，很快發現了他。

「快，捉住那條魚！」朱天罡和朱地煞大喊。

那條鯰魚東躲西藏，在小豬妖的包圍中竄來竄去。可是他一定太累了，太累了。很快，他落到了一名小豬妖的手裡。

「快，把他拿過來！」朱天罡命令。

小豬妖拿著這條魚，來到了他的身邊，把魚遞了過去。朱天罡伸手一接，忽然起了變化。那條魚向前一衝，魚頭馬上變成了豬頭，朱三巴的豬頭，一頭撞在朱天罡的肚子上，撞得他蹲了下去。

可是還不只如此。

遞給他那條魚的小豬妖變成了我。我的手中多了一條棍棒，一棒打在了朱三罡的頭上。他栽倒了，永遠栽倒了。

都怪我。剛才我太笨了。我怎麼沒有想到，可以用我的變化術變成一頭豬，衝進這個玄武豬妖陣？

捅破了那層窗戶紙，就是這麼簡單。

「別讓他們走掉！」朱地煞大叫。

哥們兒，叫吧，我們理解你的憤怒。

可是不光是叫，他還組織了進攻。小豬妖們又像潮水一般地湧了上來。

我很快就知道了，情況並不樂觀。朱三巴奮戰到現在，已經幾乎無力再打下去，全憑著一股勇士的衝勁在支撐。而我，我沒有想到的是，我的能力在水中施展，竟然大打折扣。

我不像朱三巴，精通天河水術。而敵人又是有備而來。

接下來的戰鬥，仍是苦苦支撐。我們並肩作戰，打退了敵人的一次又一次進攻，但是結局已經很明顯了，看看朱地煞那張急於復仇的臉也能知道。他和我們一樣都在等，等我們最終支援不住。

終於朱地煞自己也加入了戰鬥，我們的壓力驟增。

他打了三拳，朱三巴接住兩拳，在接第三拳的時候暈了過去。他又打出五拳，我全接住了，但是我的視線竟然開始模糊。

我想，我們的故事要結束了。好像在我們的頭頂，關叮噹在喊著什麼，帶著哭腔。小妖精，妳在為我們哭嗎？謝謝妳啦，我真的很愛妳。

情況又變，變得我眼前一黑。

一個黑乎乎的東西，忽然出現在我的面前，擋住了朱地煞的進攻，而且開始反攻。一直戰鬥到現在的朱地煞，明顯體力下降，敵不住這位新來的生力軍。

朱地煞節節敗退。我重新振作精神，攔住了剩下的小豬妖們。

很快，我聽到了一聲豬嚎，我看見一隻體型碩大的豬衝出了這個古怪的豬妖陣。小豬妖們也一哄而逃。

陣勢立刻破解，關叮噹他們幾個全都來到了我的身邊，扶起了暈在水面上的朱三巴，看著他抓在手裡的那本天書。他是什麼時候拿到手的？這真的是天書嗎？

一會兒再說，先看看這位黑乎乎的援軍是誰。

那位趕跑了朱地煞的黑大漢帶著憨笑，來到了我們身邊：「猴二哥，你好！」

我們都向他看去。這是很黑的一個黑大漢，長著一顆黑乎乎的豬頭。

「小室！」小巨第一個認出了他。可能是白癡認起豬來，比正常人要快吧。

想起來了！看來小多和小廣他們也沒閒著，小室正是被他們叫醒的。小室的祖先，二十八宿之一，室火豬，是一頭黑得像是被火燒過一樣的豬神。

好了，現在咱們來看看這本天書。這本書足有五公分厚，拿在手上沉甸甸硬梆梆的，就是打不開。如果它有五百面的話，那麼它最後一百頁的書面顏色是不同的，泛著淡淡的藍色，那是水色。

「我想，如果我們帶著它走遍了五個地方，讓它有了五行之息的全部顏色，它就能變成一本可以打開的書。」闞叮噹說。

「是這樣。」小室確認，「我剛從鸜鵡大鵬那裡來，他讓我告訴你們這件事。不過，就算它變成了可以打開的書，一樣需要找到那把鑰匙。」

「小室，你們那裡的情況怎麼樣了？」小多和小廣他們都還好吧。

「還好。有小多和小廣他們兩個在，我們不會有危險。」小室說。

小多和小廣是多聞天王和廣目天王的後代，能聽善看，有他們在，的確是件很讓人放心的事。

「我們正在分兵往各地，搜索諸神的後代，等到大家聚齊，一起拯救這個世界。」小室一邊說，一邊看了看關叮噹，「猴二嫂，多謝妳給我們留下那麼多玉佛像，這可以讓我們省很多事。」

猴二嫂！他說關叮噹是猴二嫂！我忍不住偷偷看了她一眼。可是她的眼睛正看著別處，一張臉卻已經紅到了脖根。

「喂，小室，你小聲點，我們現在還沒有結婚……」我說。

「那上床了沒有？」小室一本正經地問。

豬啊，他真的是豬啊！

「沒。」我更加小聲地說。

「那更好。大鵬說了，你練的是童子功，如果破了戒，估計以後就中不了什麼大用了。」小室說。

「……」我無語。

小室告辭離開。下一站，我們定為西部的鳴沙山。

7 桃柳枝幹化作八陣圖

山上傳來時斷時續，時高時低的聲音，越近就聽的越是清楚。那聲音忽而豪壯如萬馬奔騰、忽而柔細如瑤琴柳笛。忽而如蛙鳴陣陣，忽而如風雷大作。這就是鳴沙山，沙漠中的奇蹟之山……

雖然機率很低，但任何一種飛行都免不了要失事。我的失事發生在西安市的上空。和豬妖們大戰消耗了太多力量的我，在飛行中總是神不守舍。我的乘客們卻是興奮得很，在那朵本來就不太穩當的白雲上蹦蹦跳跳。

其實他們做啥都無所謂，但是他們不該看見那隻鳥。更不該讓我帶他們飛過去和那隻鳥聊聊。我只好飛了過去。

「呱！」那只黑色的鳥說。

「你，是青蛙嗎？」小巨問。

朱三巴還沒有從上一次的戰鬥中完全恢復，可仍然不會放棄罵人的機會：「你他媽傻啊，連烏鴉都沒見過！」

對，這烏鴉我見過，聽說是一種神奇的鳥。至少牠說出來的話可以化腐朽為神奇，給人帶來意想不到的噩夢。這一隻，牠會說話嗎？

會，還是地道的陝西腔：「喂，夥計，去哪裡？」

「我們要去西邊。」小巨回答。

「哦，去取經嗎？」烏鴉問。

「這個……是去找一本書。」小巨說。

「那還不是取經，你們這樣飛，怎行呢。取經應該走著去的，騎馬也行。想當年人家唐僧取經……」烏鴉後面說的什麼，我們都聽不見了。

因為我們已經從天上掉下去了。

我發現，我已經失去了騰雲的能力，估計這趟西行不結束，是不可能恢復的了。

好厲害的烏鴉！

桃大、柳二一瞬間變出來很多桃枝柳條，做了我們的緩衝墊。可是我們仍然摔得暈頭轉向。等我們全部站起來的時候，才發現自己正身處西安城的某條大街上。在我們的對面，站著一位年輕有為的大學生，深度的眼睛如同兩個瓶底。

這大學生身穿一套至少有十幾個口袋的旅行服，腳下一雙大號登山鞋，背了一個幾乎能把他裝進去的大背包。他溫文儒雅地對我們說：「你們也是背包客吧？」

我們揉著屁股，憂鬱地看著他。

這人我們認識，只是他不認識我們。因為我們有紅眼，他沒有。他的真實名字叫陳藏，他的真實身分，是論檀功德佛唐僧的後代。

「喂，你身上還帶著玉佛像沒？」我問關叮噹。

「沒有了。」她搖了搖頭。

「很好。」朱三巴長長地出了一口氣。我們都不想讓陳藏恢復真身，因為他太囉嗦了。

「你們要去看佛像？太好了！剛好我們可以一起去哦！」陳藏興奮地說，「我要去西部探險，正找不到同伴。往西走呢，我們就能到達莫高窟，有很多佛像。再往西呢，就能到達月牙泉，那可是號稱沙漠第一泉的美景哦。再往西呢，就能到達鳴沙山……」

想不到他不恢復原形，也一樣這麼多話。

「再往西呢，你就能到西天！」朱三巴翻著眼睛說。

「對對，西天！我這一次出遊的目的，就是要到西天。不過這個西天肯定不是那個西天。德謨克利特說過，人不可能兩次到達同一個西天。就像佛祖的雷音寺……對了，這次呢，我要找的就是雷音寺。知道雷音吧？雷是金鼓之音，五行屬金。而西邊的沙漠，剛好有很多是金沙……」

我不由自主地唸起了那段經典對白。

「大家看到啦？這個傢伙沒事就長篇大論婆婆媽媽嘰嘰歪歪，就好像整天有一隻蒼蠅，嗡……對不起，不是一隻，是一堆蒼蠅圍著你，嗡……嗡……嗡……飛到你的耳朵裡面，救命啊！所以呢我就抓住蒼蠅擠破牠的肚皮把牠的腸子扯出來再用牠的腸子勒住牠的脖子用力一拉，呵——！整條舌頭都伸出來啦！我再手起刀落，嘩——！整個世界清淨了……」

陳藏忽然衝了過來，一把抓住了我的衣領。他他，他要幹什麼？

他的眼神很興奮，興奮了足有三十秒，然後他大叫了一聲：「我認出你了！」

什麼？他知道自己是誰了？在天界中學的時候，我們每次遇到他都會落荒而逃，他從來沒有捉住過我們。但是這一次，我身為受過七天特訓精通七十二般變化的鬥戰勝佛孫悟空的原裝正版後代，竟然被他一個還不知道自己真實身分的轉世凡人版給認出來了？

我差點就低頭認輸，說一聲，「敗給你了。」

可是他後面的話讓我改了主意：「原來，原來你也是星爺的影迷啊。我最喜歡他的《大話西遊》，曾經有一段愛情擺在我的面前，我不知道珍惜。這太精彩了！能不能讓我們合作一次，再現劇中的精彩呢？我告訴你一個祕密，我最擅長的就是那首歌，你可以跟我一起唱嗎？Only you——」

受不了了，我大喊了一聲：「誰有強力膠布！」

他們全都搖了搖頭。只有鄧老闆猶豫了一會兒，說：「強力膠泥可不可以？」

可以。

我們很快就封住了陳藏的嘴。朱三巴、小巨和我，分別拿著鈀子、棒子和長槍，指著他的腦門：「你再囉嗦，馬上就送你到達西天！」

此時的陳藏身為凡夫俗子，受不了這樣大的驚嚇，一時軟倒在地。在天界被他欺負了那麼久，現在欺負回來，可真爽啊。

可是麻煩來了。我們總不能背著他一路向西吧。要不，我們找一匹馬？靠，還真被那烏鴉說中了，最新版西遊記準備開始，只是少了一個沙小靜，以及一匹馬。

小巨和鄧老闆攜帶著我們從秦登高那裡敲詐來的大筆現金去找馬。我們在原地等了好久，等得陳藏都醒過來了。我的美麗的小妖精關叮噹過去對他進行了心理輔導。經過溝通，以後他不能說話。如果要表達什麼意思，只能拿著一支筆寫出來。陳藏點點頭，似乎是答應了。過了一會兒，關叮噹帶了一張他寫好的紙回來。

是這樣寫的：「各位大俠，我對你們的景仰有如滔滔……（跳過）所謂身體髮膚受之父母……（跳過）在家靠父母出門靠……（我靠你個頭！再跳過）這個世界上有些事是急的，有些事不急……（廢話，跳過）人有三急，分別是……（跳過）我們可不可以打個商量，知道諸位義薄雲天……（跳過）、（跳過）、（跳過）……」

我一路跳到了最後。媽的，這小子天是個當網路作家的料，這麼多字！

最後，他用很悲痛的書法寫道：「對不起。」

什麼對不起？因為我們用泥巴封住他的嘴付出了辛苦勞動耗用了身體熱能晚上可能會多吃一個饅頭？我感到很納悶。

關叮噹過來，拿過那張紙，仔細閱讀。等到她終於讀完，才苦著一張臉告訴我：「他本來是寫要求去WC的，可後來越寫越多，到收尾的時候已經結束了……」

暈，這是什麼意思？

這時，一股很有原始新鮮感的潮濕氣味，正從陳藏那緊夾的兩腿之間悠然飄出……

當我們等到以為鄧老闆和小巨準備攜鉅款潛逃的時候，小巨回來了。

「我們買到了三馬。」小巨說。

「三匹馬，不夠啊。」朱三巴說。

現在多了一個陳藏。就算我們兩個人騎一匹，也要四匹才夠。

「不是三匹馬，是三馬。全都坐在後面，夠。」小巨說。

難道是三匹馬拉的馬車？還是三匹屁股很大很大的馬？

突突突，突突突，突突突突。馬達聲響，是鄧老闆回來了。小巨用手一指：「這就是三馬。」

暈，三個輪子的機動車？不過後面的車廂還不算太小。但是，這不是客車，能坐嗎？

等到我們抱怨著坐上去的時候，陳藏才找到機會遞上了他剛寫的文章：「很久以前呢，有一種東西叫木牛流馬……」暈，什麼跟什麼啊。

「三馬」一路西行，路面越來越顛，大家搖來搖去。

朱三巴慨嘆：「想當年，唐僧就是從長安城一路出發，步行前往西天雷音寺取經。歷史真是驚人的相似……」

陳藏立刻興奮起來，奮筆疾書。

只要他不怕手指腫成蘿蔔，那就由他寫去吧。我準備他寫一張我扔一張，一個字不看。

忽然，一輛很氣派的小車從後面追了上來。車上的司機從窗戶探出了頭：「喂，你們開過大奔嗎？」

話剛說完，只聽「嗖」地一聲，他從我們身邊過去了。不過那種車，我就算看一眼也能認出來，那是一輛最先進的賓士，起碼值一百五十萬，還不含稅。算了，誰讓人家快呢，不服不行啊！

可是有人不服，比如正在開車的小巨。只聽小巨大吼一聲：「你少吹牛皮！」

「嗖！」

奇蹟。

我感覺我們飛起來了。就像上次坐魔鬼天堂公司的客機一樣，一邊飛，一邊東搖西晃，顛得我們頭暈目眩直反胃。小巨緊踩油門，三馬的速度立刻趕上了寶馬！

嗖，嗖嗖。身邊的一切景物如同走了光的膠捲，霎時成了一片空白。我們的眼前只有那輛囂張的賓士，心中只有不要被摔死的祈禱。

近了，又近了。大奔已經到了高速公路的入口，看樣子他不想停下來刷卡，直往前衝。一邊衝一邊還探出頭來衝我們喊：「喂，你們開過大奔嗎？」

話剛說完，這輛賓士已經撞開了高速公路收費處的擋車道杆，蹭地一聲竄了過去。

小巨雙目圓睜，「嘿」地一聲大喝，驅三馬緊緊跟上。

在高速公路的入口，我還沒有忘記對那收費處正在發愣的小姐喊了一聲：「他敢撞道杆硬闖，我們去追他！」

不知道她同意了沒有，看樣子是沒反對。

賓士不愧是賓士，太快了。時速絕對在三百以上！

可是我們的三馬，竟然也不含糊，跟它時遠時近，大有準備超車的跡象。這可能是世界上最神奇的一輛三馬。

前面的一直在跑，後面的一直在追。我不知道我們跑了多久。也沒有考慮跑這麼遠該不該加油，跑這麼快該不該散架。直到後來關叮噹說了一聲：「我們快到敦煌了。」

我的天！

「決勝負的時候到啦！」小巨大喝一聲。

前面的賓士忽然一哆嗦。怎麼回事？這車能聽懂人話？可能是。看來這賓士是活的，它不光哆嗦，好像又打了一個噴嚏，然後又跳了一下！

佩服，這是我見過的最神奇的一輛汽車！

可是我的佩服還不只如此。這輛賓士，它又翻了一個筋斗！

不，是半個筋斗。上去的時候翻了一半，下來的時候沒翻另一半。好一輛結實的賓士。以背躍式完成了跳高動作，落在水泥地上，一點形都沒變！

小巨忽然對這輛車和它的司機有了一種惺惺相惜的感覺。他沒有超車，而是踩下剎車，停了下來，從車窗探出頭去：「兄弟，辛苦了，算你贏！」

那個囂張的賓士司機看樣子摔得不輕，艱難地把頭從車窗裡伸出來，仰視著小巨：「喂，你們開過大奔嗎？能告訴我剎車壞了怎麼辦嗎？」

很酷。司機大哥，你徹底征服了我們。

大家都下了三馬，圍著這輛賓士，研究怎麼救人，連陳藏也在快速書寫著他的救援意見。

那位司機大哥看我們這麼熱心，感動的一泡淚水閃動如天上的明星：「謝謝，謝謝各位。不過用不著了……」

「用不著了，你是不是已經……」說到一半我停下了，也不知道說他已經怎樣才好。

「不，不是那個意思，一會兒警車就來了，有人救我，你們都是英雄，還是照顧好自己吧。」他說。

沒錯。這樣的超速硬闖，如果還沒有警車追過來，那也太不合理了。就在這時，警笛聲適時地響起。他們來了。

我們怎麼辦？上三馬快跑？相信警車跑不過我們。這輛三馬，可不是蓋的！

可是我們一回頭，傻了。三馬呢？

「別跑！」小巨忽然叫了一聲，向路邊衝去。看見了，三馬就在那邊，只是不知道什麼時候過去的。

只見三馬抬起左前輪，好像試了試高速公路邊上護欄的高度，又後退了幾米。接著，後輪一蹬，前輪一揚，它跳過去了！

陳藏也看見了，可惜他嘴被強力膠泥封住說不了話，只好抬筆在紙上寫：「妖怪啊！」

寫完還覺得不過癮，在後面加了個括弧，在裡面注解：「慘叫聲，很淒厲。」

大家立刻做好了戰鬥準備，一步步向這隻車妖逼近。戰鬥的難度指數很可能超過了我們的預期。因為我們沒有見過這個品種的妖怪。有誰見過車妖嗎，那可是鋼鐵結構的戰士！這讓我想起了轉世成為網路一部分的沙小靜。真是不看不知道，世界真奇妙。

三馬車跳過了護欄，悠閒地向前走了幾步（也可以說是用輪子滾了幾步），展示了它的實力。厲害，真厲害。這輛無人駕駛的三輪破車開過之處，地上的草全沒了。

我剛才甚至想過它能讓草枯萎，可是沒有想到會這麼乾淨。如果它跳起來，以剛才的時速從我們頭頂開過，那會是什麼樣的災難？

「大家上！」朱三巴揮動著釘鈀，就往前衝。

「三巴等一下！」我大叫了一聲。

「為什麼？」三巴站住問我。

「因為它扭屁股了。」我回答。

那輛車妖，好像很愉快一樣，扭了一下屁股。

「那又怎麼樣？」朱三巴不明白。

「屁股上有字。」我說。

朱三巴定了定神，看著車妖的屁股，唸了起來：「陝A44705，這是車牌號嘛！」

可是我知道這不是普通的車牌號。沙小靜在消失之前，曾經告訴過我一句話：「你記住一個數字……44705……這是……」

這是什麼？

答案立刻揭曉。

車妖打了一個飽嗝，站了起來，說了一句話：「好嫩的青草！總算吃飽了，跑了這麼遠，還真累啊。猴二哥，朱三哥，小巨，你們好！」

我們呆呆地看著它。不，看著他。看著他車頭變成了人頭，車輪變成了四肢。他變成了人形。英俊瀟灑，白衣飄飄，只是臉長了一點。

這個人是……敖小白！八部天龍廣力菩薩白龍馬敖玉的後代！

天哪，你嚇我們幹什麼啊，早不說是你！我們三個衝上去對他連摟帶抱，激烈程度幾乎讓人懷疑我們性取向有問題。

敖小白和沙小靜一樣，轉世之後沒有變成人。他變成的是這輛破車。不過車上竟然裝了一張互聯網的地圖。通過地圖上的網路功能，沙小靜找到了他，幫他認知了自己的本來面目。

和我們親熱夠了以後，敖小白一眼看見了坐在一旁寫字的陳藏。

「那是陳大哥？」他問。

我們當時就覺得特不好意思。大家同是天界兄弟，西遊後人，我們對他做的好像是過分了一點。

「我們沒有玉佛像。他還不知道自己是誰。」我說。

「玉佛像我有啊！」敖小白說，「以前啊，有人喜歡在我車窗前面掛玉佛像一類的東西，求個平安。可是他們掛一個，我就收起一個來……」

沒辦法了，讓陳藏認識一下自己吧。不過話說回來，反正他兩種狀態都是一樣的廢話連篇，也無所謂了。

很快。陳藏知道了自己神仙後代下凡的身分，板起臉來教訓我們：「你們懂不懂什麼叫尊卑禮儀？孔子說，孝悌。孝就不說了，悌你們懂嗎？再怎麼說，我也比你們大幾歲吧。所謂三綱五常，君為臣綱，父為子綱……」

小巨坐在又變回三馬的敖小白車廂裡，大聲衝他喊：「陳大哥，你要不要上車？」

他立刻停止了臭屁，追了上來。

敖小白帶著我們繞過了莫高窟，直奔鳴沙山。這小子如果是女的，我願意討他做老婆，真夠體貼的。他一定知道，如果進了莫高窟，我們的佛學大師陳藏，會口不停舌地給我們講上七天七夜……

因為繞路，我們走得有點過了。又回轉頭來，終於看到了鳴沙山。那一座由五個褚紅色沙丘組成的小山駐立在無邊的翰海沙漠之中，被斜陽一照，更顯得神祕非凡。我們下了車，敖小白也變回了人形。一行九人慢慢地向它走近。

山上傳來時斷時續，時高時低的聲音，越近就聽的越是清楚。那聲音忽而豪壯如萬馬奔騰、忽而柔細如瑤琴柳笛。忽而如蛙鳴陣陣，忽而如風雷大作。這就是鳴沙山，沙漠中的奇蹟之山。

我們又走了幾步，站住了研究後面的行止。上一次在長白山天池誤中伏擊，這一次可不能重蹈覆轍。

「首先我們必須知道這沙子為什麼會響。」陳藏說，「這些沙子，一定是在歌唱。這歌聲中帶有年代久遠的憂傷，所表達的情緒很激動，很高昂，很動心，很飄渺，很煩躁，很投入，很果斷，很彷徨……」

我大喝了一聲：「鄧老闆，拿強力膠泥來！」

陳藏迷惑地看著我：「難道，你們不需要一個詩人嗎？詩人是語言的工匠，是靈魂的歌者，是赤足踩在沙漠上的冰雪，是獨身進入黑暗的電燈，是你饑餓中的麵餅，是你醜陋時的化妝品……」

「是我上廁所時的草紙！」我粗暴地打斷了他。天上的諸神啊，你們為什麼不在還沒有被封印成天書的時候打雷劈了他呢？

「造紙術呢，是咱們最偉大的四項發明之一……」陳藏立刻換了一個話題。

我拿起棍子，做了一個準備打出去的動作。朱三巴拿起釘鈀，一步步地走了過來。

「喂，你們要幹什麼？你們太粗暴了吧，沒文化。你們瞧瞧人家女同胞，多有修養……」

三個女同胞，只有關叮噹有修養。桃大和柳二已經揮舞著刀劍殺了上來。

陳藏再也顧不上囉嗦，掉頭就跑。

「站住！」柳二一聲清叱，早有一根柳條飛出，纏住了陳藏的腰身，往後一拉。桃大卻已經衝到了近前，桃木劍閃電般揮出，頓時血光迸現。

這兩個大丫頭也經受了七天特訓，戰鬥實力大有提高。反而是我和朱三巴在上一場戰鬥中消耗的力量還沒有全部恢復，落在了後面。

陳藏被柳條纏住，身體不由自主地飛回，撞到了柳二身上，吃了一驚，閉著眼連摸帶喊：「男女授受不親，非禮勿言，非禮勿視，非禮勿聽，非禮勿摸……啊，對不起，我不是故意要摸這裡。」也不知道他到底摸到了哪裡。

桃大一劍揮處，斬斷的是一隻巨蠍的身體。這隻蠍子連頭帶尾足有一人多高，本來藏在沙中，要向我們發動襲擊，陳藏正是首當其衝。

腥甜的血氣還在空中飄散，巨蠍的後半截身體還在地上翻滾，那條帶著毒鉤的長尾拍打在沙地上撲撲有聲，拍得沙子向前流動起來。而巨蠍的另一半，正用兩個大鉗奮力向沙丘上爬去。

敖小白抬起一隻腳。這隻腳一下子就變大了，如一個直徑三尺的圓坨，腳底閃著耀眼的金屬光芒。那是他在天界就精通的獨門神技，有一個好聽的名字，叫做「鐵馬踏冰河」。一腳落下，沙地上的半截巨蠍立刻就被踩成了一張很抽象的蠍畫。

陳藏終於明白自己是剛剛得脫大難，嚇得小臉蒼白，喃喃自語：「西天路上，雷音腳下，竟然有如此妖物，佛祖保佑，佛祖保佑……」

「這些沙子有古怪，是向上流動的。」關叮噹忽然說。

我們注意觀察了一下，果然是這樣。所有的沙子在被觸動的時候，全部違背了重力學常識，流向沙丘頂部。

「這有什麼奇怪？這裡很早就這樣了啊。不信我翻書給你們看，旅遊手冊上都是這麼寫的，那流動的細沙不是向下流，而是由下向上流淌，就像湖水因風縐面，蕩起一圈圈柔和優美的漣漪……」

我轉過頭，向桃大、柳二深施一禮：「兩位大小姐，能不能拜託你們，造一個桃花瘴柳條瘴什麼的，把這個多嘴多舌的傢伙瘴起來？」

桃大躍躍欲試。柳二卻俏臉發綠，現出了一股難得的羞澀：「這個，不好吧……」

靠，我很想知道，剛才陳藏閉著眼亂摸，到底摸到她哪兒了。

大家商量了一下，對下一步的行動完全得不到頭緒。

「走吧，上沙丘。」朱三巴說。

「上去會有什麼呢？」我問。

「就算是追一追那半隻巨蠍，也比什麼都不做要好。何況，我感覺那裡肯定有什麼古怪。」朱三巴說。

「上去吧，我彷彿聽到那裡的召喚，那裡有來自佛祖一般平和的氣息……」陳藏說。

我不想理他，第一個爬上沙丘。

越往上爬，沙丘發出的聲音就越是不同。先前五味雜陳的聲音漸漸地變成了一種，很可怕的一種。那是單純的雷鳴。

「我相信，傳說中的雷音寺就在這裡。」陳藏一邊走一邊說，臉上呈現出了少有的鄭重。其實他以前說話，表情也很鄭重。但是只有話少的時候，才被我感覺到。

「看，這是什麼！」爬上丘頂的我，忽然發現了一樣東西，大叫起來。

那是一隻狗的屍體。不是普通的狗屍，它只有一隻狗頭，身體屬於人類。

關叮噹辨認了一下：「這是梅山七怪中狗妖戴禮的後代。」

我一直以為，在這個地方，我們總會發生一場戰鬥。卻沒有想到，會出現妖怪的屍體。

朱三巴仔細觀察了一下狗倒地的姿勢：「看他死前所面對的方向，似乎是準備鑽入沙丘的內部。奇怪的是他的死。他的全身並無一絲傷痕。而且根據屍體的乾枯程度，也就是含水量，他一定不是渴死的。」

陳藏蹲下身去，面對著狗屍的眼睛：「他的這雙眼睛裡，聚滿了對生命的渴望，還有一種急於發洩的情緒。這是一隻很浪漫的狗妖，他在臨死前爆發出了詩人一般的氣質……」

我不理他，對鄧老闆說：「老鄧，進去看看！」

鄧老闆倏地一聲，消失在沙丘上。

我們等了好一會兒，也沒有見他上來。桃大和柳二明顯地不耐煩，化出了數條桃柳的枝條，向沙丘下面延伸。

「看見了，老鄧摔暈了！」兩個大塊頭美女一起說。

「摔……暈了？難道下面是空的？」我詫異地說。

朱三巴和敖小白立刻採取了行動。一個釘鈀猛築，一個鐵蹄狂踩。沙丘頂上立刻出現了一個規模不小的坑。

不到五分鐘，這個坑被挖透了。要不是桃柳姐妹眼疾枝快，估計他們全得直接掉下去。

「我們下去！」朱三巴說。

我、朱三巴、小巨、敖小白和陳藏，全都抓住了桃柳的枝條，被她們慢慢地送了下去。柳二還不忘送了陳藏一個媚眼：「抓緊哦！」

不得不佩服這對姐妹的實力。她們的枝條足足延伸了一百多米長，終於將我們放到了坑底。更為厲害的是，枝條一觸地，立刻變成了根鬚，慢慢收縮，竟然把她們兩個緩緩地接了下來。

這是一片開闊的地下世界，視線有些黑暗。我們不及四下觀看，先把倒在地上的鄧老闆扶了起來。推拿了幾下胸口，鄧老闆喘過了一口氣：「我的媽，太可怕了！」

聽他的聲音中氣十足，我覺得有些納悶：「你沒摔傷？」

「沒有，我可是頭朝地落下來的。」他回答。

嗯，那就沒事。他練的那個鐵頭功，絕非少林寺的水準可比。

「太可怕了！」他又說。

「什麼可怕？」朱三巴提高了警惕。

就是在黑暗中，我們也看到了鄧老闆一臉的不好意思：「我……我怕狗！」

「為什麼？」小巨問。

「唉，」鄧老闆嘆了一口氣。「我們這些搞地行工作的，最怕的就是狗。牠們總是耳朵貼著地睡覺，聽得一清二楚，等我們鑽上來的時候，上來就是一口。」

明白了，怪不得鄧老闆要練鐵頭功。

我四下看了看，發出一聲慨嘆：「這裡太暗，要是能看清就好了。」

「我來。」關叮噹說。她很快安置了幾面鏡子，把洞頂的光線引了進來，又傳向洞底各處。

光亮一來，鄧老闆立刻閉上了眼睛。

我們立刻知道他為什麼怕了。不但怕，而且噁心。洞底橫七豎八，倒著至少二十具狗妖的屍體。

到底發生了什麼事？

這個洞底的邊緣處，有一條開闊的通道。關叮噹一路布置著鏡子傳遞光明，指引著我們走了過去。一路上都是狗妖屍體，越來越多。

再往前走，忽然聞到了一股很提神的氣味。

「媽的，什麼味兒！」朱三巴狠狠地吸了一口，罵出了聲。

「說是有異味，即是無異味，是名有異味。我們神仙後代，應無人味，無我味，無壽者味，無眾生味……」陳藏又開始嘰嘰歪歪。

「這是狗尿的味兒。」小巨說。這小子在天界的時候經常追著嘯天犬的後代到處跑，熟悉這個味道。他又補充了一句，「我從來沒有同時聞到過這麼多狗尿的味兒！」

朱三巴愣了一下，忽然發瘋一樣地笑了起來，笑得直打跌：「我知道了，我知道了，哈哈，哈哈……」

「喂，你瘋了？」我問他。同時注意到，關叮噹看著他的眼神很是關切。

「不是……哈哈……我知道他們是怎麼死的了……這些妖怪，竟然派狗妖來……哈哈……」

我們耐心地等了好一會兒，朱三巴才平靜下來，拉過一條狗妖的屍體，向我們解釋。聽完之後，我們也實在忍不住，好一通爆笑。

原來，那些長途跋涉來對付我們的狗妖，死的那些，竟然全是被尿憋死的！多年的進化並沒有改變他們必須對著牆角或樹木抬起腿才能撒尿的習慣。到了這片沙漠裡，竟然承受不住……掛了。

笑過之後，第一個嚴肅起來的是朱三巴：「現在還不能樂觀。你們再看看那個牆角，就知道前方還有多少敵人。而且都是耐力最強的，最終活下來的。」

的確，味道最強烈的地方，那個不知道救了多少隻狗妖性命的牆角，竟然在地上的沙裡積成了一個小水池。

「阿彌陀佛，讓佛祖保佑他們，往生西天極樂世界。」陳藏雙手合十。

「去西天七寶琉璃樹上撒尿？」我白了他一眼。

「佛祖腳下，不可亂說。」陳藏說。

「好像這是他第二次說到佛祖腳下了。這地方會有佛祖，又不是西天！」我說。

「要是我記得不錯的話，這一帶曾經有過一個雷音寺。」陳藏說，「不信我拿書給你看。」

免了，讓他在那個破包裡翻書吧。這條地下通道很長，我們一直往前走，直到朱三巴嚴肅地叫了一聲：「停。」我相信這個天生戰士的直覺，危險一定是不遠了。

「桃柳兩位大姐，麻煩你們把枝條偷偷探過去，看著他們的動靜。」朱三巴壓低了聲音。

桃大點點頭，開使動用神通。柳二卻白了她一眼，扭了一下全世界誰也扭不過她的腰肢：「別叫我大姐，人家還很年輕呢！」

「就是，就是！」陳藏一邊翻包，一邊連連點頭。

我們都保持了安靜，除了還在翻包找書的陳藏。拿出一本，不是。又拿出一本，還不是。

我一巴掌把他手裡的書打落在沙地上，小聲說：「你安靜一會兒成不？」

陳藏痛惜地把書撿起來，拍了拍，又吹了吹：「要愛惜書本。這本書，可是偉大的軍事家諸葛亮留下的。」

我不由得肅然起敬。諸葛亮雖然不是神仙，但他以一個凡人的身分，曾經創造過神仙也難以做到的輝煌戰爭史。我瞥了一眼他手裡的書，上面赫然寫道：「八陣圖！」

朱三巴也看到了，還輕聲地唸了起來：「功蓋三分國，名成八陣圖。江流石不轉，遺恨失吞吳。」

看看，這才是詩人，陳藏算什麼！可是朱三巴下面的一句話，差點讓我暈過去：「諸葛亮，也是我們豬之一族的分支。」

敖小白把那本書撿了起來：「要不，咱們學學？說不定一會兒有用。」

臨時抱佛腳，能有用嘛！我哼了一聲，表示不屑。

朱三巴卻湊到了敖小白的身邊：「我們看，有些人看樣子猴頭猴腦，估計看不懂這個。」

別人沒有動聲色，闞叮噹卻在這個時候，若有所思地點了點頭。不會吧，小妖精！

媽的，學就學，我就不信豬的前輩能留下什麼高深的東西了。我也湊了上去。

那本書裡，畫著奇奇怪怪的圖形，寫著奇奇怪怪的文字。我暈。又看，又暈。我挺。我一定要讓小妖精知道，她的心上人智力超群！

陳藏雙手合十，嘰嘰歪歪，不知唸誦著什麼東西。

「喂，你安靜一會兒好不好？」我問。

「我在給你們進行佛法加持。既然你們是臨時捧佛腳呢，那佛法加持是必要的。假如你們捧起了一隻佛腳，那加持之後就變成了四隻……」

「呸，你見過四隻腳的佛？」我翻了他一眼。

陳藏看我的眼睛像看白癡：「眾生皆有佛性……」

我呸！

「看見了！」桃大說。

「聽見了！」柳二說。

「前方五百公尺處，至少有五十隻狗妖。正在撞擊一扇大門，只是撞不開。」桃大說。

「其中有一隻最大號的狗妖正在發牢騷。」柳二說。

「這隻最大號的狗妖，比一頭大象還要大，有三個狗腦袋！」柳大說。

「他說的是：媽的，死了那麼多弟兄，竟然連根書毛也找不到！你們袁老大的情報，到底準不準？」柳二說。

這一對大丫頭，一個擅看，一個能聽。很快把前方的情況交待的清清楚楚。

「那我們上吧！」我說。除妖伏魔，乃我輩神仙後人分內之事。

「等一下！」關叮噹說。

「為什麼？」我問。

「這隻最大號的三頭狗妖我記得，他來過一次魔鬼天堂酒吧，是一個很厲害的傢伙。」她答。

「有多厲害？」朱三巴撇了撇嘴。

「不知道。大概比二十個朱天罡朱地煞那樣的角色加起來，還要厲害一些。」她很認真地說。

我倒吸了一口涼氣。一個朱天罡，已經能和朱三巴打成平手。二十個的水準，怎麼對付？可是我能在心上人面前丟面子嗎？涼氣吸罷，我就勢冷冷一笑：「憑我們的智慧，打敗他們還不容易！」

「你用什麼戰術？」關叮噹果然露出了一臉難得的佩服神色。

那就接著硬挺！我胸有成竹地說道：「讓桃大姐，柳二妹兩位美女，以瘴氣遮住那些狗妖的視覺，再用桃柳枝幹化作這個奇陣，緩緩推進。等狗妖們發現這個陣勢的存在時，自然已經被困在裡面走不出來。我們不費一兵一卒，就可到達他們打不開的那扇門。以我們的能力，自然一打便開，一開便進，進了又關，連架都不用打，就把第二本天書拿到了手中！你們明白了沒有？」

一通胡侃，立刻贏來了數道崇拜的而又迷惑的目光。連朱三巴都用一種不可思議的眼神看著我，喃喃說：「充滿智慧的鬥戰勝佛回來了……」

看來新加入的敖小白甚為清醒，努力思考之下終於抓住了一個問題的要點問我：「那，桃大姐和柳小妹，要擺什麼陣勢？」

挺，再挺。我隨手拿起那本八陣圖，翻開一頁，假裝看了一眼，順手一指：「就是這個！」轉手遞到了柳二手裡：「柳小妹，今天妳很漂亮……」

趁她美得暈暈乎乎的時候，我帶頭就向前衝。要是她們追過來說看不懂那張圖，我可沒辦法交待了。看看後面的人除了她們兩個全都跟了上來，我心中暗喜：「如果這個陣勢不能成功，只能怪你們姐妹無能。諸葛亮的八陣圖號稱能困死十萬雄兵，隨便哪一頁都不會錯的！」

正在躡手躡腳地緩步前行，忽然覺得身後有些動靜。什麼事！

我們一回頭。只見數道枝條向我們延伸過來，枝條的頂端，帶著兩雙迷人的眼睛，以及兩張迷人的小嘴。這對姐妹也太可怕了吧。他們要幹什麼？問那圖怎麼看？暈！

「別動，給你們加個護持。」桃大說，「這樣瘴氣發動時，你們還不會受到影響。」

枝條把我們每個人都纏裹了一下。一股不強大但是很奇異的感覺掠過我們的全身。我看見有一根柳條，和陳藏很是纏綿了一會。這柳妹妹還知道趁機揩油，真是慧眼識貧嘴。

再往前走，我們已經隱約聽到了狗吠聲聲。狗這東西不像貓，走到哪裡都掩藏不住他們的聲音。

我們站定了身形，等了一會兒，桃大、柳二已經靜悄悄地跟了上來。

「好了！」這對姐妹一起給了我們一個確認的眼神。我們立刻加快了腳步，很快，到達了一處開闊的廳堂。

「誰！」一聲像人又像狗，甚至像不知哪國外語的斷喝傳來。

「那就是三頭巨犬。」關叮噹小聲地對我說。

「沒事，有瘴氣，他們看不見我們。」柳大和柳二一起說。

我們也看見了，雖然因為被加持了防瘴的力量，反而看不真切，可是卻有一股霧狀的東西在我們的前方漫延開來。隔著這層霧氣，可以看見，對面至少有五十多隻強壯的狗妖。其中的一頭身材龐大，搖晃著三個狗頭，樣子很是拉風。看來剛才問話的就是他。他有辦法對付瘴氣嗎？在他們的後面，立著一道朱紅的大門，高度足可抵得上三隻三頭巨犬。門上的數排門釘，更給這大門增加了幾分厚重的感覺。兩個猙獰的獸頭，一左一右，各自掛著一個呼拉圈大小的門環。暈，這是藏天書的地方，還是住山神的地方？

我硬了硬頭皮，回了回頭，連稱呼也省了兩個字：「大姐二妹，陣。」

瘴氣的後面，桃枝柳枝圍成的陣勢緩緩推近。

8 離中虛——五行之火

只見對面這人，深一腳淺一腳，腳法忽然加快，左腳一個凌空踏步，右腳已經跟上，踩住了左腳的腳背。這是什麼？難道是傳說中的武當梯雲縱……

看了這個按照諸葛亮八陣圖圍成的法陣，我差點站立不穩，無助地看了看「大姐二妹」：「這陣法，是這樣的？」

桃大遞過來那本八陣圖，給我看那一頁。

我看到了。我後悔，我怎麼給了她們這一頁！這是陣中一面擋牆的剖面圖。看來這個陣法還挺講究結實的。一塊塊石頭咬合在一起。為了方便咬合，石頭全部被磨得像工字鋼的斷頭，也可以說是像啞鈴。

大姐二妹，難為你們了，用枝條把這啞鈴仿製了八成形似。無數的啞鈴枝條，一段段地拼成了一堵牆，緩緩向前推進。這個東西怎麼對付狗妖？給他們玩積木？

三頭巨犬為首的狗妖們向我們這邊看來，眼中露出了貪婪的凶光。

「上啊！」三頭巨犬大喝一聲，像個小山頭兒一樣地衝了過來。

朱三巴在這個時候顯示出了戰士的本色，只見他雙目赤紅，青筋暴露，也大叫了一聲：「狹路相逢，勇者勝！」揮舞著釘鈀衝了上去。

勇敢是一種很可貴的力量，但畢竟不是總是賣個好價錢。

朱三巴衝了過去，迎著三頭巨犬。他們的速度同樣很快。快到沒有像樣的招式。可能朱三巴有，但是巨犬沒有。巨犬的一隻碩大的前狗腿，好像是很不耐煩的揮動了一下。只一揮，已經把朱三巴連同他的釘鈀彈開了十幾米遠。朱三巴落地之後一個側滾，閃開了巨犬的後續攻擊。巨犬太強大了。如果他直衝上前，一腳踩在朱三巴的身上，無法想像是什麼後果。

我的眼睛都急紅了，不由分說，搶上前去，把他扶了起來，一邊大罵：「靠，你他媽傻啊，跟這種東西硬幹！」

人在衝動之後，往往很後悔。我很快就發現，三頭巨犬已經到了我們的面前！

後悔之後，竟然很吃驚。我發現，巨犬竟然無視我們的存在，直接向前奔去。不但他向前奔去，他身後的幾十名狗妖，也都急匆匆地向前奔去，向著桃大、柳二的「八陣圖」。諸葛亮萬歲！你憑著一堵牆，就創造出了讓無數狗妖暈頭轉向的輝煌！

小巨、敖小白、陳藏、鄧老闆以及三位美女，全都衝了過來。

「快走！」敖小白喊了一聲。難得敵人衝往相反的方向，我們立刻撲向那扇大門。我們的速度真快，很快就面對著大門的門釘了。這時候我才發現自己是個不折不扣的白癡。擺在眼前的問題慢：連三頭巨犬都撞不開的門，我們怎麼進去！

我回過頭去，無助地看了一眼那群狗妖。

一瞬間，我看到了他們眼中的憤怒。那是一個人被欺騙到極點，極度失望之下才會產生的憤怒。憤怒的原因和他們沒有理會我們只管向前衝的原因，現在也已經一目了然。

這件事，跟諸葛亮先生，基本上沒有任何關係。

關鍵的關鍵，都在於我們兩位大塊頭姐妹創造的啞鈴式的磚牆！

我不知道這群狗妖已經在這裡餓了多少天了。他們唯一的出路很可能就是打開那扇門。他們無法退回到地面。不能撒尿的痛苦，是條狗都知道。這個時候不該欺騙他們的。

他們……把啞鈴形狀的樹枝全都當成了骨頭咬在嘴裡。光一個三頭巨犬，至少咬了二十根！

這好像是一件很可笑的事，我不知道是自己可笑，還是他們可笑。因為他們很快就咬斷了枝條，品出了滋味，憤怒地衝上來了！

怎麼辦？誰來救救我們？

「萬能的佛祖啊，救救我們吧，我願為你獻上我的一切……」陳藏一屁股坐在那裡，以佛祖沒有見過的儀式祈禱起來。

「真的？你願意獻出一切？」柳小妹媚眼如絲地看著陳藏。

我靠，都什麼時候了，你們還在這裡調情！

狗妖們咆哮著，衝了上來。都是那些小狗妖。三頭巨犬卻沒有動。他以一種君臨天下的目光看著我們，這目光讓我們不寒而慄。

打，還是不打？死都是一件遲早的事。

近了，更盡了，我們握緊了用來進行垂死掙扎的武器。

兩聲輕響，被淹沒在無邊的犬吠之中。那是桃大和柳二刀劍落地的聲音。她們舉起了雙手。

女人啊，莫非你們的名字叫投降？

投降了也一定沒用，他們太餓了，我們都是未來的肉骨頭。

阿牛俏皮的歌聲在我的心底響起。

「你是我的小小狗

我是你骨頭……」

耶？小小狗不動了！犬吠聲一下子安靜了！

只聽見兩個大塊頭美女的聲音：「長，長，快長，快長！」

長什麼長？一個疑問產生了。而且馬上就看見了答案。

一根根枝條，從這群狗妖的嘴裡，四面八方地長了出來。

植物生長術！桃大和柳二的獨門法術！

這群狗妖太急了，他們甚至沒有吐出嘴裡被咬斷的枝條。這些枝條立刻在他們嘴裡生了根，發了芽，迅速地生長。有哪種生物可以讓植物在自己體內生長的，除了冬蟲夏草？狗妖也不成！幾十隻狗妖，全部臥在地上，成了桃樹和柳樹的養分。

改造沙漠，一定要多種些樹。

「陳大哥，你可是說過的，願意為我獻出一切哦！」柳小妹抱住了陳藏的胳膊。

誰說植物是沒有感情的？桃樹和柳樹被多少偉大的詩人們寫進了愛情詩篇！

「呸！」一個粗豪的聲音響起。

是那隻三頭巨犬，狠狠地吐出了嘴裡已經被咬碎的枝條。

危險依然在，而且基本上等於沒有減少。

「看來你們東方的妖怪，實力不夠啊。」巨犬冷冷地說。

「你不是東方的？」關叮噹問。

「我來自很遙遠的地方，另一處歷史悠久的大陸。」他深沉地說。

暈，這小子還挺會吹牛，整個地球才多大？

「那你為什麼要來這裡？」關叮噹又問。

我們都知道，她是在設法拖延時間，為我們的逃離創造機會。可是，我們被堵在這樣一個鬼地方，機會在哪裡？

「我受了一個離開塵世很久的朋友的委託，前來尋找東方最重要的天書。它能提供給我最神奇的力量，讓我可以掌控這裡的天界神佛……」巨犬沉浸在自我陶醉的情緒中。

靠，有什麼可牛的。要是我的老祖宗鬥戰勝佛在的話，一棒子就能把你打趴下。問題是老祖宗不在。天書，可惡的天書。我一定要找到你！

「我看你是上當了。現在的你，只是被別人利用的一枚棋子。」關叮噹說。

「什麼？」巨犬看起來挺遲鈍。

「梅山七怪的後代中人才不少。就是這幾十條死狗，也有他們自己的領袖。他們為什麼不來，卻讓你來送死？」關叮噹微笑著說。

「……」巨犬一陣沉默。

「他們竟然派來了在沙漠中最容易憋死的狗妖。看來，他們把最大的實力留在其他地方了。這裡根本無關緊要。」關叮噹又說。

嘎吱，嘎吱……巨犬三張大嘴的牙齒，就像無數把結實的鋸子，在空曠的地洞裡鋸響。

也難怪。關叮噹這個分析，連我們都有點相信了。也許，根本就是真的？

「那，我就先吃飽肚子，再去找他們算帳好了。」巨犬開始一步步逼近。

「你根本不是東方妖怪的對手，還是省省力氣吧。」關叮噹說。

「力氣？」巨犬冷笑一聲，「就是在我們遙遠的西方，也沒有什麼人敢跟我比力氣。何況你們這些東亞病妖？」

「你錯了。智慧也是一種力氣。另外，告訴你，我們不是妖怪，你認錯妖了！」關叮噹的聲音忽然大了起來。

女人啊，妳的名字是瘋子！現在惹他，找死啊！

「那就讓我試試！」巨犬叫了一聲，搖著三個大腦袋衝了過來，挾著一股足能衝人一個趔趄的勁風。

怎麼辦？我們上？上，還是不上？我正在運用著智慧思考。朱三巴已經發出了準確的戰鬥指令：「別讓他靠近，遠程攻擊！」

朱三巴，果然是傑出的戰士。判斷之後他立刻執行，手裡的釘鈀「嗖」地一聲就擲了出去。

好，我也來！我跟著擲出了自己的棍棒。

「卡卡」兩聲。巨犬的三副牙齒用上了兩副，一左一右，咬斷了我們威風凜凜的兵器，速度不減，仍然衝了上來。

我寒，我汗，我想喊，沒喊出來。危險，末日。

「快走！」關叮噹忽然雙手一伸，左邊拉住我，右邊拉住朱三巴，直接把我們拉進了那扇三頭巨犬也撞不開的大門！

左右看看，他們也全都進來了。回頭看看，大門完好。

暈，我想起來了！桃大和柳二，本來就可以客串門神，沒有她們進不了的門！

女人啊，妳的名字……我不敢下定義了。

身後的大門「咣咣咣」地響起，我們回過頭，鄙視地看了一眼。讓這頭來自什麼西方大陸的雜碎自己餓死算了。

「歡迎光臨。」一個聲音說。

鑒於這個聲音非常平和，我們沒有緊張，慢慢地酷酷地轉過身來。在我們的對面，站了一個……和尚？

「阿彌陀佛。歡迎光臨雷音寺。」這和尚雙手合十，向我們確認了他的身分和這裡的名稱。

「你的眉毛，是黃的？」鄧老闆忽然說。

這個身材矮小的和尚，眉毛果然是黃的。

當時我一腦門都是汗。雷音寺，黃眉和尚。這讓我想起老祖宗們取經的那段歷史。誰都知道雷音寺是西天佛祖的地盤，可他們偏偏也遇到過另外一個雷音寺，還被裡面的一個黃眉老妖欺負得夠嗆。

「這裡經年的黃沙流過，眉毛怎能不黃？」和尚笑容可掬，「就是我們的身體，也是黃的。身為黃色人種，怎麼能不黃呢？」

「對對，大師言之有理，有理！」鄧老闆連連點頭。常年在地下穿行的他，最怕別人說自己黏了一身的黃土，現在總算遇到了知音。

「你是不是黃眉怪的後人？」我冷冷地說。在這種地方，任何一個失誤，都足以讓我們送命。

「是啊，黃眉怪的後人，在此等候多時了。」老和尚又是雙手合十，深施一禮。

我，我彎著腰到處亂找。我的棒子，我的棒子……

「喂，你幹什麼？」朱三巴問我。

「我找武器，我降妖啊。」

「靠，你他媽傻啊。妖怪在外面呢！」朱三巴說。

「這隻三頭巨犬，還真是厲害。他在西方世界，也做過幾天門神哦。」和尚說。

「什麼？門神！」我嚇了一大跳，「那他不是隨時都能進來了？」

「可能是西方的門，和我們東方的不同吧。」關叮噹說。

「三頭巨犬，古希臘的地獄之門的守護者。我這裡有書，你們等等。」陳藏一邊說，一邊翻起了自己的大包。歇會兒吧，哥們兒，我服了你了。

「儘管門的構造不同，我想他很快也會進來的吧。」和尚微笑著說。笑你個頭啊，你這老妖怪！

「你是，黃眉的後人？」關叮噹問。

和尚點了點頭。

「當年西遊一戰，你的先祖那對能困住一切神仙的金鐃大顯神通，不知道還在不在？」

「早不在啦。西天神佛支持取經四人組，早把那東西收回去了。我的先祖也差點就回不了天界，呵呵。」和尚又笑了起來。

原來如此，早被重新整編，不是妖怪了。我鬆了一口氣，可是立刻又緊張起來：「金鐃不在了，你還一點不怕？一會兒那東西真闖進來，怎麼辦？你這裡有另外的出口？」

「沒有。」和尚搖了搖頭。

「那一會兒他進來了，怎麼辦？」我問。

「你們戰勝他。」和尚說。

「我們？我們兵器都沒了，拿什麼打？」我簡直要進入暴走了。

「跟我來。」和尚說了一聲，扭頭就走向了這座奇怪寺院的深處。（註：傳說中，這裡確實有座寺院，叫做雷音寺，只是後來埋於黃沙之中，再也沒有人見過。）

寺院的大雄寶殿上，供奉著佛祖的金身。此外還有一個香案，上面擺放著幾件東西。

兵器！我一眼就看見了那根閃閃發亮的棒子，兩頭金箍，中間刻著一行篆字。這行字，我做著夢都能背出來：「如意金箍棒，重一萬三千五百斤。」老祖宗用過的兵器！

擺在一旁的，是一支九齒釘鈀。看朱三巴那激動的表情，不難猜出那是誰留下來的東西。釘鈀的邊上，是沙小靜可能再也無法見到的月牙鏟。再旁邊，那是什麼？

「這是砸蒜用的罐子吧？」陳藏問，「等我翻翻書。」

「陳施主，這是你的祖先唐三藏用過的紫金缽盂，正是一件除妖伏魔的利器。」黃眉說。

利器？要飯的傢伙罷了，也能當什麼利器？我不屑地撇了撇嘴。

「在五行之息即將封印之前，鬥戰勝佛把這些東西傳到了本寺，囑我代為保管。現在，總算可以物歸原主了。」黃眉鬆了一口氣。

「這個……我能拿起來？」我問。乖乖，一萬三千五百斤，除了我的老祖宗，有幾個人拿得動它？

「這個，可要看施主的造化了。東方人，多用用這裡。」他指了指自己那個難看的腦殼。

好，我拿，我拿……我怎麼拿？如意金箍棒，一萬三千五百斤。一萬三千五百斤，如意金箍棒。如意……好，賭了！我伸手握住了金箍棒：「你不是如意嗎？那就如我的意，輕點，再輕點，再輕點……」

我的神啊，問題解決了！

朱三巴也已經拿起了屬於自己的釘鈀，陳藏也將信將疑地拿起了自己的缽盂。

「這個，給我吧！」小巨抄起了月牙鏟。黃眉點了點頭。

鄧老闆和幾位女同伴知道沒有他們什麼事，沒有說話。敖小白卻是一臉的不高興：「我的呢？」畢竟都是西遊後人，就算是孫悟空的安排，也不能厚此薄彼吧。

「在那裡。去取的時候，要小心了。」黃眉一指正在咣咣響的大門口。我們這才看到，在大門的最大邊，立著一雙最新式的大皮鞋。

「這是什麼啊？」敖小白皺著眉走了過去。他想抱怨，卻沒有理由。誰能說出，白龍馬用什麼兵器？馬鞍？

我們跟著他到了大門口，看著他穿上了那雙鞋。大小剛剛好。鞋子著腳的時候，泛起了一道專屬金屬的寒光。

穿上這雙鞋子的敖小白不忘問了一聲：「這究竟是什麼啊？」

「這是八部天龍廣力菩薩當年腳下用過的如意蹄鐵，已經由天界匠人重新打造，注入了菩薩的大力，因此才能頂住這扇大門。」黃眉不緊不慢地介紹說。

天啊，拿走了這雙鞋，那門不是要開了！

「咯啦」一聲，大門已經被三頭巨犬的神力撞開。三隻巨大的腦袋，帶著巨大的牙齒伸了進來。

「趁現在……」關叮噹剛說了三個字，已經有三件兵器打了上去。釘鈀、月牙鏟，加上一隻奇大的馬蹄！

巨犬向後一個翻滾，退了回去，趴在了地上。這也太不禁打了吧？

不，他又站起來了，雖然每個頭上都帶著很重的傷，打得他暈頭轉向。可是他憑著自己的意志，重新站了起來，六隻眼睛一瞎兩腫，可仍有三隻，清醒地看著我們。

「值得尊重的對手！」朱三巴嘆了一聲。

「屁！」我從嘴角撇出了一個字，金箍棒忽然變長，落在那個傢伙中間的腦門上。

「很輕啊。」巨犬說。

「變重。」我輕輕地嘀咕了一句。金箍棒上的數字就像飛快變幻的碼錶，刷刷刷不停刷新。三頭巨犬的臉越來越難看，而且是三張臉一起難看。終於，撲通，他趴下了。

「其實你可能不壞，可是以後你要記住了。連東方的妖怪，也不要罵。東亞病妖，難聽死了！」我對他說。

「阿彌陀佛，你們是來尋找天書的吧？」黃眉和尚問。

按照黃眉和尚的指點，我們回到了地面上。這個時候已經是晚上。一輪明月掛在天上，映得黃沙如同白雪。鳴沙山的西側，靜靜地臥著沙漠第一泉——月牙泉。

沙漠裡的夜風寒冷刺骨，帶著陣陣黃沙。

「這沙子沒有一顆落到水裡。」我觀察了半天，得出了這個結論。

「能夠落進去的，只有一種，那就是金沙。這個月牙泉，本身就是佛祖送給雷音寺的一缽淨水。」關叮噹說。

我明白了。佛祖是個老財迷。當年老祖宗們取經，一樣收錢的。他弄這麼一汪水，當然不會收不值錢的沙子。

「這裡聚集了沙漠裡全部的金之力量，也就是金之息的源頭。」關叮噹解釋。

不用她解釋了。我已經看到，水中的月光正在上升，再上升，浮出了水面，金華燦爛，照徹了夜空。發出光華的是一本書，金之天書。

朱三巴把書取了回來。兩本書合在一起，變成了一本。又有五分之一的書頁換了顏色。那是一種隨著外界光芒變幻不定的顏色，金屬之色。

原來天書共有五本。聚齊之後，才是一本完整的五息天書。

下一站，海南島。

「怎麼去？」我問。

「飛。」關叮噹說。「我想，烏鴉的詛咒力量，已經自動解除了。」

烏鴉說的是，要我們重演一次步行版或騎馬版的西遊記。我們這大概也算做到了吧。我試著唸動了咒語。果然！我又能帶著他們飛了！

我帶著他們飛了起來，在沙漠上空轉悠。一圈一圈又一圈。

「喂，南邊，那個方向。」朱三巴用手一指。

「我知道。」我說。

「知道還不去？」他問。

「等一會兒，我找找他們。」

「找誰？」

「找烏鴉，算帳！」我說。這隻烏鴉太可恨了，怎麼不報復一下就一走了之？

「烏鴉來啦！」噹叮噹忽然說。

我一回頭，果然是烏鴉飛過來了。一大群！

「快跑！」我大叫一聲，掉轉雲頭。如果被這麼多隻烏鴉一隻說上一句，我們的餘生大概只能在噩夢中度過了。

飛了一程，我才看到大家都看著我微笑。在他們的手裡，一人拿著一面小鏡子。暈，上當了。是他們在小妖精的指揮下，一起用鏡子造成了一群烏鴉的幻像！上當產生的鬱悶使我降低了速度，一天的航程被我用了三天才飛到。

從上空看去，海南島如同一個雪梨，這一點也可以從朱三巴嘴角流出來的口水看出端倪。

「看，有人罵我們！」小巨忽然說。這個小白癡跟我們混了很久，見慣了我和朱三巴的粗口，現在已經能準確地識別髒話，只是還沒有學會在被罵的時候如何反擊。

「誰，誰這麼大膽？」我拎著老祖宗傳下來的金箍棒問。這個東西打人太過癮了。

「那裡！」他用手一指。

「那是五指山。」關叮噹看了一眼，說。

五指山，當初壓住我老祖宗孫悟空的那座山，它竟然敢罵我們！

這是真的。那座佛手化成的山，現在屈起了四個手指，只有一個中指直起，衝著我們挑釁。

「我靠，降落！」朱三巴大喝一聲。

我駕駛著白雲，順著這根中指一落而下。順路讀著上面的字：齊天大聖到此一遊。

離地還有二十公尺的時候，一股原始而有力的氣味撲面而來。

「天，這是什麼味啊！」我叫了一聲。率領著大家從雲中掉了下去。還好，都是神仙後代，摔不壞。

「這就是老祖宗撒的那泡尿。」朱三巴崇拜地說，「哇，太衝了，不愧是鬥戰勝佛。一泡尿的味道，在揮發了這麼久之後，還能發揮出這樣強大的力量。酒是陳的香，尿是猴的騷，果然不錯。」

「當年的老祖宗，因為金箍棒的原因，屬性是金系魔神。佛祖為了困住他，這座山用的是火系的力量。」陳藏說。

火剋金。原來如此。這座五指山，一定是火之息的源頭。尋找天書，應該從這裡下手。

「喂，」我看了陳藏一眼，「現在，你好像不囉嗦了？」

陳藏白了我一眼，不說話。

「現在陳大哥有話，都對著他的缽盂說了。」小巨說。

感謝諸神，感謝老祖宗傳給他這個缽盂，為缽盂的不幸默哀。

我們正在聊天，早有一群人一路小跑地圍了過來。這群人個個拿著棍棒，戴著墨鏡，穿著各樣造型傳統或前衛的衣服，跑得殺氣騰騰，跌跌撞撞。

「在哪兒，在哪兒？不是有人掉下來了嗎？」這群人亂紛紛地說著，眨眼之間就把我們圍在了中間，有的甚至開始伸手亂摸。

如果說他們摸桃大、柳二和關叮噹，我們還能忍受，畢竟是正常人的變態需求。可是他們摸到我們身上來了，連最醜的朱三巴和最矮的鄧老闆也不放過。這就是變態人的變態需求了。

我們幾個大男人趕緊站到周邊，一陣推搡，把他們推開到安全距離。

「你們要幹什麼？搶劫啊！」朱三巴凶著眼珠大喝一聲。

對面一陣嘰嘰喳喳，聽不清說的是什麼。過了一會兒，他們推選出了一個代言人。這個代言人仙風道骨，西裝革履，手裡拿著一張鐵牌，看來是他的兵器。莫非我們遇見洪興的蠱惑仔了？

這人戴著墨鏡，我們看不清他的眼神。只見他衝著我們的方向，用力抽了抽鼻子。好厲害，敢在猴祖宗的尿前這樣用力吸鼻子，此人絕對是條好漢。

鼻子吸罷，他冷靜地定了定神，斜跨了一步，又更斜地跨了一步，踩著我們從來沒有見過的舞步，向前逼近。

「這是什麼步法？」我問關叮噹。

「沒見過，」關叮噹表情嚴峻地思索著，「我看，好像是當年大禹治水時早已失傳的禹步。」

我們各自提高了警惕。對手一步步地邁過來，墨鏡後充滿了神祕。

「當心，他很可能是突施偷襲。」朱三巴小聲說。

廢話，用你說。偷襲已經開始了！

只見對面這人，深一腳淺一腳，腳法忽然加快，左腳一個凌空踏步，右腳已經跟上，踩住了左腳的腳背。這是什麼？難道是傳說中的武當梯雲縱？

一條神祕的身影，一道完美的拋物線，一聲動人心魄的大叫：「哎唷！」

這傢伙，把自己絆倒了？

陳藏嘆了一口氣，已經走上前去，把他扶了起來：「唉，我說你們這些算命瞎子，在平地上算算也就成了，為什麼偏要跑到山上來？」

暈，原來都是算命的！

剛被扶起來的這條好漢緩過了神：「求求你了，讓我們給你們算一命吧，我們已經有三天沒有吃過東西了。三天前這裡還有無數遊客，可是現在怎麼一個也沒有了呢？」

「好，好好，佛祖慈悲。你會哪種算命術呢？」陳藏問。

好漢來了精神，想也沒想，不帶標點符號地答道：「邵子神數紫微斗數鐵板神數六壬奇數奇門遁甲四柱術子平術麻衣術……」

「那你最精通的是鐵板神術？」陳藏問。可能是他注意到了，這好漢手裡拿的是一張鐵板。

「我還沒說完呢。我是說，以上提到的這幾種，我都不會。」好漢說。

「那你這鐵板？」陳藏不明白了。

「我給人算命的時候，經常被人打，這鐵板是我平時用來墊在衣服裡的。」好漢說。

陳藏皺了皺眉：「哪種算命術，會經常挨打呢？」

「我的習慣，是該出手時就出手。我的愛好，是專為女子算生平。我的所學，是摸骨神相……」好漢說。

明白了，果然欠打。

「原來是這樣啊。」陳藏點了點頭，「我從小就喜歡學算命，以前也拜過一個師父。正好現在有些疑難，想和眾位專業人士探討。」

柳二忽然拉了拉我的袖子：「喂，他真的也學過算命？」

我點了點頭。他在天界中學的時候，精神病一樣地選了這門選修課。好像他還拜了一個師父，叫什麼來著？我想了半天，也想不起那老頭兒的名字了。天界裡雜七雜八的神仙實在太多。

一大群瞎子已經圍了上來，和陳藏噓寒問暖。為首的「好漢」忽然問：「對了，不知道陳先生的師承是……」

「師傅的名諱，怎麼敢說啊。我還是寫出來吧。」陳藏說。這小子還挺謙虛，從包裡取出毛筆，就在石地上寫了三個大字：「李中虛。」

寫完，他又道了個歉：「對不起，師尊的名字，就算是寫，也不敢直接寫出來。你們把後兩個字換著念，就成了。」

接下來就是一件奇事。十幾名瞎子，全都把墨鏡摘下來了。暈，全是裝的？可是他們的誠心肯定不是裝的。他們全都退後了好幾步，對著這個名字，跪在地上直磕頭。

李虛中是誰？不遠，唐朝人，算命的老祖宗！陳藏是他的嫡系，那輩份可太高了。

打發走了這群算命先生，陳藏一個人面對著地面，看著那幾個字發呆。

「喂，陳大哥，走啦！」柳二這個大塊頭美女發出又嬌又甜的聲音，逗得我生了一身猴皮疙瘩。

「不，我們已經到了，就在這裡。」陳藏很深沉地說，堅定得如同新郎進了洞房。

我們圍上來，看著他這幾個字：「李中虛。」離中虛？離就是五行中的火啊，離中虛，指的就是火的卦象！

「這個虛字，上有虎頭，下有地面，中間的四點，是一堆火。」陳藏玩起了拆字。

我們看了看，還真是那麼回事。

「那麼？天書在哪裡？」我問。

「很可能就在這座山的山腹。」陳藏說。

「我進去。」鄧老闆說完，往地下一沉，不見了。他的地行之術經過七天特訓已經進步了很多，現在只是還不能在鐵塊裡行走，石頭難不住他。

我們在外面等了很久，不由得懷疑，裡面是不是又有一群死狗把他嚇暈了。

「我們也進去吧。」朱三巴提議。

我們開始圍著這座五指山的山腳轉悠，直到找到了一個雜草叢生的洞口。聞著洞口那股難以消散的猴味，我很容易判斷出來，這就是當年孫老祖宗被壓在山下時露出腦袋的那個地方。

「呸呸」兩聲，朱三巴在自己的手心吐了兩口唾沫，掄起釘鈀，就把洞口開大了好幾號。果然，這座山是中空的。裡面到處都是棒痕。可以想像當年孫祖宗在裡面幹了不少活兒。雖然洞口出不來，山頂又被佛祖施法鎮住了，可是在裡面打出一片空地來，對他來說並不難。在這片空地的中間……怎麼，又是一座寺院？

這座寺院高大得很，完全用石塊砌成，像一座中世紀的保壘。寺院的上方，有一個很大的火焰標誌。

「拜火教！」關叮噹判斷。

不知道裡面有多少妖怪。可是我們現在膽子大多了。手裡拿著老祖宗們留下來的兵器，連三頭巨犬都擺平了，有什麼可怕的呢？

「上！」我說。

大門一推就開。進去一看，還真像城堡，一層一層的。我們所在的當然是第一層。這一層很開闊，裡面站著兩個妖怪。其中一個是長著豬頭的朱地煞。另一個長著狗頭，不認識。

「這個是戴刀，他有一把用自己牙齒做成的長刀，很厲害。外號叫犬夜叉。」關叮噹說。

犬夜叉？我想起了那個滿頭白毛，一對貓耳，扛著把大刀的小流氓形象。別問，這是梅山七怪裡狗妖的後代。我們打敗的九頭巨犬，只能算是他的代理隊長。

「準備戰鬥！」我叫了一聲。

可是我白叫了。認識我們的朱地煞和不認識我們的戴刀，全都是一臉的和氣：「歡迎各位光臨，請上樓！」還順路做了個「請」的姿勢。

哪怕是朱三巴愛上了紫凝，也沒有這件事讓我們吃驚。可是看著他們純潔得不帶一絲雜質的白癡型目光，讓我們不得不相信他們的誠意。

「你，你不恨我們？」我問朱地煞，他的哥哥可是我一棒子打死的。

「從前事，如過往雲煙，冤冤相報何時了，相逢一笑免恩仇。」豬妖微笑著說。

面對這位有道高豬，我感覺自己的覺悟很低。圍著他們轉了三圈，也沒有見到一絲殺氣或任何不良的氣息。掀開他們的衣服看看，也沒有看見藏著任何兇器。我們傻眼了。

「怎麼辦？」我問身邊的各位兄弟姐妹。

「上！」朱三巴果斷地說。

我立刻揮起了棒子，被他一把攔住了：「靠，你他媽傻啊，是上樓，不是上去打人！」

9 西遊後人名不虛傳

我的金箍棒對上了金小升的混鐵棒。小巨的月牙鏟對上了楊小顯的死神鐮。朱三巴的九齒釘鈀攔住了戴刀的大砍刀。敖小白的鐵鞋迎上了赤手空拳的朱地煞。每個人都在戰鬥，對著數量比我們多了幾十倍的敵人……

二樓的地面全是綠色，看上去就像個長滿草的牧場，尤其是上面還站了很多牛妖羊妖。很明顯，也是梅山七怪的後代。其中最顯眼的兩個，一個叫金小升，一個叫楊小顯。可是看他們那身衣服，我覺得這名字不合適。那身金光閃閃的衣服，讓我想起了黃金十二宮的聖鬥士。一個白羊座的阿穆，一個金牛座的阿魯迪巴。這估計是聖鬥士中最愛好和平的兩位了。

可是他們仍然比不過對面這兩隻白癡妖精。

「歡迎各位，請上樓。願火神賜給你光輝的祝福。」兩隻妖怪笑瞇瞇地說。

「這個……這會不會有問題？」我問朱三巴。這樣一層層地上，上樓容易，說不定下樓就難。

「今天的妖怪，全吃錯藥了！」朱三巴說。

可是我們實在找不到理由和他們戰鬥，這些妖怪，客氣得太讓人發毛了！

「樓上是幹什麼的？」我問這兩個莫名其妙的妖怪。

「樓上是福音的源頭，所有迷途的羔羊，都能在那裡找到自己的歸宿。」楊小顯帶著一臉的憧憬。

這詞好熟啊。我忽然想起一個大十字架，上面釘著一個偉大的悲劇。商量了半天，沒辦法，還是上樓吧。

樓上一共有四個人，有三個是我們認識的。大雄貓頭鷹。九尾雉雞精。還有鄧老闆！

這三個人現在的表情，個個都像聖徒。此外的那個，長著一顆老虎腦袋——我們從來沒有見過這麼溫和聖潔的老虎腦袋。這顆腦袋晃悠著，正在那裡唸經：「焚我殘軀，熊熊聖火，生亦何歡，死亦何苦。憐我世人，憂患實多……」

這個是……說法？

「喂，老鄧！」我叫了一聲。

鄧老闆回過頭來，光頭明亮。他用一種再世為人的目光，定定地看著我，說：「直到這個時刻，我才知道了人生的真諦。」

這句話說得我們一頭青包。

「喂，你找到天書了沒有？」朱三巴問。

「天書就在我們的心中。每個人心中都有一本天書，它的鑰匙就是我們的心靈。熊熊的聖火為我們帶來光明，洗去心中的雜質，堅定純潔的理想。」老鄧說。

「天啊，你們怎麼了？」我叫了起來，「大貓，九尾，你們又是怎麼回事？」

可是大貓和九尾，也一樣用憐憫的目光看著我們，看得我一陣心虛。

「愚昧的世人啊，讓我來為你們解脫痛苦。」虎頭人終於發話了，我這才清楚地看到，在他的手裡，拿著一本書，正是我們要找的天書。

「你他媽才愚昧！」朱三巴罵了一聲。

「愚昧的世人啊，你們自以為擁有萬物靈長之智慧，可是你們敢不敢回答我的問題？」虎頭人深沉地問。

「你問！」我說。倒要看看他要搗什麼鬼。

「在這個愚昧的世界上，你能不能告訴我，先有雞，還是先有蛋？」

好厲害，我們差點一起摔倒在地。這這，這也太小兒科了吧。

看看其餘的人都沒有回答，我硬著頭皮頂上了：「這麼簡單的問題，虧你也有臉問。當然是有蛋有雞有雞有蛋再有雞再有蛋再有蛋再有雞雞蛋蛋蛋雞雞無窮匱也！」

哼，敢跟我鬥，我一串蛋一串雞暈死你！

奇蹟出現了。我看著這個虎頭人在我說第一個蛋字的時候，手上就出現了一個蛋。我說第一個雞字的時候，他手上就出現了一隻雞，並且把雞放在了蛋的上面。隨著我說出的雞字和蛋字越來越多，他也變出了更多的雞和蛋，把它們全都豎直疊了起來。

這些雞和蛋豎在那裡，不搖不晃，穩如泰山。倒是我的身邊，撲通撲通，除了陳藏，全都倒下了。

「你對他們做了什麼？」我問。

「他們只是無法從雞和蛋的糾結中救出自己。放心，我會用火的力量淨化他們的心靈，讓他們變成純潔的聖徒。」虎頭人說，「你看他們，這些豬狗牛羊，都是難以馴化之物，現在在我的感召之下，全都變成了和平的使者……」

和平個屁，你這是洗腦！全變成傻子，不就糟了！我狠狠地瞪了他一眼，把金箍棒抄在手裡。

「看來你真的很能挺。」虎頭人接著說，「那就讓我再問你一個問題：如果雞和蛋互為因果，那麼，可不可以說他們的關係是平行的？」

我一陣頭暈：「可能，是吧……」

嘩啦一聲，我面前那根用很多雞和很多蛋疊起來的柱子倒了下來，成平行狀排列。雞沒事，蛋全部捧碎了。好一股難聞的氣味。這是——尿味？

我暈，我真暈。我被薰得不行了。

虎頭人冷冷地一笑，衝我們豎起中指，做了一個下流的動作。我想起來了，五指山現在的姿態，就是這個樣子。

「西遊後人，不過如此。尿債要用尿來償！」虎頭人說。

我忽然想起來了。老祖宗們在西遊的時候，遇到過三個妖怪：虎力大仙、鹿力大仙、羊力大仙。他們騙這三個妖怪喝過自己的尿……我的頭好暈啊。

「尿其實是個好東西，尤其是裡面的磷質，很容易燃燒……」虎頭人接著說。

「切，你少囉嗦啦！跟我賣弄知識。不就是一個解構邏輯嘛。看你這個樣子，也就只有喝尿的份！」忽然一個聲音說。

說這話的人，是陳藏！

陳藏大喝一聲，把自己手裡的武器扔了出去！

他那個，算是武器嗎？當個小型的尿罐子還差不多。當然啦，紫金做的尿罐子，也太貴了一點。

我暈，我繼續暈。我挺不住了，我……暈倒。

等我醒來的時候，我看見大家都已經醒了過來，圍著我看。樓梯口處，正有一陣乒乒乓乓的亂響。

我立刻問出了急於知道的問題：「陳老大，你打敗他了？你是怎麼打敗的？」

真的是打敗了。我看到虎頭人正坐在牆角，口吐白沫，有氣無力地說著瘋話：「厲害……真厲害……蒼蠅，好多蒼蠅……救命啊……」

柳二大鳥依人地抱住了陳藏的胳膊：「陳大哥可厲害啦，他把紫金缽盂扔了出去，套在了那個妖怪的頭上，那妖怪的法術，很快就破掉了。」

陳藏得意地一揚頭：「我這些日子沒有對你們說的教誨，全存在這缽盂裡，感化一個小妖怪，有什麼難的！」

天哪！囉嗦鬼陳藏存了三天的廢話，隨便天上哪位神佛聽上三分之一，也足夠休克了。這個虎頭妖，他全都聽去了。我萬分地同情他！

「看，天書已經到手！是他剛才受不了的時候交出來的！」陳藏揚了揚手裡的一本書。果然是天書，沒錯。

一個龐大的身影飛了過來。竟然是大雄貓！

大雄貓混身是血，翅膀不知道是自己收起來了還是被砍掉了。他掙扎著爬起來，看著我們：「你們快走，只此一次。我們頂不住了。妖怪的原則，是有恩報恩，有仇報仇。這次扯平，下次再見，我們還是敵人！」

看來他們這是報我上次讓他們免受羞辱的恩了。知道了，你安心躺會兒吧，看你這樣子，估計這一回至少暈一個星期。

「靠，你他媽傻啊！」朱三巴忽然衝著陳藏發作起來，「你把這虎頭小子的法術破了，底下這麼多妖怪都醒了。他們衝上來，誰頂得住？」

沒有誰頂得住，大雄貓都頂成這樣了，九尾雉雞精很快也被打得倒飛開去。

樓梯口一下子多了四個妖怪。穿著黃金聖鬥士衣服的白羊精楊小顯和公牛精金小升。拿著一把大砍刀的狗精戴刀，以及赤手空拳的手下敗將朱地煞。在他們的身後，是一堆氣勢洶洶的狗妖豬妖羊妖牛妖。

沒什麼說的，打啊！

我的金箍棒對上了金小升的混鐵棒。小巨的月牙鏟對上了楊小顯的死神鐮。朱三巴的九齒釘鈀攔住了戴刀的大砍刀。敖小白的鐵鞋迎上了赤手空拳的朱地煞。每個人都在戰鬥，對著數量比我們多了幾十倍的敵人。

天昏地暗，日月無光。

不知道過了多久，戰鬥終於結束。敵人全都退去了，留下了一地的屍體。我們互相攙扶著站了起來。新的天書和舊的天書合併成了一本。舊天書上面，又多了一段火紅色的光華。

每個人的身上，都帶了好幾處傷口。我們硬撐著，一層層走下了這座拜火教的廟堂，走出了五指山的山腹。抬頭看去，山的五指又重新直起。它現在不再罵人了。

可是我想罵人，現在我們連動一動都難。接下來的事情，怎麼辦。

一陣人聲傳來，接著就走過來一群好漢，戴了墨鏡算命的那群。

「快快，快看，祖師爺倒下了！」他們七嘴八舌地叫著。

對了，陳藏是李虛中的嫡傳，是他們的祖師爺呢。看來我們有救了。強挺的心一下子崩潰，所有的人都倒了下來。耳邊還能聽到受傷最重的朱三巴的夢話：「紫凝，我一定要來救妳……」

在這群算命假瞎子的照顧下，我們的身體很快好了個七七八八。畢竟是神仙的後代，恢復能力夠強。可是在這段時間裡，我們幾個男性都被那個最初的好漢摸過骨算過命。

「諸位骨格清奇，人間未見，大難不死，必有後福。只是面色晦暗，前途艱險……」他總結說。

廢話，受了這麼重的傷，哪有一個臉色好看的！

身體雖然差不多了，可是法術還在沉睡，至少我是再也無法騰雲了。沒辦法，坐船，去下一站，日月潭！

這個地方我可從來沒有去過，倒是經常聽說。阿里山，日月潭，都是好地方啊。我不禁唱起歌來：「阿里山的姑娘美如水，阿里山的少年……」

「日月潭不在阿里山上。」關叮噹小聲說。

哦？是嗎？

「不過，日月潭和阿里山也有一定的聯繫。」關叮噹說。她給我講了一個美麗的傳說。

從前，日月潭裡有一對惡龍。他們貪圖快樂，把天上的太陽和月亮吞進了自己的肚子。人間沒有了太陽和月亮，變得一片黑暗。於是有一對勇敢的青年男女，到阿里山下挖出了惡龍最害怕的武器——金斧頭和金剪刀。他們和惡龍勇敢地戰鬥，終於殺死了惡龍，給人間帶回了光明。而他們自己變成了兩座以他們的名字命名的高山，大尖山和水社山。這對戀人從此永遠地守在了日月潭邊，伴隨著它的日日夜夜。

朱三巴鼓起掌來：「很美哦，很好的故事！」

關叮噹沒有看他，走開了。我這才查覺到，每一次關叮噹看朱三巴，都是在朱三巴看向別處的時候。而每一次朱三巴看過來，關叮噹總是躲開了他的目光。他們之間，到底有什麼事瞞著我？關叮噹是我的至愛，朱三巴是我的死黨。我相信他們不會做出讓我失望的事。可是我的心裡，為什麼總會有一種不安？

「票買回來了！」小巨忽然跑了進來，舉著一疊船票。

這是……去香港的船票？

經他解釋我們才知道。這次的路線設定是，先取道香港，再坐船去高雄，然後……算了，不問了，由他一個人操心去吧。先睡一會。

我們乘坐的豪華客輪，駛入了風平浪靜的瓊州海峽。幾位男士坐在房間裡打撲克牌。朱三巴和我是作弊的老手，鄧老闆是個不折不扣的奸商，敖小白坐在一旁沒有參與。滿腹經綸的陳藏輸得一敗塗地，臉上黏滿了小紙條。無邊的鬱悶為他製造了無邊的廢話，他不得不一次一次的端起紫金缽盂進行訴說，那姿勢像極了吐痰。照這樣發展下去，這缽盂裡一小時內積存的能量可以瞬間秒殺十隻像虎頭人那樣的精神系妖怪。

可惜陳藏註定不會變得那麼強大，因為花枝招展的柳二進來了，拉著陳藏要到船頭裝飛。

「什麼裝飛？」我愣了一下。

「老土，沒看過鐵達尼號？」柳小妹白了我一眼，腰肢一扭，已經把陳藏拉離了座位。

失去了戲弄對象的我們一陣無聊，把目光投向了靠床假寐的敖小白：「小白過來，三缺一了！」

小白紋絲不動，英俊的長臉上帶著一絲微笑。朱三巴過去推了他一把，他的身體晃了一下，倒了下來。

「喂，小白！」朱三巴嚇了一跳，提高了嗓門。我和鄧老闆全都湊了過去。

小白仍是倒在那裡，目光呆滯。我伸手探了一下他的鼻息，呼吸停了。

「我靠！」我大罵一聲，一時手足無措。

與此同時，我們只覺腳下一晃，接著就是一聲尖叫從甲板上傳了過來。這艘客輪房間的隔音效果很好，一般的聲音根本傳不過來。這個是陳藏的聲音！

「你們看住小白！」我低吼了一聲，擒著如意棒就衝了出去。剛上甲板，撲面就是一陣狂風。這麼大的風，怪不得客輪晃得這麼厲害。

甲板上的海員跑來跑去，大聲呼喝，應對突如其來的狂風，旅客們正被催促著躲回房間。我從人群中快速地跑過，遠遠看見了那個抱在一起的女孩。不，是關叮噹和桃大抱著柳二。柳二像發了瘋一樣死往前衝，看樣子是準備跳海。

「怎麼回事，陳藏呢？」我衝上去劈頭就問。

「陳藏，他掉下去了！」關叮噹急急地說。

怪不得柳二這麼瘋狂。我幫著兩位女士，一起拉住了她。

「到底怎麼回事？」我強壓著心裡的震驚問。這一刻我忽然才查覺，其實我並不是真的那麼討厭囉嗦鬼陳藏。現在陳藏落海，小白離奇地倒地失去知覺。連續兩個這樣大的打擊，真夠人受的。

關叮噹做了最簡單的解釋。原來，剛才陳藏被柳二拉著表演「裝飛」的時候，船頭忽然吹起了一陣狂風，差點就把站在前方的柳二吹了下去。陳藏適時地發出一聲尖叫，抱住柳二一個轉身，生生地把她拉了回來。可是陳藏自己，卻掉進了海裡。

「海員為什麼不去救人！」我問。

「風太大了，陳藏一落下去，就再也沒有浮上來，這裡雖然是在大陸棚上，可是仍然沒有海員能潛那麼深。」關叮噹說。

我們四個人，一時間全部臉色蒼白。

「他的精神系法力，才剛剛提升呢。」關叮噹輕輕地說。

沒錯。剛剛那聲尖叫，突破了陳藏這樣一個囉嗦鬼的極限。如果配合著他的金缽，用這麼高的聲音發出他的廢話，沒有幾個妖怪能頂得住。可是，他怎麼就落海了呢？

可惜大家的力量在上一場戰鬥中都用得差不多了。否則我倒是可以變成一條魚，朱三巴也可以施展他的天河水術，下水一試。可是我現在連一條死魚也變不了，而朱三巴比我傷得還重。

柳小妹癡癡地坐在甲板上，一言不發，任著眼淚緩緩地流了下來。我們死死地拉住她的胳膊，沒有人知道怎麼勸她。我們現在唯一能做的，只是讓她不要傷害自己。

幾名海員走了過來，勸我們回到房間。桃大什麼也沒有說，取出了那把桃木劍，凌空揮了揮。桃木劍眼看著一尺一尺地長了起來，泛著粉紅色的光澤。

「滾開。」她只說了這兩個字，海員們立刻像見到鬼一樣退了開去。

海裡忽然「嘩啦」一聲，一個巨浪掀起，足有數十公尺高，水花落上甲板，濺得我們一身濕透。一條巨大的白影在浪中一閃而沒。

「那是什麼？」我問。

我們都沒有看清。但是接下來的事我們看清了。巨浪落下，又重新升起。在巨浪的頂端，托著一個閃閃發光的圓東西，有救生圈那麼大，造型像個特大號菸灰缸。菸灰缸裡，站著一臉紙條的陳藏。我暈，到現在他還沒有把這些東西撕下去，海水也沒有替他沖掉。鄧老闆強力膠泥的厲害，果然名不虛傳。

巨浪拐了一個彎，如長虹飲水一般，把「菸灰缸」放在了甲板上。

「沒事吧，沒事吧！」朱三巴叫著竄上了甲板，看到了陳藏，「果然沒事，太好了！」

陳藏從他的大號紫金缽盂裡走了出來，金缽轉眼間重新變小，落在了他的手上。托著金缽的陳藏莊嚴肅穆，如同一個得道高僧，邁著優雅的八字步，走到了柳小妹的面前，說了一句話：「小柳，我們結婚吧！」

暈！剛才還處在崩潰邊緣的柳小妹，帶著淚水的臉上刷地一聲就綻開了半個笑容。另半個保持著即將綻開的姿態停在臉上，暫時不能完成──一悲一喜，刺激太大，她暈過去了！

陳藏抱著柳小妹，嘴裡喃喃地唸誦著我們聽不懂的廢話，在我們的簇擁下回到了房間。小白已經醒了，只是臉色很是蒼白。在鄧老闆的陪伴下，靠著床頭，微笑地看著我們。

「謝謝你，小白。」陳藏很認真地說。然後，他唱起了一首歌。歌聲一響，我覺得似曾相識。對了，剛才他抱著小柳的時候，說的那些廢話，好像就是這首歌的歌詞。

歌聲悠揚舒緩，歌詞也字字清楚。只是我們不懂。就像是一堆字母被人清清楚楚地扔在空中，可是我們無法拼出它的意思。但是我們感覺到了。上一次戰鬥中失去了力量，竟然在我們的體力迅速恢復。尤其是小白，首當其衝，臉色很快就恢復了紅暈，精神很快就恢復了振奮。

我明白了！老祖宗們西遊的路上，論檀功德佛陳玄藏並不是什麼都沒有做。他根本就是一個精神系加恢復系的魔法師！而現在，恢復系的魔法能力，在陳藏身上覺醒了！

我甚至猜出了他這種力量進步的方式，那就是危險。唐祖宗在西遊的路上一次次的被捉，一次次的面對被妖怪馬上吃掉的危險，因此也就一次次地進步。做為一個凡人，他的潛能一次次地爆發，最後終於成了佛。

陳藏，能讓我打你一頓嗎？我會留著分寸，不把你打死，只打到死的邊緣。這對你大有好處。

「大家自己人，不用客氣嘍。」恢復了元氣的敖小白瀟灑地一擺手，「再怎麼說我也是個龍族，就算是力量用光了，在水裡救一兩個人，總沒有問題的吧。」

這是怎麼回事？我根本聽不明白他們在說什麼。

經過小白的詳細解釋，我才搞清楚。原來小白身為白龍馬的後代，對大海感情深厚，趁我們剛才打牌的工夫，自己靠在床上龍魂出竅，跑到海裡游泳去了，剛好救出了落水的陳藏。

「可是，我有一件事不明白。」小白很嚴肅地問，「剛剛海底那道門，你是怎麼打開的？」

門，什麼門？讓人越聽越糊塗了。

「我也不明白，但是我在海底確實看到了一個門。」小白說，「我看到陳藏被吸進那道門裡去了，可是就是打不開它，救不出人來，急了好一會兒呢。」

我們正在發呆，關叮噹已經取出了一面鏡子，迅速地打開，立在我們面前，問小白：「是不是這樣的一扇門？」

小白點了點頭，眼神有點驚訝：「是啊，妳怎麼知道？門上的紋理，就是這樣的。」

我向鏡子裡看去，卻沒有看到門。立在鏡子裡的，是一棵不知道生長了幾十萬年的巨樹，樹皮上生長著奇怪的紋理，紋理中像是流動著神祕的力量。

「這是建木。」闞叮噹又補充了一句，「上古唯一的建木。」

青葉紫莖，玄華黃實，名曰建木，百仞無枝。我想起來了，天界中學的課程可不是白上的。那是一棵生於上古的奇樹，接通天界人間的橋樑，天下的萬木之源。天哪，萬木之源，木之息！它和我們要找的木之息天書，肯定有關！

陳藏說話了。

「我被一陣水旋，吸進了那道奇怪的門。幸好落水的一瞬，我的精神法力得到了提升。我很快就用自己的精神力和那道門進行了溝通。」

「這門怎麼說？」我忙問。

「它說，有不明的力量侵入了日月潭邊，取走了天書。」陳藏說。

「什麼！」我們幾個人都大聲地叫了起來。這件事對於我們來說，太嚴重了。如果天書已經被人取走，那我們又該到哪兒去找？

「建木的元神一怒之下，封鎖了整片東海的海域。任何非海中原有生物入海，都被困在那扇建木之門的後面，在天書沒有找到之前，都無法返回。」陳藏又說。

任何一種上古神物，都會有自己的元神。建木的元神自然是其中的佼佼者。

「可是，這建木元神也太糊塗了吧？如果取走天書的根本就是海中得道生物，比如說像小白這樣的龍族，那又怎麼辦？」我發著牢騷。

「取走天書的，是一隻巨蟒。」陳藏說。這一定又是建木元神告訴他的。也不知道這個元神累不累。這麼大的一片東西，同時落水的非海中生物不知道有多少，如果一一解釋，那可不是一般的麻煩。

巨蟒？我不由得又想起了梅山七怪。其中的一支，是大蛇常昊的後代。而大蛇的另一個稱呼，就是蟒。

「先不說這個，你是怎麼出來的？」朱三巴問。

「我找到了鑰匙。」陳藏說。

「鑰匙？在哪兒？」朱三巴的眼睛一亮。我也都沒有想到，建木的封鎖之門，竟然會有鑰匙。

「在這裡。」陳藏指了指自己的胸口。「這是我自己用心靈之力找到的。我的恢復術之所以會覺醒，也和這件事有關。它的祕密是，當我強烈地想起某個人的時候，這道門就會為我打開。」

「愛情的力量。」關叮噹輕輕地說。

朱三巴則陷入了沉思。他在想他的紫凝嗎？

「喂，你醒醒，醒醒啊小柳！」陳藏忽然叫了起來，「不可能，不可能的，只是暈過去嘛！我的恢復術不會無效的，不會的！」

柳小妹偎在陳藏的懷裡，閉著眼睛一聲不吭。陳藏手忙腳亂地把她放在床上，用力搖晃著她的身體：「妳醒醒啊，醒醒，我還要和妳結婚呢！要不是想起妳，我怎麼能從海裡出來！」

柳小妹的臉上，浮現出一股溫柔的翠綠。身為一隻柳怪，那是她害羞的顏色。果然，那雙迷人的眼睛睜開了，伴隨著一聲嗔怪：「你叫什麼，我早就醒了，還不是想讓你多抱一會兒？」

可怕的女人！我們幾個一窩蜂往外跑，朱三巴還不忘加了一句：「陳老大，我看她還沒有治好，快做人工呼吸，我們就不打擾了！」

我們幾個站在甲板上，討論著下一步何去何從。既然天書已經不在日月潭，那我們也不必去了。可是我們應該去哪裡？

討論的結果是，河南洛陽，龍門石窟。鸚鵡大鵬曾經說過，那應該是我們的最後一站。

客輪緩緩地駛進了九龍港。香港到了。

柳小妹還和陳藏膩在一起，關叮噹和桃大卻轉眼不見了蹤影。在這關鍵的時刻，她們去了什麼地方？我立刻撥通了關叮噹的手機。小妖精嬌滴滴地回答：「別急嘛，好容易來一趟大城市，總該讓我們買買化妝品，買買衣服吧！」

女人啊，我愛妳們。

沒辦法，我們幾個光棍也逛逛街好了。

香港真是一座珠光寶氣的城市。林立的高樓，匆忙的人群，迷人的美女，四處可見。我們這群缺乏想像力的男人轉了很久，除了吃掉很多小吃、把肚子搞得很脹之外，竟然不知道該去玩些什麼。好容易上了一輛計程車，問車上的司機。司機答道：「好玩的地方很多啊，你們住哪裡？晚上我來接你們。」

嗯，香港的夜市，一定名不虛傳。敖小白囑咐了一句：「那你再幫我們多叫輛車來，我們還有幾位女士呢。」

「女士？」司機上下打量我們幾眼，「那……就沒有什麼地方好玩了。」

量，他想讓我們玩什麼？

「抓小偷啊！」有人大聲喊。這聲音，是桃大的！我們下車一看，一個青年騎著一輛摩托車招搖而過，後座上的人手裡拎著一個柳枝編成的女士小包包。那是柳小妹的包，桃大借來用的！

刷地一聲，敖小白變成了一輛高級的悍馬，叫了一聲：「上車！」

看來他的神力又升級了，從以前三馬車的狀態，現在變成悍馬了。我們五個人一上車，他立刻追了過去。小白在三馬狀態的時候就能超過賓士！敢跟我們賽，這兩個小子死定了！

可是事情大出我的意料。坐在駕駛員的座位上，我清楚地看見，我們離那輛摩托車越來越近。可是就差幾米的時候，這距離忽然就拉開了。怎麼回事？

又快追上了，距離又拉開了。這種事情連續發生了好幾次。我注意到，後座上那個青年，手裡拿著一根像馬鞭一樣的東西，總是在我們快追上的時候，用力一甩。那是什麼東西？難道他們的摩托車，也是一匹神馬？

「小白，他們騎的也是一匹馬嗎？」我問。

小白發出了不屑的聲音：「什麼馬，是頭驢！」

可是就是這頭「驢」，讓我們總是追不上。甚至前面騎「驢」的青年，還轉過了身，看著我們嘻嘻直笑，任由那「驢」自己往前跑！

挑釁，真正的挑釁。偏我們拿他們沒辦法。這兩個，一定不是普通的人物。

「二小，你仔細看一看，前面跑的，是不是真是一頭驢。」關叮噹說。

我凝神用紅眼看去。果然，就是一頭驢。

「你再看一下，前面倒騎驢的那個人，是不是全身都是白毛。」

我繼續凝神看去。老祖宗傳下來的火眼金睛可不是蓋的，我看到了。

「這小子不光頭髮是白的，身上的汗毛都是白的，連他下面的毛……」我說。

「呸呸，誰讓你說這個！」關叮噹在後面輕輕地打了我一拳，「我知道他們是誰了，都是自己人。」

自己人？自己人還搶我們的東西，還一路瘋跑？

摩托車接連拐了幾個彎，闖了幾個紅燈，穿過了好幾條大街。我們一路跟著不放。要不是我們的馬和驢都速度太快，估計早有警車把我們堵起來了。

忽然前面的「驢」一個急停，拐進了一個大院。我們立刻掉轉車頭跟了進去，院子裡有一座超大的房屋。我還沒有來得及看清那是什麼建築，「驢」已經竄上了房屋前面高高的臺階。敖小白變成的悍馬也立刻跟著竄了上去。可是「驢」已經進了敞開的大門。我們的車太寬了，要想進門，除非把門邊撞開兩米寬。

好個敖小白，也不知道他唸了什麼咒。我們只覺得車身忽然拉長，車內的座位一溜排開，每個人的坐姿全部變成了分腿騎乘。手在下面一摸，摸到的是光滑的龍鱗！嗖地一聲，我們已經全部進了屋子，站在當地。此時的小白，也化成了人形，和我們站在一起。

有人鼓掌，正是我們剛才一直在追的兩位騎「驢」青年。

「西遊後人，真是名不虛傳！」那位拿著鞭子的青年一邊說，一邊把手中的柳條包包扔還給了桃大。

「八仙後人，也不錯哦！」關叮噹微微一笑。

「不敢，不敢。」兩個人一起拱手。

這兩個青年，穿著雖然很普通，可一個是少白頭，手裡拿著一個魚鼓，顯得不倫不類。另一個手裡拿著一根馬鞭，腰裡卻插著一根笛子，和前一個一般的怪異。

八仙是以凡人的身分修成神仙，所以都很有個性，把自己的後代們早就一個個送到人間遊歷，也難怪我們在天界沒有見過。據說張果老的後人名叫張小果，是個少白頭，他的驢可真夠快的。韓湘子的後人名叫韓笛，腰裡那根笛子是他的標誌性裝備。韓湘子在名列八仙之前的上一世，是死於百鬼之咬的費長房。他手裡拿的，正是費長房的縮地鞭。據說這根鞭子抽在地上，能瞬息縮地千里。如果不是這樣，以小白的速度，也不會追不上他們。

「你們剛才被盯上了，所以我們才把你們引開。」韓笛開門見山。

「誰盯上了我們？」我問。

「我不是說你。」韓湘看了我一眼。

我一愣：「那是誰？」

張小果微微一笑：「當然是這兩位美女啦，盯你們幾個大男人幹什麼？」

看來我還自做多情了，只好又問：「是誰盯上了她們？」

「袁青，常芒，吳百足。」白毛說完又頓了一頓，「他們手下的小妖怪。」

關叮噹已經對我說過，梅山七怪後人中，這是最厲害的三位，分別是白猿袁洪、大蛇常昊和蜈蚣吳龍的後人。其中常芒的名字，最讓我覺得惹眼。

「是不是常芒最近做了一件什麼事？」我問他們。

「沒錯，常芒這頭巨蟒精偷了天書。」白毛回答的很乾脆。

「那現在常芒在哪？」朱三巴問。知道了常芒在哪兒，也就是知道了天書在哪兒。

「國際金融中心。我們正準備把天書奪回來。」白毛說。

「謝謝，那你們把我們帶到這裡，又有什麼事？」我問。

白毛一聲輕笑。刷地一聲，房屋的大門立刻關起，周圍全是翅膀拍動的聲音，夾雜著一聲聲刺耳的尖嘯，向我們直衝過來。

10 身體，武器，魂

它的武器名為青龍偃月刀，又名冷豔鋸，重八十一斤，上鑲蟠龍吞月圖。這把刀曾經斬顏良誅文醜，過五關斬六斬，威名赫赫，是三國時代少有的名器……

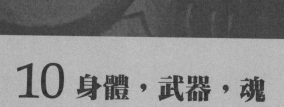

一聲清叱，鏡光一閃，關叮噹手中的一面圓鏡放射出一陣光明，在空中向我們飛來的東西如同乾柴碰到了烈焰，快速地融化在光芒之中。

刷地一聲，我的如意棒已經到了白毛的頭頂。

「撲哧」一響，腰插笛子的青年已經被朱三巴一鈀釘倒在地，血光崩現中身體一陣扭曲，變成了一隻一米多高的白猿。

關叮噹的鏡之光明不能維持長久，大屋很快又陷入了黑暗。

「叮」地一聲，一件看不見的兵器，擋住了我的如意棒。黑暗之中，只聽白毛冷冷地說：「你們是怎麼看出來的？」

「你以為一身的白毛，再帶上張小果的座騎和韓笛的縮地鞭，就可以騙過我們了？」關叮噹慢悠悠地說。

「哦？那麼破綻在哪裡呢？」對面一個響指，大屋中忽然亮起了無數的蠟燭，每一支都插在一個銀燭臺上。每一根銀燭臺邊上，都冷冷地蹲著一隻蝙蝠。

「不知道你什麼時候和西方的吸血鬼有了合作，」關叮噹說，「只是在進入這座教堂的時候，我們已經查覺了這些吸血蝙蝠的存在。」

「這又有什麼關係？」白毛的表情有些納悶。

「雜牌軍就是雜牌軍。你沒有上過學吧？」我送給他一個揶揄的笑容，「天界中學，仙史第十四課，八仙。張果老的來歷，是一隻混沌初開的白蝙蝠精。他根本就是吸血蝙蝠一族的剋星，不可能出現在這種吸血蝙蝠聚集的地方。」

「也好。」對面的白毛沉著地點了點頭，轉眼之間，變成了一隻體形壯碩的白猿，手裡多了一根五彩大棒，「既然不能把你們騙入另一個埋伏，那就讓你們死在這裡好了。」

五彩棒上射出一股紅色的光芒，一股灼熱的氣流向我直撲而來，我揮棒攔住。朱三巴的釘鈀，小巨的月牙鏟，敖小白的鐵蹄，鄧老闆的鐵頭，桃大的木劍，一起向他襲到。

噹的一聲，巨大的力量震得我手臂發麻，其餘五人也一齊退開。

白猿點了點頭：「不錯，以我梅山七怪後人第一高手袁青的能力，也無法戰勝你們六人的合力。可是我這裡還有這麼多的吸血蝙蝠，以及一個吸血伯爵。你們以為自己能跑掉嗎？」

「呵呵，你以為我們人少？」我歪了歪嘴角，從身上扯下了一把猴毛，迎風一吹，數十隻拿著棍棒的小猴，站滿了教堂大廳的各個角落。

「還有！」朱三巴從懷中摸出了那根大鵬羽毛，順手一丟，地上多出了另一個朱三巴。鄧老闆、小巨和桃大，也丟出了自己的大鵬羽毛，化成了他們自己的分身。

我驚奇地看了他們一眼：「可以啊，你們還記得這個？」一揮手，另一個孫二小已經站在了我的身側。

「伯爵，來幫我一下。看來我低估他們了。」袁青說。

無聲之中，一個高大的黑影出現在他的身邊。那個人長著一對尖尖的耳朵，兩顆尖尖的長牙，一張臉像雪一樣慘白。

「自我介紹一下，我的名字叫做華倫泊爾，擁有不死之身。」白面人用毫無感情色彩的優雅聲音做著自我介紹，「流在你們血管裡的血液，讓我著迷。」

我忽然覺得全身都在發涼，不是因為這個傢伙的戰鬥力，而是因為他那種理直氣壯的噁心。

伯爵說打就打，黑色的長衫迎空一拂，所有的蠟燭全都滅掉了。蝙蝠不需要光明，黑暗就是他們的戰場。

我在這個鬼地方基本看不見什麼光明。神仙後代的視力超過常人，可是在這樣的環境裡一樣會處於下風。

關叮噹手中的明鏡再次泛起了光明。這一次，我們看見了更多的蝙蝠，黑壓壓一片。我們不知道關叮噹能把這道光明維持多久，不知道我們能不能全身而退。而對面的白猿袁青，已經不見了。一聲長笑在外面響起：「希望你們能活著出來，天書就不要想啦！」

我靠！我掄起鐵棒朝著對面的伯爵就打了過去。

身後傳來一聲尖叫，是桃大的！

我收住了如意棒，回頭看去，只見桃大正一劍把一隻蝙蝠砍落在地，還大大咧咧地對我們說：「沒事，桃木歷來就是避邪的，我沒有血給牠吸。」

幸虧那隻蝙蝠咬中的只是桃大。就在這個時候，關叮噹手裡的光明又暗了下去。

翅膀，尖嘯，以及伯爵無聲無息的出沒，讓我們全部如同陷入了無望的沼澤。

忽然一道靈光在我的心中閃過，對了，我還有這個法術。

我雙手結印，大喝一聲：「九龍化生術！」

九條金色的長龍，鱗甲片片閃耀在空中，在我們的頭頂灑下質感有如金屬的光輝。

「大家上！」我大喝一聲，衝了上去。伯爵往旁邊一閃，欺身上前，差點就咬中了我的脖子。如鬼魅一身的身法，如利刃一樣的牙齒。他不管咬中了誰，都能把對方變成萬劫不復的殭屍。

除了不以力戰為特色的關叮噹，大家都衝了上來，圍住了伯爵。在我們身邊，分身和小猴們也和蝙蝠們戰在了一起。

九龍化生術，只是一個用於治療的法術。我所利用的，只是它的光芒。它的光芒，只能給我們提供三息的時間。正常人的三次呼息，需要多久？這麼短的時間內，我們能不能打敗不死伯爵華倫伯爾？

能。

吸血鬼畢竟不是全無破綻，在我們六人的強攻下左支右絀，終於被朱三巴一鈀釘住，其他幾件兵器立即加上。他的身體慢慢地消失了，最大的問題解決了。

「大家注意這些蝙蝠，慢慢退到門口！」我說。

可是我們只退了三步，伯爵的聲音又響了起來：「沒用的，我說過了，我是不死之身。只要你們沒有在這一瞬間殺死全部的蝙蝠，我就能再次回來。」

我的九龍化生術，一天的極限不能超過三次。我可以再用，可是我不知道能不能換來更好的結果。關叮噹的圓鏡之光，能用幾次？

一陣兵器撞擊之聲，那是只有吸血伯爵和我們對手才會發出的聲音，和其他的小蝙蝠交手，用不著這麼費勁。看來他又發起進攻了。

「我的鏡之圓光，只能再用一次。一次，三息的時間。」關叮噹說完，手中的光明再次亮起。

不用三息，半息不到的時間就嚇了我一大跳！

我看到我自己、朱三巴、老鄧、小巨和桃大擋在我們面前，面對著氣勢洶洶的吸血伯爵。在伯爵的手上，有著一把黑色的長劍，傳遞著死亡和血腥的氣息。他那兩顆伸出的白牙上，滿是鮮血。

「他吸了誰的血！」我大叫一聲。這可不是玩的，我不會願意自己的任何一個夥伴成為殭屍。

還好，我立刻認了出來，他吸的是那幾根大鵬羽毛化身的血。關叮噹曾經告訴過我，這幾根羽毛，都被鸚鵡大鵬用自己的血浸過了，所以才能變成我們的分身。

三息時間已過，黑暗重新降臨，前方仍然是兵器聲響。

「快退！我們變成殭屍了，他打不死我們的，我們已經變成殭屍啦！」我的化身大聲喲喝，估計是在揮棒進擊。

我們圍成一個團，向後退去。剛退了幾步，刷地一聲，燭光亮了。吸血伯爵正擋在我們的前路上。

「我能把羽毛變成殭屍，就能收回他們的生命，現在輪到你們了。」華倫泊爾冷冷地說。

這真是一場鬱悶的戰鬥。但是我必需頂上。

我向前跨了一步：「神仙後代，不可輕辱！」

朱三巴幾人也跟前我跨了一步：「神仙後代，不可輕辱！」

也許是這座教堂太空曠了，回音立刻響起：「不可輕辱輕辱輕辱輕辱……」

接著又是一聲大的回音：「對，不可輕辱！」

量，誰在這裡加了個「對」字？

教堂的兩扇大門「呼啦咣噹」一聲，彈開了。陽光映著一個懸空的巨大陰影。那個陰影，是個……十字架？

沒錯，那是一隻巨大的蝙蝠，刺眼的陽光下我們看不清牠的毛色，牠懸浮空中，身體筆直，雙翅張開，形成了一個巨大的十字架，這十字架的陰影，剛好打在伯爵的背上。吸血鬼一聲慘叫，倒地不起。

新來的蝙蝠落地，是一隻白蝙蝠。更多的陽光射進了教堂，陰暗中的吸血蝙蝠轉眼前全部被陽光熔化成了空氣。

「對不起，我來遲了。」白蝙蝠口吐人言。他才是真正的張果老後人，張小果。

桃大一劍捅入了吸血伯爵的心臟，讓他徹底停止了掙扎。

我們全都戀戀不捨地看了看地上微微抖動的五根羽毛，上面還在滴著一滴滴的血液。

「燒了吧，受了殭屍血的東西，不知道會變成什麼怪物。」張小果一邊說，一邊化成了人形，撿起了地上的一個紙片，那是一頭用紙剪成的驢。他又撿起了丟在地上的鞭子，那是韓笛的縮地鞭。

經過這個少白頭青年的解釋，我們才知道，小多和小廣他們也沒閒著，四處探訪，終於找到了八仙的後人。八仙後人想起祖宗們當年八仙過海的神威，自告奮勇渡海前往日月潭奪取木之息天書，想不到卻遲了一步。不但天書已經被常芒盜走，連他們幾個人也遇到了伏擊，張小果和韓笛甚至丟掉了紙驢和縮地鞭，才得以全身而退。循著自己與武器間微弱的精神聯繫，張小果終於追到這個地方，和我們會和一處。

「他們幾位呢？」我問。

「他們去和小多他們會合了，準備一起前往龍門石窟。」張小果說。

我們懷著一絲希望追到了袁青所說的國際金融中心，卻一無所獲。看來妖怪們也都去了洛陽。

正在和柳二卿卿我我的陳藏看到我們回來，聽了我們的遭遇，不屑地一翻眼睛：「切，要是我在，一個光明法術，夠你們二十四小時照明，誰讓你們不叫上我！」

我們集體無語。

走吧，去看看古城洛陽。

我的騰雲術，張小果的紙驢和縮地鞭，加上敖小白的悍馬變形，無論用哪種方式，趕到洛陽也要不了半天時間。

當我們到達洛陽的時候，肚子已經開始咕咕直叫。

「吃什麼？」我問朱三巴。這個淨壇使者的後代，在天界的時候就對吃很有研究了。

「當然是洛陽水席。」朱三巴流出了口水。

戰鬥之前，一定要吃飽飯。好處之一是吃飽了有力氣，好處之二是就算被打死，總算不是被餓死。說到洛陽水席的老店，首選「真不同」。我們一窩蜂地來到了店鋪門口。

古色古色的店面，掛著一大堆代表飲食界榮譽的牌匾。小白腿快，第一個跑了進去，忽然聽到有人叫道：「你好！」

回頭一看，是一隻鸚鵡。我們全都站住了。這隻鸚鵡，除了小白、陳藏和張小果不認識，我們可是都很尊敬的。那是鸚鵡大鵬！

小白不明究理，衝鸚鵡揮了揮手。鸚鵡立刻說：「歡迎光臨！」

小白更高興了，又揮了揮手。鸚鵡又說：「你有病啊，老揮手？」

小白一頭是汗，看樣子是不願意和牠計較，掉頭往店裡走去。可是鸚鵡把他叫住了：「喂，你敢不鳥我？」

一向文明的小白，被一隻鳥說得不知如何是好：「好好，鳥你鳥你，你說怎麼鳥吧？」

「那你把我買下來吧！」鸚鵡逗他。

「多少錢？」小白認真地問。

正老店老闆走了過來：「先生，你要買這隻鳥？」

小白點了點頭。

「那買了做什麼用呢？」老闆問。

「燉湯！」小白惡狠狠地看了鸚鵡一眼。鸚鵡趁小白和老闆說話，正在低頭喝水，一口就噴了出來，「我靠！」

老闆卻很沉得住氣，伸出了三個指頭：「這個數。」

「三百？」小白問。

老闆搖頭。

「三千？」小白問。一隻這麼會說話的鳥，三千也不能說貴。

老闆搖頭。

「三萬？」小白更吃驚了。

「三分鐘。」老闆說，「這隻鸚鵡來的時候，自己跟我們談的條件，如果有人三分鐘之內能吃完二十四道水席，這隻鳥就歸他了。」

「三分鐘？你們三分鐘上得來二十四道菜？」小白一臉的不信。

「水席講究的就是行雲流水。要不要試試？吃不完也沒啥，不過菜錢加倍。」老闆說。

「好啊。」小白點點頭，又回頭對朱三巴說，「朱三哥，能不能幫我個忙？」

兩分半鐘，二十四道菜已經進了朱三巴的肚子，他站起來，搖了搖頭，「唉，只吃了三成飽。」很神奇，朱三巴的飯量長了。這證明在一次次的戰鬥洗禮下，他的戰鬥力成長了很多。這就正如陳藏不再多說廢話證明戰鬥力也長了一樣。

吃飽喝足，我們帶著鸚鵡回到了旅店。

「下面我們該怎麼做？」我劈頭就問鸚鵡，問的小白和張小果一陣發愣。等他們知道了鸚鵡的真正身分，才明白過來。

「敲門去！」鸚鵡說。

「什麼門？」我問。

「旅店所有的門。」鸚鵡說。

這旅店不大，一共有十五層客房，一層共有二十幾個房間。我們挨著個的敲了起來，敲一次，就是一個驚喜。

認識的不認識的，他們全來了。

六丁六甲的後代，五方揭帝的後代，四大天王的後代，二十八宿的後代，八仙的後代，三清的後代，六御的六代，五方五老的後代，牛郎織女的後代，風伯雨師雷公電母的後代，五斗星君的後代，福祿壽三星的後代，三十六天將的後代……天，好幾百號人馬！

「我的媽，你怎麼湊齊的！」我抓著小多和小聞的肩膀真搖晃。

「呵呵，能人太多啦。我們這些神仙後代啊，有學物理的，有學軍工的，有學化學的……有三十個考過了托福，有二十個畢業於耶魯，有十五個畢業於劍橋，有十八個清華的，十七個北大的，十六個麻省理工的……」

我靠，除了名牌就是海歸！可是我還是不明白。

他們只好又給我解釋：「不就是個搜神器嘛，用雷達方式掃瞄能量嘛。我們有這麼多高材人，整個小儀器還不簡單……」

就是這麼簡單？就是這麼簡單。

「那你們這麼多人湊在一起，不會被妖怪們發現？」我問。

小多輕鬆的一笑：「做一個能量屏壁的裝置，比做一個搜神器可簡單多了！」

厲害！

我說：「那好，你們現在就幫我掃瞄一下，這龍門石窟裡，有多大的妖氣？」

「這個……」小多和小廣面露洩氣之色，「很強，很厲害。」

小巨忽然從樓道裡跑過：「開會啦，開會啦！要快要快，租用了人家旅店的會議室，只給兩個小時啊！」

神仙的後代們真不是蓋的，行動迅速，三分鐘之內已經全都聚在了會議室裡，正襟危坐，面對著那隻綠毛鸚鵡。

鸚鵡在會議室的長桌上抖著綠毛，踱來踱去：「知道我們是什麼人嗎？」

「神仙的後代！」我們一起回答。

「嗯，」鸚鵡點了點頭，接著踱，「還有呢？」

還有？我們傻不愣登地看著他，不知道說什麼。

鸚鵡等了一會兒，看沒人說，嘆了一口氣：「好吧，給你們一個提示。」他雙翅一振，飛下了桌子，在地板上一陣亂刨。爪子真硬，一會兒就刨下來一塊。

我們正不知道他在找什麼，忽然聽他罵了一聲：「靠，怎麼全是水泥？」

一位大概是學建築的神仙後代，小心翼翼地說：「這樓，是全鋼筋水泥建築。」

「是嗎，」鸚鵡點點頭，看了看我們，「別忘了一會兒幫我賠人家這塊地板的錢。」

我們無語。

鸚鵡威嚴地掃視了一下我們，目光停在鄧老闆的臉上：「去，給我找些泥巴來！」

沒等鄧老闆有反應，桃大和柳二互看了一眼，齊齊地說：「還要不要弄些樹枝？」

鸚鵡眼睛一翻：「靠，你們當我想蓋鳥窩啊！」

我們全都沒有吭氣，等人家指導嘛，一定要虛心，虛心。

鄧老闆直接從地板就鑽了下去，不一會兒又竄上來了，「啪」地一聲，一坨黑泥巴丟在了桌上。

「靠，不是這個，要黃的！」鸚鵡大發脾氣。

無語，我們繼續無語。

「黃的不好找。這個城市的污染，也挺嚴重的。」鄧老闆說。可是說完，就看到了鸚鵡威嚴的眼神。沒辦法，他蹭地一聲，又竄了下去。

黃泥巴總算找來了，鋪了一桌都是。

鸚鵡大鵬慢條斯理地走了過去，爪子一縮，在上面打了個滾，粘得全身都是，又很小心地站了起來：「現在告訴我，除了神仙的後代，我們還是什麼！」

無語，我們真的很無語。

等了半天，鸚鵡終於沉不住氣了，全身的毛都炸起來了，黃土抖得滿屋都是，嗆得我們一陣咳嗽：「除了神仙後代，我們還是炎黃子孫！你們看我這一身的黃土，還不明白嗎！」

無語，我們太他媽的無語了！

「誰能告訴我，黃土有什麼用？」鸚鵡大鵬又開始訓話。

「鋪路。」

「造牆。」

「造土坯。」
「塑造成一坨屎騙狗來吃。」
「誰不老實就塞他嘴裡。」
「塞屁眼也行。」
「摻在玉米麵裡賣錢。」
「……」
答案五花八門，越來越多，鸚鵡的臉色也越來越難看。
「埋人。」我說。
鸚鵡終於露出了笑容：「不錯，就是埋人！」這裡，可是土之息的源頭啊，和其他幾本天書不同。掌握了土之息，就掌握了埋死人的力量！」
我們繼續無語，實在搞不清這位前輩要說什麼。
「誰能告訴我，死人埋下去會變成什麼？」他又問。
沒有人給出答案，和他對話那叫一個受罪。
「會變成死靈。那是一種不會再次死亡的妖怪。沒有痛感，只有戰鬥力，可怕的戰鬥力。」鸚鵡嚴肅地說。
「不會吧，死了還能這麼厲害？」
我們都有些不服氣。偶爾有幾個死鬼變成殭屍還可以理解，埋在地裡的人全都變成不死戰士，這也太離譜了。

「一般的死人，當然不成。可是死去的妖怪，就可以。除非我們能在他們的墳頭上種樹，壓制住這些邪惡的靈魂。你們難道沒有注意到，很多厲害的死者，死後墳頭上都種滿了松柏嗎？那就是因為他們擁有比妖怪還強大的力量，不得不進行壓制啊。」鸚鵡語重心長。

想了好一會兒，我才問他：「那就是說，以前在和我們戰鬥中死去的妖怪，都能變成這種戰士，所以提高了他們的戰鬥力？」

「孺子可教也。」鸚鵡拽了一句文，伸出小爪子來，就準備慈愛地摸我的頭，終於沒有搆著，放棄了。

「這些死去的妖怪，已經被他們埋在了龍門石窟。現在他們所釋放出的妖力，連石窟的佛像們也都鎮不住了。」鸚鵡嘆了一口氣。

怪不得那裡妖氣那樣強大。

「我們可以在那裡種樹……」桃大試探著說。

「種不了。除非我們手裡有那本木之息的天書。可惜那本書在他們手裡。木之息天書擁有木之力量，掌握了那本書，可以讓附近的植物都活不下去。」鸚鵡說。

「那我們現在的實力，能不能擺平他們？」朱三巴問。這才是我們最關心的問題。

「當然可以。我現在只是想讓你們知道，後面的戰鬥很艱難，不過我會和你們一起作戰。有我在，會有問題嗎？」鸚鵡驕傲地翻了翻眼睛。

我明白了，他前面說的都是廢話。

「那好，殺上龍門石窟，奪回兩本天書，拯救天界諸神！」我帶頭喊起了口號。

「要小心，小可憐。」鸚鵡的目光在我們每張臉上掃過，溫柔地說。

我的頭皮很發麻。被一隻鳥稱為小可憐……

「你他媽才是小可憐！」朱三巴已經罵上了。

「哼！」鸚鵡哼了一聲，「我不是說你們，是說那些小妖怪變成的死亡戰士。要小心他們。他們的每一位，在妖怪世界裡的稱號，就是小可憐。」

不會吧，他們會有這麼卡哇伊的名字？

「根據我們的情報，現在他們已經擁有了上萬隻小可憐，都比活著時候厲害十倍。」鸚鵡說。

上萬隻，厲害十倍！我靠，這怎麼打！

小多和小廣很不好意思地看了我一眼：「這段時間，我們殺了不少小妖怪……」

造孽啊，那也是生命啊，不能隨便殺的。妖怪也是媽生的……

「放心，有我在，沒什麼怕的！」鸚鵡的語氣中透出了上古神獸才有的威嚴，「事情已經說完了，走，上石窟，找他們算帳！」

我們來到了洛陽城外。下一站，龍門石窟。先做下準備。

最需要準備的就是鸚鵡大鵬。他找了一片空地，衝我們喊：「退後，再退後，再退後……」

我們退到了空地的邊緣。他的身體開始變大。頭如山峰，腿如立柱，羽毛帶著風聲。

大鵬，曾經戰勝過鬥戰勝佛的人物。有鳥焉，其名為鵬，背若泰山，翼若垂天之雲，搏扶搖羊角而上者九萬里，絕雲氣，負青天，然後圖南，且適南冥也……

「大，再大點，再大點，爽，再大點……」我們一起為他吶喊助威。

終於，這隻大鳥的身體塞滿了整片空地。

「先這麼著吧，等飛上去再接著變大，奶奶的，看我一翅膀不搧平了他們！」不愧是威風八面的大鵬！

「哼哼，諸神已經被封入天書，普天之下的妖怪，誰能及得上我一根鳥毛！」大鵬又說了一句。

「他媽的，只要我叫上一聲，震也把他們全都震趴下了！」大鵬又說了一句。

「靠，就算我放個屁，把他們全都崩飛也不是什麼難事！」大鵬又說了一句。

「……」

又是一句。又是一句。又是一句。

我們等到第三十句的時候，終於忍不住了：「喂，老大，你去還是不去，不要老在這裡耍嘴皮子好不好？」

「大紅臉。」鸚鵡說。

沒錯，他現在果然憋出了一張大紅臉。

「你們去找到那個大紅臉的關公，只有他，才能幫你們。」大鵬的臉色忽然變得異常虛弱，「我不知道，我怎麼會中了毒。我身上的黃土……」

黃土，黃土是鄧老闆找來的。

「我是在靠近石窟的地方，才找到了這樣的黃土。」鄧老闆無辜地說。

「黃土有毒……那是妖怪們死後釋放出的屍氣……」這是大鵬生前的最後一句話。說完之後，大鵬不光一張臉，全身都變成了通紅。

「閃開！」他大喊了一聲，爆炸了，沒了，不見了。

我靠，你是大鵬啊，不會就這麼死了吧！還好，這爆炸的威力不是很大，倒也沒傷著誰。

現在沒辦法啦，找那個大紅臉的關公去。

「關公墓離這裡不遠。」關叮噹說。

「你怎麼知道，你身上有關公的血緣？」我問。

「呸，我怎麼會有。不過我知道，大鵬有。大鵬在做為岳飛的上一世，就是三國時期的關羽。」關叮噹說。

「再上一世呢？」我問。

「再上一世，是西楚霸王項羽。」

怪不得這麼厲害。幾百號人，又忽忽拉拉地趕到了關公墓。

「以前我來過這裡。」一名神仙後代說，「這裡曾經有很多樹的，現在沒了。」

關公墓在洛陽城南十五里處，現在只是一片荒涼。

木之息天書，它的木之力量，在妖怪們的運用下，使得整座龍門石窟寸草不生，其力量甚至影響到了關公墓。

「不光如此，現在的洛陽，連牡丹都不能開放了。」說這話的，是牡丹仙子的後人。洛陽畢竟是一座牡丹之城。妖怪們的做得也太過分了。

「無所謂，反正牡丹是被貶到洛陽的，不開就不開。」這位牡丹仙子的後人又說，她倒是挺想得開。

我們一邊說，一邊前進，直到一個人的聲音響起。那是一個很從容的聲音，從容中帶著無堅不摧的力量：「站住，你們找誰？」

「我們就找你。」我說。

我們已經很清楚地看見，面前是一張很大很大的大臉，大紅臉。臉的下巴上，飄著五綹長鬚，英姿颯爽。

「你就是武聖人關公？」崇尚武力的朱三巴看見了崇拜的對象，趕緊確認。

「我正是關羽關雲長……的腦袋。」大紅臉說。

「腦袋？那你身子呢？」朱三巴問。

「頭枕洛陽，身臥當陽。」大紅臉說。

「靠，這你死了也分兩個地方埋，這麼複雜？」我問。

大紅臉高傲地看了我一眼：「我還沒說完——魂歸山西。」

「哦，好好，你強。你能幫我們嗎？」我問。

「幫你們什麼？」大紅臉有些納悶。

「幫我們降妖除魔。」我說。

「呵呵，你知道我死後的封號是什麼？」他問。

暈，我不知道。

關叮噹不愧是百事通，立刻回答：「你的封號是伏魔大帝。」

大紅臉長鬍掀動，發出一串震動四野的笑聲。

「你同意幫我們了？」我連忙問。

「不行。」大紅臉說。

「為什麼？」朱三巴問。

「靠，你他媽傻啊，我一個大腦袋，能幫你什麼，幫你咬人？」大紅臉說。

我忍不住的笑，朱三巴啊朱三巴，你總是這樣罵人，現在遭報應了吧。

「那你要怎樣才能幫我們？」朱三巴不死心。

「身體，武器，魂。魂的事我自己解決。」大紅臉言簡意賅。

關雲長的身體，葬在湖北當陽，我們可以派人去找。關雲長的武器早已下落不明，它的武器名為青龍偃月刀，又名冷豔鋸，重八十一斤，上鑲蟠龍吞月圖。這把刀曾經斬顏良誅文醜，過五關斬六斬，威名赫赫，是三國時代少有的名器。問題是，這把刀我們到哪裡去找？

「不用找了。以前我只是一員武將，現在我是伏魔大帝。」大紅臉得意地說，「你以為一把八十一斤重的刀，還適合我用？」

「那要多重？」我問。

「怎麼也得一萬多斤吧。」他說。

「一萬多斤，有問題嗎？」我轉頭問了一下小多小廣。

「沒問題！」兩個人一齊點頭，「我們這裡學冶金和採礦的多了去，以神仙後代的力量，結合專業知識，一天之內就能造出一把萬斤重的長刀，用的還是合金鋼，保證又結實又鋒利！」

「不會吧，這麼厲害？」我大睜著雙眼，「那你們能不能造幾顆導彈？實在不成，衝鋒槍什麼的也可以啊。」

「沒用的，妖魔後代的身體，對現代化武器免疫。除非冷兵器，不可能對他們造成傷害。就連我們也是一樣。」關叮噹解釋。

「世界是需要平衡的，沒有一個人會受到偏袒。」大紅臉很高深地說。

「喂，你學過哲學？」我問他。

「沒有。可是你知道我的稱呼嗎？」他問。

「武聖人。」

「沒錯，如果只是武的話，三國的武士我並沒有排第一，一呂二趙三典韋，四關五馬六張飛。我只是排第四。之所以我的名字會流傳千古，關鍵還是在於『聖人』二字。這牽扯到一位聖賢對世間道理的領悟程度……」大紅臉可算打開了話匣子。不愧是武聖人的腦袋，特別能說。

我往後一閃，衝陳藏一揮手：「陳老大，上！這時候只有你能對付他！」

陳藏手托紫金缽盂，臂挽柳小妹，眼上戴著他的酒瓶底眼鏡，氣宇軒昂地走了上來。

我趕緊和朱三巴商量：「你能不能和小白他們跑一趟，把這位武聖人的身體接過來？我們在這裡打製他的武器。」

關叮噹帶著小白和幾位天界大力士的後人離開了。以小白的速度，到達當陽用不了三個小時。

陳藏坐在那裡，和大紅臉聊天，顯然聊得特別起勁兒。

聊著聊著，大紅臉的兩道眉毛開始吐絲。細長細長的白絲，滋滋滋地冒了一地。我見過口吐白沫的，還沒見過眉毛上拉白線的。

「他那是兩道臥蠶眉，這大腦袋在這裡悶了很多年，想出了給自己解悶兒的辦法，把眉毛真的變成蠶了，所以會吐絲。」關叮噹解釋。

原來如此。孤獨能夠創造奇蹟，我想。

陳藏和大紅臉接著聊天。聊著聊著，柳二忽然嘔吐起來。一股股的綠水流了一地，流在那兩大團白絲上。這兩個人一定是太囉嗦了，囉嗦到連柳小妹也無法忍受了。她和陳藏之間的愛情，畢竟戰勝不了人的本能。

「柳二那是在用自己的葉綠素幫白絲染色。」關叮噹解釋，「我知道了，大紅臉想起了自己生前穿的衣服，那是一件綠羅袍。他一定是想再做一件。」

原來如此。愛美之心，人皆有之。

「身體，武器，衣服。湊齊應該差不多了吧？」我問。

「不一定。」關叮噹搖了搖頭，「我怕他還想要當年那匹赤兔馬。這可沒地方找去。」

還好，大紅臉並沒有找他的赤兔馬。三國格鬥遊戲我玩得多了，還很少看見關羽騎馬。

陳藏忽然站了起來，向著大紅臉深施一禮：「謝謝。這戰神鬥氣的加持法術，我總算弄明白了。」

「要堅持練習哦！」大紅臉微微一笑，意氣風發。

一去一回，六個時辰已過，天黑了。朱三巴回來了。

「身體，拿回來了！」朱三巴一揮手，四名天界大力士的後人抬著一口箱子走了出來。

箱子放在了地上，蓋子打開了。夜色中我們大吸了一口涼氣。

「這是……骨頭？」我問。

「廢話，這麼多年了，你以為還能留下什麼？」朱三巴沒好氣地說。

「沒關係。能有骨頭已經很不錯了。」大紅臉說。

朱三巴詫異地盯著他的臉：「你，你的眉毛呢？」

大紅臉嘿嘿一笑：「兩隻蠶嘛，吐完絲當然就死了嘍。」

「可是你的臉，為什麼沒有變成骷髏頭？」朱三巴問。這的確是個問題。

大紅臉白了他一眼：「知道什麼叫丹鳳眼不？丹鳳，就是火鳳凰，不死鳥！身體太遠了我管不著。可保個腦袋還綽綽有餘吧？」

佩服，不愧是武聖人。

大紅臉一躍而起，裝在了自己直立的骨架上面：「戰袍！」

柳小妹連忙遞上了剛剛製好的綠色戰袍。戰袍往身上一批，擋住了骨感美的身體，只要不看腳下，那真是凜凜天威不可偷笑。

「刀！」拼裝完畢的武聖人說。

一把剛剛製好的萬斤青龍偃月刀送到了他的手裡。

「出發！」關羽長說了一聲，邁步前行，直奔龍門石窟。

喂，這傢伙，走得也太快了吧？習慣性單刀赴會？

真是沒辦法。我們跟在他的後面，一路小跑。

11 開五行之門

在這光芒從他身上發出的時候，彷彿世間的一切運行全部停止了。我們只看見他的綠色戰袍碎成了無數隻綠蝶，飛舞在龍門山的上空……

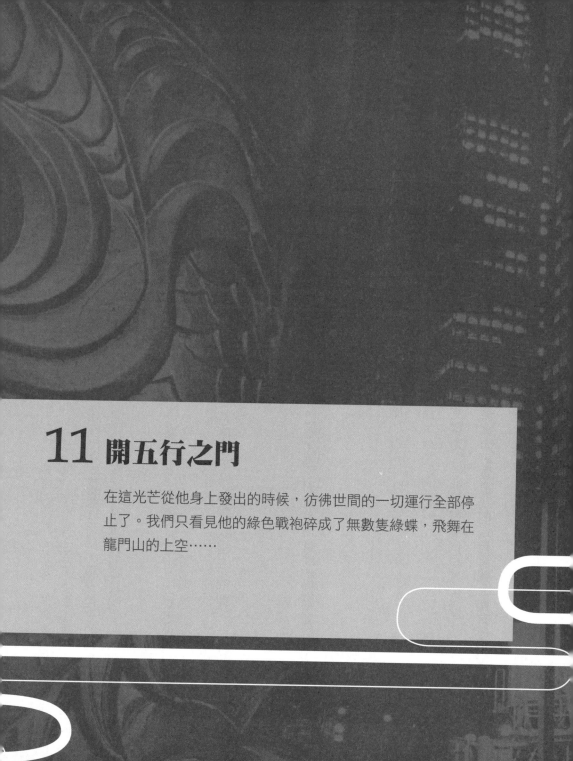

龍門石窟在洛陽城南十二公里處，伊水西岸。我們到達的時候，正是一個陽光明媚的下午。龍門青山東西對峙，伊河綠水脈脈北流，是一處風景絕佳之地。我們幾百名神仙後代跟在武聖人關帝老爺那具人頭骷髏後面談笑風生，如同一群稀奇古怪的遊客。越靠近石窟，陽光帶來的熱量就越來越少，如同一個白雪的燈泡掛在天空。輕風從石窟方向向我們吹來，帶著殺氣逼到嗓子眼的彪悍和一絲讓人準備安靜死去的柔和。

「靠，這些妖怪的科技也太發達了吧，能吹這種軟乎乎的風？」朱三巴疑惑地說。當然，他指的是柔和到讓人想死的那一半。

「那是偉大的佛法的力量。」陳藏做為一名釋伽牟尼的粉絲給出了解釋，「佛說，你被人弄死了，是因為你上輩子欠人家的。」

「靠，佛還說不讓結婚呢，你結不結！」朱三巴問。

陳藏瞥眼看了看身邊的柳小妹，沒敢吭聲。柳小妹那對貨真價實的柳眉很囂張地豎著，活像兩把隨時準備扔出去的飛刀。

「你認為妖怪們什麼時候會殺出來？」我問。

「以我的估計，五分鐘差不多了。放心，咱們擺得平！」朱三巴說。

「靠，你憑啥啊，信心這麼滿？」我問。

「戰爭嘛，說到底拼的就是科技力量和經濟實力。」他顯得挺內行。科技力量我信，一堆名牌畢業生。可是經濟實力，難道我們這幾百號人裡有比爾蓋茲的繼承人？

「來了！」小廣眼力最好，宣佈敵情。

就算是早有心理準備，眼前出現的敵人還是嚇了我們一大跳，讓我覺得慘不忍睹。大約有兩百多號死亡妖怪戰士，帶著缺胳膊斷腿的身體，從山道的泥土裡鑽了出來。這些死亡妖怪隊形整齊，橫看成排，縱看成行，很有一種正規軍的派頭。

「你同類？」敖小白偷偷問鄧老闆，「好像都有地行能力啊。」

「切，我從地下鑽出來，會帶這麼多土渣？」鄧老闆白了他一眼。

關聖人忽然站定了腳步，回頭目光威嚴地一掃：「眾將官，誰有破敵之法？」

「我來！」一員黑臉大將，胯下騎著一匹威武的黑虎，越眾而出。

「這誰啊？」我問。

「姓趙，財神的後代。」關叮噹說。

「財神？」我就納了悶了，財神的後代，上去能做什麼？

這黑虎的速度極快，轉眼間已經到了死亡戰士的身前，冷冷地一笑：「讓你們知道一下我的厲害！」同時伸出了兩根手指，輕輕一撚。

這兩根手指撚得很是超然，很是愉悅，很是讓人看了就有一種想揍他的衝動。他這是幹嘛？

咣噹咣噹。兵器落地的聲音。二百名死亡妖怪全都整齊劃一地放下了兵器，在自己的身上一陣亂摸亂找，看得人混身起滿雞皮疙瘩。莫非他們這是自慰？

不是。這些戰士們把身上的錢全都挑了出來，在戰陣前面擺成了一個小堆。硬幣、紙幣、支票、股票……全都擺在那裡了。

趙小財神微微一笑，不知道從哪裡拿出一個大口袋，把地上的錢飛快地裝了進去，撥轉虎頭，回歸本陣。

「我用的是財神祖宗傳下來的索賄聚財大法，現在他們沒有經濟實力了！」小趙說。

還有這招？這發財也太容易了吧！我忙不迭地跑了過去，硬搶過他的口袋，打開來看。看完之後，我都懶得罵他了。衝朱三巴一揮手。朱三巴也過來看了一眼，罵上了：「靠，你他媽傻啊，收這麼多冥幣幹什麼？」

小趙自己也看了一眼，一捶自己的頭：「暈，對不起對不起，忘了忘了。這些都是死妖怪，當然只有冥幣啦……」

「我來！」又出來一位酷像周星馳的傢伙，那一份韋小寶式的不羈讓我頓時刮目相看。

「你是？」我一邊問，一邊尋找紙筆，準備讓他給個簽名。

「沒看過電影？我是食神的後代！」他一臉嚴肅地說。

「哦，那你準備用什麼辦法對付他們？」我問。

「我不給他們吃東西，餓死他們。」

「可是……他們已經是死的了啊？」

「是嗎？」食神後代瞬圓了眼睛，隨後就是一陣韋小寶式的大笑：「哈哈哈哈……」

笑完，轉身躲到人堆裡去了。

「沒有別的辦法，打吧。」朱三巴沉聲說了一句，揮舞著釘鈀，衝了上去。其餘的神仙後代也跟著一擁而上。

戰氣漫天，殺聲陣陣。神仙後代們可不是吃素的。還沒等我的金箍棒出手，這二百名妖怪戰士，已經被全部放翻，斷胳膊破腦袋飛得到處都是。

「上！」武聖人關羽一揮手中的青龍長刀。勝利帶給我們勇氣。

沿著山道走了五百公尺，關聖人站住了：「又是殺氣。」

我們也感到了那種殺氣，全部在他的身後停住了腳步。那是一種發自死靈身上的殺氣，和剛才的差不多。不同的是，這一次來自四面八方。

死亡的妖怪再次出現。前方的路上，右側的水裡，左側的山石中，以我們剛剛走過的後方。剛剛被殺得支離破碎的死亡妖怪們，全部就近組合，成了一堆更為古怪的殺人機器。豬的骷髏上面，有些是一隻狗頭。蛇的尾巴上面，有些是一對羊角。

足有一千名，永不畏死的死亡妖怪。他們沒有畏懼，沒有痛感，有的只是暴力攻擊的慾望。

「大家怕不怕！」關武聖問道。

「不怕！」說不怕那是假的，聽聲音就知道。可是偏偏有一個神仙後代的聲音特別響亮。那是一個瘦弱不堪的小子，根本不是戰鬥類型，從剛才的戰鬥中我就注意過他。他揮舞著自己的兵器，一直躲來躲去。他的兵器，是一個鐵打的算盤。

「你為什麼不怕？」朱三巴看著他，目光中帶著嘲笑。

「因為，我發現，他們並非不會死。」小瘦子一邊說，一邊算盤珠撥得叮噹響，「看我們後面這些妖怪就知道。剛才是二百個，現在是一百八十個，還是會死的。」

「你怎麼知道？他們可是重新隨意組合的！」朱三巴問。隨意組合，意味著有可能兩隻死亡妖怪現在合成了一隻。

「數腦袋。」剛才是二百個，一共有三百個腦袋。因為其中有九頭蛇屍體九具在裡面，雙頭鳥屍體二十八具在裡面。現在數數，所有的腦袋湊起來，絕對是少了二十個死亡妖怪。」

「我靠，你是幹嘛的！」朱三巴大叫一聲，把小瘦子抱了起來，「你他媽太有才了，我在天界怎麼不認識你？快說快說，你的老祖宗是哪一個？」

「我……我不是神仙後代。」小瘦子被朱三巴抱得呲牙咧嘴。

「靠，你他媽是奸細！」朱三巴雙眼冒火。

「我也不是奸細。我不是後代，因為我自己就是神仙本人，還沒有傳承後代。」小瘦子說。

朱三巴愣了。我們全愣了。不會吧，在我們這群人裡，居然還有不是後代的原裝神仙。

「請問，你是哪位神仙？」關叮噹問。看來連她都不知道這位神仙的底細，這也太神了！

「我當神仙才剛五十多年啊，以前天界根本沒有我這個神仙。」小瘦子說，「我是算神。」

算神，算是哪門子神仙？沒聽說過。

小瘦子有些不好意思：「其實我還沒有什麼法力，所以後來五行之息封印，我也就被一起打下凡間了。在此之前，天界也沒有我這個職位。可是時代進步了嘛，天界也需要各種工種。我是做為天界會計，被啟用的。我的任務，就是算帳。」

天界財務主管？靠，真他媽新鮮。關叮噹嘩啦嘩啦找鏡子，終於在某個拍攝了天界會議的鏡子裡找到了這個小瘦子，確認了他的身分。

「你算的，沒錯吧？」我問。

「我在人間的時候，就是出了名的鐵算盤，這點小帳，不會錯的。」小瘦子的眼神中帶著一份小知識份子的驕傲。

好，這就好了，如果他說的沒錯，看來我們還有點希望。

「剛才是誰給了敵人以不再重生的打擊？」關武聖問。

「是我。」一個低眉順眼的小神仙後代答道。

怪了，現在出風頭的怎麼都是這些不起眼的小傢伙？

「你又是誰？」朱三巴問。

「我姓汪，叫我小汪好了。我的老祖宗，也不能算是太正式的神仙，只能算是神仙寵物。他是嘯天犬。」小後代答道。

嘯天犬的後代？他怎麼會這麼厲害？

「我想，之所以被我咬過的死亡妖怪不會復活，那是因為我們有著啃骨頭的習慣。」小汪接著說。

原來如此。

「你一個人，咬死了二十個？」我問。這種戰鬥力，也太強了。

「還有我們。」腳下有聲音答道。

我們低頭一看，全都愣了。回答我們的這些神仙後代，全都小得要命，沒有一個個頭超過了拇指肚！

「你們，又是誰？」我有氣無力地問。

「等一下回答，現在開始戰鬥！」腳下的小戰士們忽啦啦地湧了出來，我才發現，他們居然有這麼多！

小戰士們分成四隊，向四個方向撲去。小汪也不怠慢，緊隨其後。

「大家一起上！」朱三巴叫了一聲。

山道再次變成了戰場。一千多號死亡妖怪，殺得我們手足酸軟。還好，二十分鐘後，又擺平了。我們全都站住了休息。只有小汪仍在不知疲倦地衝殺，以四肢著地的方式撲上去嘶咬。明白了，凡是被他咬過的，都無法再次復活。

不過他咬得太慢了，這些妖怪骨頭，看樣子還挺難啃。

「我來！」二十八宿中奎木狼的後代小奎也上去幫忙。狗能咬骨頭，狼也可以。

「還有我！」這次上去的，是天狼星的後代。

能咬的全上去了，可還是慢。

也有快的。比如那些小戰士。他們的戰鬥方式是群毆。幾十個一擁而上，咬齧聲沙沙作響。他們身體下的妖屍，很快就變成了一堆粉末兒。

咬骨頭的戰鬥很快結束。除了大約一百多具妖屍滲入了泥土準備下一輪的衝擊，其餘的全被咬得失去了復活之力。

「你們究竟是誰？」我都看直眼了。

「我們連神仙的寵物也不算。」小戰士們鬱悶地說，「我們是蟻神的後代。螞蟻啃骨頭的精神，聽說過嗎？」

不管是小人物，還是小神物，永遠都不應該被輕視。這是我聽到他們的陳述後做出的結論。

「無論前途如何困難，只要我們能夠打勝這一仗，就算是拼了命，也一定要把你們立為正神。」我一字一句地說。

「我們也是！」朱三巴、小巨、敖小白等人一齊回應。

「這些死亡妖兵，總數大概上萬。」關武聖冷冷地說，「走吧。」

上萬……天啊，只殺了不到一千，我們都累成這樣子了。

一行人沿著山道繼續推進，忽然一陣歌聲響起。

「傲氣傲氣萬重浪

熱血熱勝紅日光

身似鐵打，骨似精鋼

胸襟百千丈，眼光萬里長……」

好歌。聽到這首歌，柳小妹的臉上洋溢著幸福的微笑。聽到這首歌，我們感到力量又回到了體內。小汪興奮的汪汪大喊，蟻神的後代們個個摩拳擦掌。

「這是什麼歌？」我問唱歌的陳藏。

「新跟武聖學的，戰神鬥氣加持。」陳囉嗦一臉的得意。

「喂，陳大哥！」一個嬌嗲的女生擠到了陳藏的身邊。

這女生長得真漂亮，放在任何一所大學當校花都沒問題。可是她還沒有說話，一柄油綠的柳木刀已經擋在了她的面前。柳小妹一臉的醋意：「喂，妳想幹什麼？」

漂亮美美嚇得一頭虛汗，一張臉羞得通紅：「我想……我想……」

「不想死就滾遠點！」柳小妹翻了她一眼。

女人啊，女人。服了妳們。

山道上的石窟越來越多，大大小小的佛像、菩薩像和金剛力士像，全都悲憫地看著我們。我們也悲憫地看著這些佛像，因為，很多佛像的頭已經不見了。

「妖怪們幹的？」我問關叮噹。

關叮噹搖了搖頭：「妖怪們才不幹這種事。全是文物販子幹的。整座的佛像不容易偷取，他們就專門偷取佛像的頭，畢竟最有價值的就是那個佛頭。唉，若不是這樣，佛法的力量還在，這裡也不會如此容易就被妖怪們佔據。」

他媽的！我發誓，如果能夠再世為神，這些文物販子們我一個也不會放過。

爬上幾十級臺階，面前是一片較為開闊的平地。面對我們的，是石窟裡最大的佛像，高度超過十七米的盧舍那大佛。大佛的一顆頭，就有四米高。他靜靜地坐在蓮花座上，眉如彎月，目光慈和，半睜半合的眼睛俯視著腳下的芸芸眾生，嘴邊微露的笑意顯出內心的平和與安寧。

「連這座大佛，也沒有佛法的力量了嗎？」我輕輕地嘆了一聲。

一聲冷笑，從大佛的上方傳來。聲音有些熟悉。

抬頭看去，我們看見了曾經和我們並肩作戰過的妖怪。九尾雉雞精，大雄貓頭鷹。即使做為妖怪，他們也是值得尊敬的對手。

「來吧，打敗了我們，或許會有不同的結果。」雉雞精面無表情，冷笑了一聲。

「喂，我們真的要打嗎？」我大聲地問。

「真的。我們早就說過，下次見面，我們就是敵人。」兩隻妖怪認真地說。

「打不打？」朱三巴問我。

「打，這是對他們的尊重。」我大喝了一聲，「大家退後，讓我來！」

「也算我一個吧。」敖小白向前走了一步。

這是戰士之間的決鬥，二對二。

兩隻巨鳥妖怪拍著翅膀一飛而下。

噹噹！

大雄貓頭鷹的巨喙啄中了小白飛起的馬蹄，雉雞精的利爪磕中了金箍棒的棒頭。兩隻巨鳥同時退後，一個盤旋之後再度撲下。

我輕輕地說了兩個字：「變長。」

金箍棒以他們意想不到的速度伸上了高空，一個快疾如飛的橫掃。

撲通！

大雄貓頭鷹翅膀斷了一隻。一頭栽了下來，巨大的身體碰在山石地面上，喀啦一聲，頸骨折斷。

「喂，你沒事吧？」我拎著棒子走了過去。

「二小別過去！他現在是死亡戰士！」關叮噹叫了一聲。

隨著她這一聲高叫，貓頭鷹的頭頸一扭，已經重新長好，翅膀一振，向我滑翔過來。

金箍棒掄起一道金光。別怪我。這種情況下，我留不了手。

大雄貓頭鷹的屍體飛向了神仙後代的陣營，數百名蟻神後代撲了上去。不能怪他們，否則這將是一場永無終止的戰鬥。

「死亡戰士？」我仰頭送給九尾雉雞精一個探詢的目光。

「沒錯。」雉雞精冷寞地答道，「做為高等妖怪變成的死亡戰士，我們還保存有一點從前的記憶。但是我們沒有辦法停手。除非殺了我們，我們一直都會是戰爭機器。現在我要用殺手了，你們自己小心吧。」

九尾雉雞精一聲清亮的亮唱，竄上了數百公尺高的天空，化作了一個黑點。

一瞬間，他又撲了回來，雙翅收斂，幾乎沒有風聲，速度之快，如出膛的炮彈。

「我靠！」我的金箍棒舞起一個巨大的棒花，迎接他的來臨。

可是他停住了，就那樣凌空一停，九條翎尾一甩，以一種違反空氣動力學的姿勢停在了空中。金箍棒打空了，出現了一個細微的空隙。

嗤地一聲，翎羽破空。他長尾上有九根羽毛，向我激射而至。本能中我著地一滾，閃開了兩根。

還有七根——全部落在了地上。

不知道什麼時候，敖小白已經變成了一匹白馬。白龍馬的後人，第一次以白馬的身分出現在我們面前。他的頭向後扭著，用力咬住了自己的尾巴，身體彎成了一個弓形，同時用一隻蹄子拉起了這張奇異的弓。

忽地一聲，他射出了自己的鞋子，八部天龍廣力菩薩留下來的蹄鐵！

九根射開的翎羽，除被我躲開的兩根之外，全部被這只蹄鐵擊飛！

而且不只如此。蹄鐵盤旋著，以一隻飛鳥才能完成的弧線掠過天空，劃開了九尾雉雞精的脖子！

「靈魂獲得解脫，是一件很幸福的事。」當蟻神後代們撲上去的時候，雉雞精微笑著說。

「狗日的妖怪們！」我大罵了一聲，鐵棒直指天穹。

幾分鐘後，我們遇到的是整整三千號死亡妖怪。大家揮動著手中的兵器，每個人都拼出了真火。被陳藏重新加持過戰神鬥氣之歌的我們，絕對發揮出了百分之二百的實力。饒是如此，每個人仍然都累得氣喘吁吁。

「來，陳老大，再唱一遍！」我拍了拍陳藏的肩。

陳藏站在那裡，有些東搖西晃，有如田震唱過的那首搖搖擺擺的野花。問題是，他不會被我拍拍肩就聽我的安排。

「你當這是一般的卡拉OK啊。」陳藏白了我一眼，滿臉的營養不良，「我可唱不動了。」

「陳大哥……」一個嗲聲音再次響起。回頭一看，還是剛才被柳小妹嚇退的女孩。這位小美女帶著一臉的嬌羞，欲說還休。

柳小妹一邊喘一邊看了她一眼，沒說話。不是不想說，而是已經沒有力氣說了。剛才的一戰裡，她的柳木刀至少砍翻了五個強壯的大個子，刀子都快砍成鋸子了。可這位小美女不同，她在我們的隊伍裡一直是被保護的對象，所以還能有勁兒發嗲。

過分，實在看不下去了。

我和朱三巴左右一站，擋住了她。如意棒，九齒耙，兩件威名赫赫的原版神器支撐著我們不要坐下去。媽的，打架真的很累，下輩子一定做個文明人。

「兩位大哥，我想和陳大哥說兩句話，你們看，行嗎？」小美女說。

行嗎？我們其實有點傻眼，並不知道怎麼拒絕人家，畢竟正主還沒有說話呢。

小美女一閃身，已經來到了陳藏的面前，一雙素手，舉起了一朵嬌嫩的花：「陳大哥，這個，送給你！」

女人啊，爆強的女人啊！

我們想罵街，為了老天對柳小妹的不公。

可是小美女又說了一句話，讓我們連罵的力氣都沒了：「這朵花是用我的生命結成。花取下來了，我的心就碎了，你一定要好好收藏。」

靠！爆強的女人啊！

可是接下來，我們就傻了眼，無力地看著那位美女無力地倒了下去，瞬間枯萎。

我們被感動了。就算是她明目張膽地和柳小妹搶男人，我們一樣被感動了。真實的東西總是容易讓人感動。

沙沙沙的泥土聲響，嘩啦啦的碎石聲響。以數千計的死亡妖怪再次出現，向我們逼近。我們安靜地等待在原地，等待這場戰鬥。我們的力量已經耗盡了。唯有武聖人關雲長的亡靈站在那裡，大刀明晃晃地發亮，五柳鬚髯迎風飄動。我們忽然發現了一個事實：到現在為止，他還沒有出過一刀，斬殺過一個敵人。

「看我的！」關武聖大喝了一聲，身上澎湃出潮汐一般的大力，散出了一陣綠色的光芒。這光芒如同一棵超級巨樹，生發出無數的枝杈，迅速地漫延在我們四周。天昏地暗，星動山搖。在這光芒從他身上發出的時候，彷彿世間的一切運行全部停止了。我們只看見他的綠色戰袍碎成了無數隻綠蝶，飛舞在龍門山的上空。武聖人那具骷髏的灰黑裸體，瞬間崩碎，一顆帶著大紅臉的大腦袋沒有了支撐，通地一聲落在了地上，臥蠶書，丹鳳眼，重棗臉，五綹鬚髯，威風凜凜。

他這是搞什麼飛機，玩自爆？

「哈哈哈哈，」大紅臉縱聲狂笑。「我已經用最後的神祕法術，阻斷了你們的再生！你們再次被消滅之後，這裡再也不會出現一個死亡妖怪！」

最後的法術？媽的，第一個就是最後一個？你已經完蛋了？還等他們被再次消滅？這可是好幾千號的敵人啊！我們被消滅還差不多！

曾經有一位聖人說過，凡是鬼，都他媽是糊塗的。如果我能活下來，我會把這句話刻在大紅臉的每一個墓碑上！

四五千號的死亡妖怪戰士，邁著整齊的正步，從四面八方衝了過來。我握緊了手裡的如意金箍棒。我倒希望這是一把刀，可以用來自殺。我很羨慕剛才那位給陳藏獻花的小姑娘，人家死的真是時候！我回頭看了一眼關叮噹，她的眼神和我一樣無助。永別了小妖精，我愛著妳呢！

就在回頭的一刻，我看見陳藏，正把那朵花湊到了自己的唇邊。這個見異思遷的畜生！奇蹟總是在絕望的時候到來，比如震耳欲聾的歌聲。

「傲氣傲氣萬重浪

熱血熱勝紅日光

身似鐵打，骨似精鋼

胸襟百千丈，眼光萬里長……」

靠，這小子，他還能唱，而且唱得更響。好強大的戰神之歌啊，力量又回來了，而且比剛才的還要強大！

躍起，揮棒，拼殺！

所有的神仙後代們又都重新站了起來，再次衝了上去。強大的戰意揮發到了極點。死亡妖怪們碎骨橫飛，第一次發出了聲聲慘叫。

此時日已偏西，一片斜陽，照在關武聖那張大紅臉上。

又一次完勝。而且是絕對的完勝。我們知道，這些死亡妖怪再也不會出現了。前方等待我們的才是真正的戰鬥。只是，我們又他媽累得不成了。

來到陳藏的旁邊，我蹲了下來。我看到他坐在那裡低聲的呢喃，眼睛裡含著兩包傷心的淚水，嘴裡來含著那朵小美女贈送的紅花。

「喇叭花，呵呵，喇叭花。一條生命啊，給我做了擴音器了，呵呵……」這是陳藏說的話。

小美女不是來調情的。她奉獻出了自己的生命，提供了一朵美麗的花。誰能知道一朵喇叭花，竟然能夠成為戰神之歌法術的增幅設備呢？早知道我們出發時帶上音箱功率麥克風了！

花兒的生命歷來短暫，花神的後代也是一樣，不管它是玫瑰花神的後代，還是喇叭花神的後代。

「喂，哥們，還能唱嗎？」我小心翼翼地問陳藏。

這個時候我忽然明白了，為什麼西遊路上的老祖宗們全都齊心合力保護著那個老囉嗦的唐僧。因為沒有他的恢復系法術，我們全都太難混了！

陳藏看了我一眼。他臉上的營養更加不良了，白得如同剛被伯爵吸過血。

「我不知道，」他有氣無氣地說，「我覺得自己像是一個鴨男，剛剛被人輪著幹過。」

我無語。這話都說出來了，看樣子沒戲了。

「要不，試試這個，也許有用？」我指了指他手裡的紫金缽盂。

「我試試。」他像用蚊子一般大小的聲音，唸出了一串蒼蠅也聽不懂的咒語。

紫金缽盂泛起了一道金光，離地而起，像銀子一樣純淨的聲音傳了出來。

「猴二小，你他媽太欺負人了吧，知道西遊路上誰是老大不？你居然不把我放在眼裡……」

「朱三巴，你以為你是老幾，你看老子不順眼，老子還混到一個柳小妹，你有什麼，跟我裝傻？……」

「鄧禿頭，瞧你那個沒用的樣子，不到兩尺高也敢在我腳底下走來走去……」

「……」

一大堆廢話從缽盂裡鑽了出來，一句比一句更沒教養。怪不得虎頭人聽了會崩潰，怪不得老祖宗孫悟空會頭疼，怪不得至尊寶會在地上打著滾罵蒼蠅。

「行了，收了吧，這根本不是恢復用的。」我拍了拍他的肩膀，「你幹得已經很好了，我感謝你八輩祖宗。」

「降妖伏魔，大家上！」一個豪氣干雲的聲音響了起來。想不到戰鬥至此，力量用盡，竟然還有人能做此豪語，而且聲音聽起來還這麼熟。大家都把腦袋轉了過去。

看到了，洩氣。說這話的人，正是關武聖那顆大腦袋。

「喂，你還能戰鬥？」我問他。

「廢話，我只剩一個腦袋了，還怎麼戰鬥？」大紅臉說。

「那，你會恢復的法術？」我又問。

「我只會教，自己不會唱。你以為誰都像唐僧的後人那麼有天分？」

我很鄙視地看了他一眼。這小子原來什麼忙都幫不上了，就喊著讓我們上，竟然也不會臉紅！

「記住，強大的精神力量，連建木之門都能打開。能否勝利，要看你的意志！」大紅臉說，「另外可以告訴你，我也會臉紅的。」

他的臉本來就是紅的，可是忽然變得更紅了，忽然開始劈啪作響，他在燃燒，他的臉上舞起了騰騰火焰！

「哈哈，睡了幾千年，終於看到了覺醒的一代！」火焰中的大紅臉說道。

你這個糊塗鬼啊，我們哪兒覺醒了？

火焰越來越高，大紅臉消失了。一個身影出現在火焰中。火紅的羽毛，紅得發亮。那個是誰？是什麼鳥？很熟啊！

「大家好，我換了件衣服，又回來了！」一個熟悉的聲音說。

「是你！」我大叫了一聲，差點就要擁抱他，不過怕他從火裡剛鑽出來太熱，忍了。只是羽毛的顏色變了，其他的地方一概原樣，剛剛出現的這位，竟然是鸚鵡大鵬！

「喂，前輩，你不是中毒死了嗎？」朱三巴問。

「嘿嘿，我哪兒那麼容易死？」大鵬壞壞地一笑，「要不是我裝死，這個裝模作樣的大紅臉會來幫忙？如果不是他的終極法術，這些死亡妖怪還不知道會出來多少！」

靠，原來我們全都被他給矇了！

「那，你會不會恢復法術？」我現在最關心的就是這個。

「我不會。」紅毛鳥一臉的不相干。

「那你一個能不能把剩下的妖怪幹翻？」這樣也可以。

「我不能。其實我真的中毒了，這只是撿回來一條命。」大鵬嘆了一口氣。

「那怎麼辦？」我直著眼看他。

「前面只有七個妖怪了，你怕？」他得意翻了翻眼睛，「趁你們在後面打死靈的時候，我把上面掃了一遍，除了最厲害那七個，我全都擺平了。」

「靠！」我興奮地叫了一聲，衝他一挑大指，又加了一句，「為什麼不一起幹翻？」

「他們躲在結界裡，我沒辦法。」大鵬雙翅一攤，表情很無辜。

他花了半天力氣，才給我解釋清楚前方是什麼情況。

七個妖怪，七個結界，不知道木之源天書和土之源天書在哪個裡邊。除非同時打破七個結界，否則結界會同時修復，包括恢復裡面妖怪的戰鬥力。每個結界只能進入一人，而且入口只有常人大小，變身術對他沒什麼用。比如大鵬，如果以大鵬的身體，根本進不去。如果以鸚鵡的身分進去，那就只具備一隻普通鸚鵡的戰鬥力。

「現在要做的，是挑選七名勇士，誰來？」大鵬問。

「我們。」我向前一步，帶著自己的夥伴群。我、朱三巴、小巨、敖小白、鄧老闆、陳藏，以及最後加入的張小果。

「好，你們準備好了嗎？」大鵬很威武地問。

「準備好了！」我們齊聲喝叫，向前一步。啪地一聲，整齊的七個大馬趴。剛才的戰鬥，真是太他媽累了。

「靠，連你也這樣？」朱三巴趴在地上看了我一眼，「你不是有九龍化生術嗎？」

「九龍化生術只能單體治療物理傷害，又不能補充法術！」我白了他一眼。

「陳藏，你都這樣了，還是別去了！」柳小妹說，「讓我替你去吧。」

陳藏很堅決地搖了搖頭。都是大老爺們兒，這種時候，怎麼可能讓美女們去冒險。可是現在，憑我們幾個，還真不知道怎麼戰鬥。

「放心，我會把大家剩餘的法力都極中在你們身上。」大鵬說。

好大鸚鵡大鵬，火紅的雙翅一振，一團耀眼的光焰在空中炸響，紅色的光芒從天而降，落在每一個神仙後代的身上。除了我們七個挺身而起，每個人的神色都萎頓了下來。

「好樣的，你很適合做一個稅務工作者。」我向他點點頭。

「這是一個連鎖法術。你們去吧，好好幹。如果，」他停頓了一下，「如果你們失敗了，這裡所有的人，都會變成廢人。」

「無所謂了，如果我們敗了，反正整個世界也就完了，大家冥府見！」朱三巴神采飛揚的衝大家揮了揮手。

「走吧！」鸚鵡雙翅又是一振，七股勁風把我們原地捲起，輕飄飄地落在了他化成大鵬的背上。他抬起一隻巨爪，踩上了盧舍那大佛的頭頂，凌空而起，一邊壞壞地笑了一聲：「總算有機會再踩你一腳了，當個佛，了不起啊？」

一道暗紅的光柱，從大佛的頭頂衝出，直上雲霄。雲霄之中，現出一座若有若無的七層寶塔。大鵬凌空一個盤旋，叫了一聲：「去吧！」

七條身影從他的背上疾射而出，直奔寶塔。我所到達的，倒數第二層。

我知道，每層塔裡都埋伏著一名梅山七怪的後人。他們擁有了兩本天書的力量。我們能不能勝？

梅山七怪的後人，分別是袁青、金小升、戴刀、楊小顯、朱地煞、常芒、吳百足。我會遇到哪一個？

進入高塔，如同進入了一個開闊的鬥獸場。四周都是一排排的觀眾席，只是沒有觀眾。中間圓形的空地上，只有我一個人的身影。敵人呢？為什麼還不出現？我的目光四處搜尋。沒有動靜，一直沒有。

忽然之間，燈光大亮。

暈啊，沒有人怎麼能忽然亮起這麼多燈？我向那些燈泡看去，腦袋嗡地一下。那哪裡是燈，分明就是好幾十雙眼睛在看著我！

陰險啊，作弊啊，妖怪們。我知道你們至少來了五十個。笨蛋啊，白癡啊，大鵬，你可把我害了！

燈光過後，腳步聲響，仍然是足有五十人的腳步，來自看臺上的同一個方向。在哪兒呢？沒見人走進來啊。

「很抱歉，我來遲了。」一個聲音懶洋洋地說，「穿鞋這件事，很費時間。」

我的視線跟著聲音降低了一點。看見了。這個長著人臉的小子站在那裡，還不如看臺上的座位高。問題是，他太長了，而且至少有一百隻腳。原來如此，就一個，不怕了，幹翻你！

「吳百足？」我問。

「無所謂啦，直接叫我蜈蚣精好了。」一百隻腳一起向我走過來，「反正你也是死定了。」

我竟然死定了？不會吧？我的金箍棒可是西遊後人中最強大的武器。在和梅山七怪後人對陣中，基本就沒吃過什麼虧！我只擔心我那幾位夥伴是不是罩得住，我自己還會有什麼問題？想到這裡，我覺得這隻大蟲子好搞笑。

「呵呵，我死定了？理由呢？」我衝他歪了歪腦袋。

「站著別動，等你死了，理由你就明白了。」他那一百隻腳繼續往前邁。我這才看見，他穿著五十雙牛皮鞋，還一隻隻擦得雪亮。竟然是隻臭美的蟲子！

讓我別動，等死？怎麼可能！我就納了悶了。算了，管他說什麼，打！

金箍棒遙遙一指，早已瞬間加長，向他那噁心的身體捅了過去。

好厲害的蟲子，一百隻腳原地一跺，騰空躍起，落在了我的金箍棒上。這麼敏捷？

我單手持棒，向上一抬，舉得老高。可是他的一百隻腳抱在我的棒子上，穩穩的，並不搖晃。這麼有勁兒？

接著百足輕輕一鬆，竟然順著棒子向我滑了過來！這麼狡猾？雖然被他哪隻腳碰上我的手，就算是穿了牛皮鞋，也夠噁心的。

我立刻看了一眼我的金箍棒。幾場架打下來，金箍棒早和我的心意相通，倏地一下，縮到不足兩尺短。吳百足的百隻腳踏空，筆直地落了下來。好，摔死你！

可是沒有。他的著地面積太大了。一百隻腳，緩衝力超強。他的身體只是在地上頓了一頓，繼續向我爬了過來。直到現在，我還沒有見他拿出什麼武器，使出什麼絕招。這個對手果然不簡單。不行，得讓他露兩手我看看。

「你的招術呢？」我問他。

「來了！」他叫了一聲。一道金光，直奔我的面門。這個時候，他離我已經不到二十公尺。他身體的體積，足有四十個我那麼大！這樣的距離，相對於這樣龐大的身體來說，相當於面對面。

我揮舞鐵棒，打飛了這記來路不明的進攻：「這是什麼？」

他一邊邁近，一邊嘿嘿冷笑：「聽說過飛蜈蚣嗎？」

聽說過。感謝魯迅先生。他的《百草園到三味書屋》，我早就倒背如流。他寫到過一個盒子，當一個書生遇到美女蛇的時候，盒子自動打開，裡面金光一閃，有一個東西飛了出去，豁地一聲響，一切問題都解決了。那個東西就是飛蜈蚣？

「看到了，一般般，傷不了我。」我若無其事地說。如果一個孫悟空的後代被這種小把戲擺平了，還混什麼？

「看來你還是不明白啊。這種飛蜈蚣，其實就是我的眼神。」吳百足的眼神像是貓看著老鼠，「我有一百隻眼。」

量。我有些站不住，抬腳就準備往後退。可是我的腳竟然抬不起來了！

「呵呵，」吳百足笑了，「被一百隻眼的精神力量定住，你還想挪動一步？」

我汗！不會吧！頭頂上方的那些燈泡，真的是他的眼睛？我想，我想，我仔細想想……

可是他根本不讓我想，整整一百道金光，從我的頭頂上方，以各種角度射了過來！

中了一下會是什麼後果，我不想知道。好在我的手還能動，我的心還能想。我的金箍棒不愧是如意金箍棒。如意，如我之意，尤其是在心靈相通的時候！金箍棒陡然加長，從我的手中騰飛而起，舞成了一道光幕！金光碰到光幕上，立刻飛向了四面八方。嘿嘿，傷不到我。

可是用這招也太累人了。一輪防守過後，我開始覺得有點累。怎麼辦？想，快想辦法。

「呱呱呱呱……」這不是青蛙叫，是吳百足在給我鼓掌。他只有其中的八隻腳就撐住了自己的身體，剩下的都在鼓掌。

「不錯嘛，可是你還能撐多久呢？」他陰森森地笑著問我。

「不要多久，」我也笑了，「我已經想明白了！」

「你明白了什麼？」他故作驚訝地問我。

我回答，用我的毛來回答！一把猴毛，被我甩手扔向了頭頂。每一根猴毛都變成了一隻揮舞著鐵棒的小猴，向那些燈泡直撲過去！不過還是有兩根猴毛掉了下來，掉到了我的腳邊。

「自不量力！」吳百足一邊說，一邊繼續向我走近。一步，兩步。十公尺，五公尺。他幾乎已經到了我的面前。頭頂上方金光道道，一隻隻小猴被擊中，重新變回猴毛，掉落下來。他的眼神中滿是得意。

金光又閃。看樣子這一次我是沒有辦法逃脫了。

但是我衝了上去！因為落在腳底的兩根猴毛變成的小猴，已經解開了我的鞋帶。拔出了雙腳的我，立刻恢復了行動的自由，如意棒在我的指揮下，直接飛到了他的上方，變成了一根巨柱，沿著他身體的方向就砸了下去。

但這不是最主要的攻擊。最主要的攻擊，來自我的雙拳。接連而至和戰鬥鍛鍊，為我增加了不知道幾百斤的拳力。而這雙拳，直奔他的雙眼！

這個時候，他還在全力對付我的鐵棒呢。不過他的反應也算快，又是一百道金光，直撲我的後背！

我的雙拳落了下去，他只來得及眨了一下眼皮。好結實的眼皮！這樣的兩拳上去，他竟然沒有瞎！

他只是變成了熊貓眼。他只是看上去有些暈。他甚至全力擋開了我重達萬斤的金箍棒！只是，我身後的那百道金光，在到達我的後背之前，自動消失了。

我一伸手，招回了金箍棒。我一伸另一隻手，做了個V的手勢，為自己喝了一聲采：「賭得起！」

我賭的是自己學過的生物學知識。記得蜈蚣這東西，根本沒有複眼！憑什麼他有一百隻眼？肯定有問題！攻擊他的那對真眼，絕對沒錯！

果然，金光消失了。接下來是那一百只燈泡破碎的聲音，此起彼伏。

「呵呵，目光法術複製裝備？」我問他。

燈泡破碎了，整屋寶塔一片黑暗。可是很快又亮了起來。無數盞應急燈為我們繼續提供照明。妖怪們的科技，看來還過得去。

吳百足甩了甩腦袋，樣子有幾分裝帥的嫌疑。不過我知道，最大的原因是我那兩拳。看來視力光線的攻擊，他一時半刻是發不出來了。不過我還是很佩服他，因為他還能繼續吹牛：「吳哥很生氣，問題很嚴重。你死定了！」

可是我不生氣，我蹲在地上，把鞋子又穿上了。雖說光腳的不怕穿鞋的，可是和一個爬蟲作戰連鞋子都脫了，畢竟不符合我的風格。

「讓我來看看你的實力！」吳百足吼了一聲，撲了過來。

我掄起鐵棒，和他打在了一起。他真行。真敏捷，真有力，真狡猾。可是比我還差了那麼一點。數個回合過去，當然我也挺累，還有點氣喘吁吁。但是他，一百隻腳全都發飆了，渾身上下都是棒痕，退在十公尺開外，只剩了勉強能站立的力量。

「我很佩服你，你挺禁打的。」我衝他豎起了大拇指。這是我一貫的原則。對自己的手下敗將，能誇的就盡量誇，這樣能顯得自己更厲害。

「嘿嘿……」他接著笑，仍然笑得挺得意，還是那句話：「你死定了！」

暈，這小子被我打傻了吧？還是這句？把我都快說傻了！

「只要七層寶塔中有一層不敗，你的勝利就是假的。」他說。

我知道，這個鸚鵡大鵬已經說過了，如果不能同時擊敗他們，他們的力量可以馬上自行恢復。

「而註定要失敗的那個人，就是你。」他又說。

不會吧？都這樣了，還跟我吹牛？

我撇了撇嘴，看著他。

「因為，兩本天書，都在我這裡。」他一邊說，一邊用兩隻腳舉起了兩本書。

「那又怎麼樣，這書馬上就歸我了！」我奇怪地看了他一眼。

「那就……給你吧。」他冷冷地一笑，一本書向我飛了過來。

我伸手要接，可是馬上就知道了，不妙！我飛身要逃。可是馬上就知道了，逃不了！

一座小山，凌空壓下！

我瘋狂地揮舞著金箍棒，打得這座山石屑橫飛。

可是我仍然逃不了。山太大了，也太重了。我只來得及在山底給自己打出了一片空間。一片可以讓自己不被壓扁的存身之所。

撲通一聲，我被壓在了山下，連同我的如意金箍棒。

我只露出了一個頭在外面，身體卻是一動也不能動。

「傷其十指，不如斷其一指。」吳百足說，「之所以兩本天書都集中在一處，就是為了保證有一場全勝。土之息天書的力量，當然不只這座壓你的山。何況，我這裡還有一本木之息的天書。」

我仍然是一動也不能動。被山壓住，這太鬱悶了。我忽然想起了自己的老祖宗。他被五指山壓住的那五百年，也不知道鬱悶成了什麼樣子。

「怪只怪你們沒有先來搶這兩本天書吧。你們到手的三本，和這兩本有著完全的不同。那就是無法發揮出本身的力量！」吳龍說。

我看著他，等他的下文，我覺得挺絕望的。

「無法完全戰勝我們七個人的話，你們永遠也不可以離開這座塔了。我們可以好好談談。」他說。

「談什麼？」

「只要你們交出已經到手的三本天書，我們可以放你們回去。」他說。

我微微一笑，使出了一個變身法術。地煞數變化術，一共七十二變！

刷地一聲，我變成了一隻雞。雞不大，足可以從山底下鑽出去了。可是我一回頭，傻了眼。身上這座山自動變成了一個雞籠！

刷地一聲，我又變成了一條魚！我又傻了眼。身上的雞籠變成了一個魚缸！

我變我變我變變變，我傻我傻我傻傻傻。我還是歇會兒吧。

對面這個壞小子吳百足，看著我一陣狂笑。真讓人不好意思。等我出去，非把你泡酒喝了不可！

「看來，你挺不老實啊。」吳百足忍住笑。「記住，被土之息天書的力量困住，再怎麼變也沒用的！你會變，天書更會變！」

我看著他，很想咬他一口，而且不嫌噁心。反正神鵰大俠楊過都吃過油炸蜈蚣，我吃一回生的試試。

「其實，你挺不錯的，只是不該遇上了我。」蜈蚣精帶著一點故作謙虛的驕傲說。「一般人，這座山下來，一下子就壓死了。你還成。那就——再給你加點料吧。」

什麼？還要加！

他的另一隻腳，又拋起了一本天書，木之息天書。

無數根參天巨木，落在了這座壓住我的小山上。

「你忍一忍，不痛的，一會兒就壓死了。我先睡一會兒，啊？」吳百足和藹地說著，又打了個哈欠，「我現在還真有點累啊。」

看來這小子真的累了，倒下來一會兒就呼嚕震天響，不時還抬起幾條腿撓撓癢癢。

七層寶塔，各不相通，肯定是沒人進來幫我了。我怎麼辦？好無奈的感覺啊。

就在這個時候，忽然有人對我說話。聽聲音就知道這個人特親切，而且跟我熟得不行。而且，這聲音不是傳播在空氣裡的，而是直接響在我腦子裡：「喂，兄弟，想出去不？」

「你誰？」這兩個字也是我想出來的，沒有說出來。不過我知道他一定已經聽見了。能直接通過心靈交流！這人挺厲害啊，起碼是個小佛的級別。而且，我覺得他和我還真的很熟。

「我是如意金箍棒。」那個聲音在我腦子裡再次響起。

暈，還好我被壓住了。如果我是站著，也一定會被他雷倒了。

「你你你……」我心裡什麼也沒想，只想出來這一串「你」。

「你什麼你？虧你陪我也好多天了。什麼叫如意金箍棒？如意你懂不懂？沒點心靈溝通能力，還能如什麼意啊？」那聲音說。

理論上……大概……說得通吧……反正我是一頭青包：「那好，相信你。你知道怎麼出去？」

「叫聲大哥給我聽。」那聲音說。

不會吧！金箍棒還愛聽這個？算了，再怎麼說人家也是大禹治水時留下來的神物了，叫聲大哥也不虧。我馬上叫：「大哥好！」

「嗯！」棒子嗯了一聲，那腔調特享受。接著又白了我一眼，我知道他沒有眼，可是如果有，肯定白了，心靈的對白擋不住任何一個眼神：「你別以為自己吃了虧，吃虧的是我！」

「你吃什麼虧？」我問他。

「我要和這兩本天書進行心靈溝通。你知道溝通完我會有多累不？接下來我得睡上五千年！」棒子說。

五千年啊。真的假的？我的兵器啊！我以後拿什麼跟人家打架？

「少廢話！」那聲音在我腦子裡接著響，看來不管我想什麼，在他那裡都是廢話的概念，「你要是不想出去，也成。捨不得棒子脫不了困，知道嗎？」

行啊，沒辦法。總得先出去再說吧。

看來他開始使勁了。我覺得腦子裡嗡嗡直響，全是他的心靈力量在出聲，那聲音，估計連吃奶的勁兒都準備用上了。厲害！看來我有救了！

忽然又安靜下來了。他停了。

「喂，你怎麼停了？」我問他。

「媽的，需要的勁兒還真不少。看樣子我得睡一萬年了，不划算！」

「不划算？那怎麼辦？」

「真想出去，就叫我一聲大爺！」棒子說。

我挺無語的。

「你祖宗那麼厲害，不才姓孫？你還不如你祖宗呢，叫聲大爺，不成啊？」棒子的聲音中滿是期待。

好好，我叫我叫。今天實在是沒辦法了：「大爺好！」

「嗯，不錯！」金箍棒的心靈之聲，如雷鳴般在我心底響起：「嗡……嗡……」活像一萬台發動機！

「你在幹什麼？」我問他。

「我在和這兩股天書之力溝通，挑撥他們打上一架。」他一邊嗡嗡一邊說，聲音仍然很清楚。

「這個……這也行？」這棒子想的事，實在太超出我理解範圍了。

「一切皆有靈魂。有靈魂就有心理弱點。試試！」棒子說出來的話鏗鏘有力，就像他出去的時候一樣威力強勁。

我感覺身上有點重。拚命地歪著頭向上看。看見了！山上的樹木粗了一倍，而且扭來扭去的很不安分！這些樹，想幹什麼？

「安靜，等著！」棒子輕輕地說，「元素的力量已經打起來了！大樹對小山！」

這……怎麼打？我納悶得不行。雖說是五行有相生相剋之說，金剋木，木剋土之類，可是我能理解的概念只是鐵棒子能打斷木棒，木棒子能夯實土牆。

「等你上了天界大學，你就知道了。根本就是元素的力量消長。就像木棒子對著土棒子互相摩擦，一起掉渣！」金箍棒真是如意，立刻給了我一個回答。

一起掉渣？不會吧。好像我以前學過的不是這樣……

「知道你以前沒學過，可我也沒辦法，你要是有足夠的基礎，我用得著這麼瞎打比方？」金箍棒接著解釋。

反正我是不懂了，等著看吧。

等著等著，我好像是睡著了，可能是有點累？人家吳百足不是也睡了嘛，可也沒有睡太實，我很快睜開了眼。

身上忽然感覺輕了！眼前忽然感覺亮了！

我輕輕一掙，站了起來。吧嗒一聲，一個東西掉在了地上。這個是……窩窩頭？撿起來看看，又不像。我忽然想起來了，這就是剛剛壓住我的那座小山，只是小了無數倍！這小山上竟然長著一張人臉，還是一張哭喪著的臉！這張臉還不依不饒地咒罵：「金箍棒你個騙子，你害死我了你！」

這是怎麼一回事？

嗖一地聲，金箍棒回到了我的手中，冷冰冰地，再也沒有一絲生氣。

「媽的，你少給我裝睡！就算你睡上一萬年，等你醒了我一樣不放過你！」這小窩頭，還不依不饒了。

「行了行了，回去吧回去吧。」又有一個人說。

我回頭一看，樂了。一個通身是綠，長滿花草樹葉的傢伙站在那裡。這是什麼？難道說是植物人？

植物人苦笑著看了我一眼：「小子，拿到了金箍棒，算你有福啊。害我們哥倆兒鬥了一場。所謂殺敵一千，自損八百。這個虧可吃大了！」

我雖然不是很明白，可也知道，這綠人和窩頭一定是天書時釋放出來的五行法術。還好，兩本書都在一起，加上我有一根能挑撥離間的如意金箍棒，否則可收不了場。

植物人沒說什麼，帶著大多數植物的平和心態和他的老朋友小窩頭，嗖地一聲，飛回到天書裡面。

睡夢中的吳百足當然不是我的對手，立刻擺平，兩本天書到手。

與此同時，寶塔豁啦一響，無影無蹤。只剩下我站在空中。上下看看，看到了我的六位戰友。不錯，看來他們全都贏了！

兩秒鐘過後，我們的身體開始下落，符合一切自由垂直落體的規律。這個規律的直接後果就是：我們很難不被摔死或摔成殘廢。

我大叫了一聲，同時聽到他們也一起大叫：「媽呀！——」

英雄們的叫聲，是如此豪壯。

一道紅光閃過。兩隻巨翅，凌空接住了我們。好你個大鵬，早不過來，害我們叫這一聲！

五本天書終於聚齊，五色的書頁融為一體。沒有人動手，是天書自己打開了自己，翻開了第一頁。一時間我產生了一種錯覺，感覺天地萬物都被翻捲了過來，讓人頭暈目眩。剛剛定過神，又是第二頁。天地再次翻捲。

第三頁，第四頁，越來越快。

還好，邊際效益遞減規律。我終於適應了，我們全都適應了。翻捲吧，奇怪的天書。一頁一頁，似乎有無數的神祇在裡面，以空前絕後的力量運行著整個世界。五百頁，很快翻動完畢。天書跳了起來，裝訂線一下子散開，書頁紛飛。

每一張書頁，都紛飛得甚為有序。我們想去干擾一下，但是不能。這個時候，時間竟然靜止了！我們只能等，只能等。一直等到一切都停了下來。書頁們聚集一起，圍成了一個奇異的圓球。圓球閃著五色的光芒，那有規律的閃動，讓我們直接聯想到一個人的心跳。

「異形妖怪？」我回頭問關叮噹。

她沒有說話，只是搖了搖頭，帶著一種我無法看明白的複雜表情，盯著這個圓球。

「這裡，有一扇門。」陳藏說。

「在哪兒？」我問。

「我不知道在哪兒，但是我能感覺出來。我有過從建木之門出來的經歷。」陳藏靠在柳小妹的懷裡，說的有氣無力。

鑰匙。沙小靜說過的五行天書的鑰匙。鑰匙在哪兒？

「打開這扇門，就能拯救這次劫難。」重新化為火紅鸚鵡的大鵬說，「祝你們成功。」

說完，他展開翅膀，從我們的身邊飛了開去。

「前輩，等一等！」我喊住了他，「怎樣才能找到鑰匙？」

火鸚鵡用翅膀指了指自己的胸口：「用你們的心，用愛情。」

他飛走了，只留下這一句鬼話。

「只要我們願意為了想見的人付出一切，這扇門一定會打開。」陳藏說。

「我想，我一定要見到紫凝。」朱三巴說。

「那你就拿出自己全部的思念吧。」陳藏回答。

「可是，我不能。」朱三巴的眼神很落寞。

「為什麼？」我問。

「因為鏡子。還記得小妖精當初放在我們宿舍的鏡子嗎？」朱三巴問。

我想起來了。那幾天，朱三巴會在半夜爬起來看那面鏡子，對著鏡子哭泣。

「那幾天，每到晚上，紫凝都會出現在鏡子裡。她告訴我，只有我對她強烈的思念，才是打開天書的鑰匙。這也是玉帝把她留在結界中的原因。」朱三巴說。

「那你還等什麼？」我問。

「但是她還說，如果我這樣做了，她在做為鑰匙打開天書結界的同時，就會永遠的消失，形神俱滅。」朱三巴冷漠的臉上不帶一絲表情。

「是真的嗎？」我問關叮噹。

「真的。」關叮噹點了點頭。

「為什麼？為什麼紫凝會出現在鏡子裡？鏡子可是妳的領域！」我吼了一聲，語調又平靜下來，看著她：「告訴我這不是真的，這只是妳造出來的幻象。」

「不，你不知道紫凝的身分。她和我本來就是孿生的姐妹。她一樣是嫫母的後人，擁有鏡之力量。」關叮噹說。

「你早就知道是這個結果了，對不對？」我問她。

關叮噹又點了點頭。我明白了，就是因為這樣，她才一直對朱三巴有著更多的關注。

如果這一切都是真的，那現在我們要等的只是朱三巴，等他給我們一個結果。是為了自己珍愛的紫凝離開這裡，還是為了整個世界放棄紫凝的生命。

朱三巴沉思了很久，終於抬起頭來。豬頭之上，目光清澈如水：「世界是我的世界，紫凝一樣是我的全部世界。紫凝走，我也會走。你們的世界，留給你們。」

我們無言，全部無言。

只有朱三巴，舉起了他的九尺釘鈀，殺豬一樣悲淒地大叫了一聲：「紫凝，來吧，我和妳一起——」

神仙們的後代，這是第一次因為聽到豬叫而落淚。那隻慘叫著的豬，咣噹一聲扔掉了手中的釘鈀，飛身一縱，向著圓球衝去。

在他的身後，出現了一個更快的身影。那是誰？天，是小妖精，是關叮噹，我的愛人！她要幹什麼？要阻止朱三巴？

圓球的五色光芒忽然間變得更為耀眼。一瞬之間，上面好像出現了一個肉眼難以查覺的縫隙，又立刻閉合了。剛才是什麼東西飛了進去？

朱三巴仰面朝天倒在了地上，手裡緊緊地抱著一個比他還要壯碩的身體。那是紫凝，天界相貌最醜的紫凝仙子。連玉帝在決定要不要面對她之前都在床上考慮了七天七夜的超級醜女。她們的祖先嫫母，真是個偉大的女人，能夠造就出這樣的極品相貌。極品的紫凝，極品的關叮噹。

「三巴，我們總算可以在一起了！」紫凝伏在朱三巴的胸膛上，眼淚嘩啦嘩啦地流了下來。

朱三巴睜大了眼睛：「妳沒死？」

紫凝送他一個只會對他一個人胃口的可怕的微笑。

了舞。

「天那，我太幸福了，妳竟然沒死！」朱三巴抱著紫凝仙子，原地跳了起來，像發瘋一樣地跳起

每個人都看著他們，替他們高興。似乎每個人都忘記了，天書之門，並沒有被打開。大圓球仍然在原地一閃一閃，閃著心跳一樣的光。

「喂，二小，紫凝出來了，你不高興嗎，陪我們一起跳吧！」朱三巴興奮得就像發了羊癲瘋。

我送給他一個苦笑，沒有說話。

朱三巴大惑不解，東張西望。直到他發現了一件事，終於沉默了下來。

關叮噹，我的小妖精，不見了！

「我看見了，她進去了。」我用手無力地指了指那個大圓球。

「小妖精是誰？」紫凝沒有見過關叮噹。

「怎麼，妳不知道？妳是二小的心上人啊。關叮噹，和妳一樣的，嫫母的後代，和妳一胞所生的。」朱三巴說。

「我知道了。」紫凝沉默了一會兒，又說，「原來是她，我一直在恨她的。看來我錯了。」

「你……恨她？為什麼？」我茫然地問。

「因為我們是一對雙胞胎，可是她竟然長得那樣漂亮。」紫凝說。

「不，我看，還是妳漂亮。」朱三巴的眼睛裡全是濃得化不開的愛情。

「還不只如此，叮噹比我多了一個身分。」紫凝說，「我只是嫫母的後人，可是她同時是觀音的

後人。」

觀音？我的天，簡直是重磅炸彈！我愛上了一個無慾無求的！失敗，真是失敗。

「這怎麼可能？」我問她。

「血統的事情，你別問。神仙有的是辦法。」紫凝說，「你的老祖宗孫悟空還沒有娶老婆呢，你又是哪兒來的？」

我被他一句話頂住了，沒有吭聲。看來每個神仙家族，都有點不能說的祕密啊。關叮噹，觀音。關，觀。叮噹，音。小妖精的名字早就洩露了自己的祕密，只是我從來沒有查覺過。

「天書之門，為什麼還是沒有打開？」朱三巴在這個時候，才發現了這件最重要的事。

「因為叮噹。她用自己的進入，代替了我的形神俱滅。」紫凝說。

捨身救人，正是這位觀音後代的性格。我的小妖精，我的關叮噹。

「那現在怎麼辦？」朱三巴問。

「我想，現在的鑰匙應該換成了叮噹和二小。」紫凝說。

我明白了。我現在要做的，就是用自己的愛心，把我的小妖精呼喚出來。不過，這會造成她的形神俱滅。只犧牲了一個人，卻拯救了整個世界。真是件很便宜的事。

可是關叮噹就是我的世界。我的世界將不復存在。真是鬼使神差，朱三巴剛才的痛苦，轉眼間來到了我的身上。

那好，來吧。XP不發威，要被人當成DOS的！

我跪了下來，禱告了上蒼。我為自己的臉上，加了一個最完美的微笑。

叮噹，我的小妖精，我不管妳是觀音的後代，還是佛祖的後代。我只要妳出來一下，一下就好。

無窮的力量澎湃在我的體內，我躍起，揮棒，打向了那個大圓球！

「出來吧，我的最愛——」我的一聲大喝，幾乎連著我的靈魂一起吼了出來。

開天門，天地門，開五行之門。

開性靈之門。

閃著五色光華的天書結界圓球，忽然間變成了無色。純淨的，透明的，看不到的顏色，整整一大塊虛無的水晶，像一個琉璃的縮微世界。

一扇小小的拱門，在結界上打開，裡面飄出了端坐蓮台，手持淨瓶的關叮噹。飄出了關叮噹，以及她那悽楚聖潔寬容而又祥和的微笑。她向我伸出了手，我也向她伸出了手。但是兩隻手沒有握到一起。我促狹地衝她眨了眨眼睛，做了一個鬼臉，一閃身，衝入了結界之門。

無所謂，你關門吧。我用我自己代替了她。我怎麼會任由我的小妖精形神俱滅！在進入那扇門的時候，我的臉上現出了一個久違的壞笑，就像我終於欺負了死黨朱三巴一回。

可是我的前進停住了。

一隻纖細的手，捉住了我的手。

回過頭，看到了關叮噹那嬌豔絕俗的臉，那兩片足以讓我墮入愛河的紅唇，那一個堅定而溫柔的微笑。

忽然間感覺天地都在旋轉，如同被翻捲過的書頁正在翻轉而回。眩暈的感覺重新到來。我很想掰開關叮噹的手指。只是我沒有勇氣。無論如何，我不願意再離開她。如果真的沒有辦法，就讓我們一起死去，好嗎？

旋轉，還是旋轉，夾雜著光怪陸離的視野變幻。我彷彿回到了第一眼見到小妖精的時刻，彷彿回到了當初旋轉進小妖精家中的時刻，彷彿回到了她第一次吻在我臉上的時刻，彷彿回到了……剛才。

一切都停止了。我的手裡，是空的。五行結界，不見了。天書，不見了。我的小妖精，關叮噹，不見了。我靜靜地跪在那裡，四周圍繞著無數神仙的後代。

「天書的結界，已經破了。」朱三巴摟住我的肩膀，輕聲說。

抬頭看去，漫天都是曾經消失的諸神，包括我們久別的幾位老祖宗。

只是沒有關叮噹，沒有我的小妖精。

三天之後，諸神歸位。嘯天犬正式名列諸神。蟻神正式名列諸神。喇叭花神被提為諸花神之首。一切重新洗牌，用來紀念我們曾經的戰鬥。

「猴二小，你想要什麼呢？」玉帝坐在他的寶座上，一臉的慈祥。可是我偏偏總是想起他打破沙漏故意整我的流氓相。

「要不，給你個弼馬溫當當？」玉帝說。

無聊。我搖了搖頭。

「要不，給你個齊天大聖二代？」玉帝的臉上有了一絲不悅。

更無聊。我又搖了搖頭。

「要不，我給佛祖寫封信，給你弄個鬥戰小佛？」玉帝有點坐不住了，扭來扭去就像生了痔瘡。

我又搖了搖頭。

「好，你無慾無求，測試通過，現在給你最高級別的獎賞！」玉帝快樂起來，臉上掛滿了瞎子也能看見的陰險，「來人啊，把這個小子給我打下凡間，重新磨練！」

我不屑地站起了身，走向南天門通往下界的入口。

迎頭遇見了小巨。這小子穿著嶄新的制服，現在已經是天界入口的巡邏總長。

「猴二哥，請！」他笑容可掬地哈腰一擺手。

南天門到人間的通道，已經重新修整完畢，華麗的階梯，就像引誘著神仙們走下去。

向下。向下。我邁了一階又一階。

「等一下！」小巨忽然叫了一聲。趁我一停步的工夫，他已經追到了我的身邊，湊在我的耳邊說了一句話：「關叮噹沒有死。」

「什麼！」我當時就跳了起來。

「小聲點！」他神祕兮兮地說。「本來呢，按照五行結界運行的規則，她是非死不可的。尤其是做為一名捨身菩薩的後代，死也是天經地義的嘛。可是誰想到，她最後一把拉住了你。不得了，這可是凡心啊。你想，一個觀音後代動了凡心，那得是多大懲罰？」

「懲罰？」我不明白了。

「本來呢，小妖精死了以後，會在這個世界形神俱滅。而在另一個世界，她會像火鳳凰一樣轉世重生，要升官做個小佛的。可是現在，動了凡心，不成啦。死也沒死成，已經被打入人間了。罰她，罰她以凡人的身分，重新修練，重新修練！」

人間有情，天地變異。我靠！我笑！

我抱住小巨就狠狠地親了一口。我甚至還想衝回去親玉帝一口！

還是算了吧，人家還會以為我有問題。

走，去人間，找我的小妖精去！

我一個筋斗，從天上把自己狠狠地摔了下去！

好啊，又能欣賞整個地球了！滾滾長江，萬里長城，喜馬拉雅山！讓我想想，我該降落在哪兒呢？我的小妖精，我一定要把妳找出來，繼續這段未完的愛情！

天空滑過一道白光。回頭看去，是小白正在射出一隻蹄鐵。他是在為我指名方向嗎？在他身邊，站在朱三巴、陳藏、鄧老闆、柳大、柳二……曾經並肩戰鬥過的一班兄弟。

我回頭送給他們一個飛吻。再見了弟兄們，我在人間等著你們，歡迎常來哦！

國家圖書館出版品預行編目資料

天書—後西遊話紅塵／冬夜雪舞著.
－－第一版－－ 臺北市：知青頻道出版；
紅螞蟻圖書發行，2011.2
面　　公分－－
ISBN 978-986-6276-54-5（平裝）

857.5　　99026839

天書—後西遊話紅塵

作　　者／冬夜雪舞
美術構成／Chris' office
校　　對／周英嬌、楊安妮、朱慧蒨
發 行 人／賴秀珍
榮譽總監／張錦基
總 編 輯／何南輝
出　　版／知青頻道出版有限公司
發　　行／紅螞蟻圖書有限公司
地　　址／台北市內湖區舊宗路二段121巷28號4F
網　　站／www.e-redant.com
郵撥帳號／1604621-1　紅螞蟻圖書有限公司
電　　話／(02)2795-3656（代表號）
傳　　真／(02)2795-4100
登 記 證／局版北市業字第796號
港澳總經銷／和平圖書有限公司
地　　址／香港柴灣嘉業街12號百樂門大廈17F
電　　話／(852)2804-6687
法律顧問／許晏賓律師
印 刷 廠／鴻運彩色印刷有限公司
出版日期／2011年 2 月　第一版第一刷

定價 280 元　港幣 93 元

ISBN 978--986-6276-54-5　　Printed in Taiwan